嘉义 ching 2006

散尽时分

王受之 著

武汉大学出版社

图书在版编目(CIP)数据

散尽时分/王受之著. —武汉:武汉大学出版社,2016.6
散漫笔记
ISBN 978-7-307-16960-9

Ⅰ.散…　Ⅱ.王…　Ⅲ.①随笔—作品集—中国—当代　②设计—文集　Ⅳ.①I267.1　②J06－53

中国版本图书馆 CIP 数据核字(2015)第 238064 号

责任编辑:荣　虹　　责任校对:汪欣怡　　版式设计:韩闻锦

出版发行:**武汉大学出版社**　　(430072　武昌　珞珈山)
　　　　(电子邮件:cbs22@ whu. edu. cn 网址:www. wdp. com. cn)
印刷:武汉精一佳印刷有限公司
开本:889×1194　1/32　印张:10.5　字数:271 千字
版次:2016 年 6 月第 1 版　　2016 年 6 月第 1 次印刷
ISBN 978-7-307-16960-9　　定价:38.00 元

散尽时分（代序）

2015 年 5 月 1 日长周末，我在香港看《纽约时报（海外版）》，佳士得将在纽约的洛克菲勒中心连续举行几场大型拍卖，是去年故世的顶级收藏家安思远（Robert Hatfield Ellsworth，1929—2014）的私人珍藏拍卖。第一场在 5 月 17 日晚上 6 点，第二场在 18 日，第三场在 19 日，第四场在 20 日，第五场在 21 日，中国书画、陶瓷、家具、金属、首饰，加上部分欧洲和印度的收藏品，将尽数拍空，历史上最大的一批中国文物收藏从此烟消云散，令人扼腕。我在亚洲，没能去先看看拍卖前的预展，也失去了再见一次那些绝世珍宝的机会了。因为机缘，我曾经在 1980 年代后期去过安思远那套巨大的豪宅参加过一个酒会，那次花了好几个小时细看过那些作品，因而心中有一种特别的凄凉感。安思远无后，去世之后只有通过拍卖，散尽毕生收藏，又何其凄凄切切！

去年安思远去世之后，在年末已经举行过七场拍卖，那是纽约佳士得的七场"锦瑟华年——安思远私人珍藏"系列拍卖会，那七场拍卖会所有拿出来拍的藏品全部拍出去，我看当时拍卖场上有大量的国人竞拍，心里也并不是多么欣喜，因为毕竟这一批重器珍宝，已经在第五大道的安思远宅子里安静地陈放了半个世纪，现在又要

1

流散到民间去了，将来不知道还有没有机会看到它们了。当时有一个作者记录了那次拍卖前的预展情况：

> 这些艺术珍藏几乎占满佳士得在纽约洛克菲勒中心的拍卖预展场地的三个楼层，以勉勉强强的逻辑性散布在空阔的展厅里。家具任人开合，织毯任人踩踏，书籍任人翻拣；佛像成排陈列，任买主挑选；玉器布满展柜，任访客把玩；古画的卷轴全都展开，暴露在刺目的灯光下。每一件珍品都像是失去主人的孤儿，系上编号，待价而沽，任凭命运的处置。这样的场面颇有些繁华散尽、人去楼空的悲凉，走在其中，怀想安思远的成就功名、赞叹其藏品的华丽壮观，也难免有许多人生虚无的感慨。

我虽然没有去看那次的预展，但是悲切的心情和这位作者是一样的。

见到安思远是颇为曲折的经历，并且也是依靠了另外一个高人引荐的。1987年我在费城附近的大学里做访问学者，经常去纽约、费城、华盛顿、波士顿的大学听讲演和参加研讨会，见过几个很著名的美国汉学家，听过他们的学术讲演和评论，这些讲座中印象比较深刻的有哈佛大学的费正清（John King Fairbank，1907—1991）、芝加哥大学的夏含夷（Edward L. Shaughnessy，1952—　）。我还去过加州伯克莱大学听过高居翰（James Cahill，1926—2014）的课程，他们都有很深厚的汉学根基，并且形成各自对中国问题的独立学术体系，对于我这样基本没有个人见解的历史体系的人来说，是非常震撼的。会后和这些美国汉学家聊天，他们听说我是从事艺术史、设计史研究的，建议我留意亚洲协会，那里展览多，藏品也不少，并且可以通过亚洲协会认识很多美国一流的收藏家。这样，我就逐渐经常去纽约的亚洲协会（The Asia Society）参加活动，看展览。那个协会总部离大都会博物馆不远，展馆不大，但是展品精良，特别是在那里可以见到很多重要的艺术史专家、收藏家，参加他们的学术研讨，我也从设计角度谈自己对于一些产品的看法，建立起和收藏家、史论家的关系，凡到纽约我都会去大都会和亚洲协会的。

那一年春天，在亚洲协会有一个小型的中国瓷器展，那时国内博物馆少，除了在北京的故宫博物馆、上海博物馆之外，我在国内很少看到这么精彩的中国陶瓷收藏，印象中依稀记得一只明代的玉壶春瓶，美轮美奂，那次瓷器展，作品很多。我和宾州大学一位艺术史教授正边看边说话，展厅里走过来一位个子小小的美国老太太，那老太太满头白发，戴着一串项链，正中间的坠子是一块绝顶精彩的翡翠，她穿了一身宽松的丝绸套装，是我们说的"贵气逼人"的打扮，旁边有位文质彬彬的绅士陪她，宾州大学的那位教授见到他们，顿时肃敬地和她打招呼，并且把我介绍给她，说我是来自中国的艺术史专家，我当时真是有眼不识泰山，请教尊姓大名后，才知道她是久闻大名的中国古董专家爱丽丝·庞耐（Alice Boney，1901—1988）。当时她是纽约东方艺术收藏中顶级的人物，除了安思远之外，怕没有多少人能够与她相比的。我告诉她我在费城大学做研究，她颇感兴趣，和我谈了好一会，问我喜欢齐白石的画吗，我跟她讲小时候我曾经跟父亲去过北京西城的齐白石家定过扇面，她精神来了，和我谈了很多关于齐白石，后来我才知道她是美国收藏齐白石作品最多的人，并且对东方艺术有极为敏锐的鉴赏力，我的中国艺术的知识在她面前显得如此肤浅，在她面前我都不好意思说自己是做艺术史的了。她把我介绍给旁边那位文质彬彬的绅士，原来他就是我知道了很久的阿兰·普莱斯特（Alan Priest）先生，当时他是大都会博物馆远东部的主任，据说他与兰顿·华纳（Langdon Warne）、阿奇巴德·温里（Archibald Wenley）合称为美国东方艺术的"三杰"。普莱斯特退休后定居东京。

庞耐在"二战"后去日本，被麦克阿瑟聘任为维护日本文化遗产的顾问，和虎力士（Howard C. Hollis）、李雪曼（Sherman Lee，1918—2008）等人一起工作，那是她收藏日本艺术品的开始，同时她也开始收藏中国书画，特别是齐白石的作品。那个时候齐白石的画并不贵，我记得1953年我父亲去定齐白石的那张扇面是70元，大张的作品，当时估计几千上万就可以收到。庞耐特别喜欢齐白石的作品，以她的财力、决心和关系，加上齐白石高龄高产，她的收藏量颇为惊人。1960年起她又在纽约开始收藏中国文物，民国年间、"二战"后和新中国成立后散落在美国的中国历代文物、书画很多，经她选择，好多精彩的作品被她入藏。

那时来自国内的艺术史、设计史方面学者在美国不多，庞耐很有兴趣和我聊天，她请我和普莱斯特、宾大那位教授一起在亚洲协会喝咖啡，她说自己就是费城人，到纽约工作，遇到一个从荷兰来的东方艺术经纪人，后来就是她的丈夫，他们在第五大道开了自己的画廊，这是她从事艺术经纪工作的开始，到我见到她的时候，已经有64年了。聊天中我特别说她影响了很多收藏家，好像欧文夫妇（Florence and Herbert Irving）、安思远等，她听到之后说："鲍比今天在这里！"然后转头叫普莱斯特先生去请他过来坐坐，她说的"鲍比"就是安思远，安思远全名叫罗伯特·哈特菲儿·埃尔斯沃斯，安思远是他用的中国名字，鲍比是罗伯特的昵称。过了一会，高高大大、穿着剪裁精彩的西装套装的安思远就来了，他很恭敬地和庞耐打招呼，我注意到庞耐并没有站起来，伸手指指我们，大概介绍了一下，安思远就在旁边坐下，我们再互相介绍。他听说我是做设计史研究的，颇感兴趣，说他收藏了许多明代的家具，有兴趣可以去看看。我特别提到王世襄先生，他说了一句"a great man with great expertise"。

那一天经过庞耐的介绍，认识了安思远，而安思远正在准备在自己的公馆举办一个比较大型的Party，因我是做艺术、设计史研究的中国学者，就请我去，这样，我在三个星期之后终于造访了他在纽约第五大道960号的那套巨大的公寓，二十二个房间，密密麻麻地陈列了以中国文物书画为主的古董珍品，对于我来说，叫做"开眼了"。

面对中央公园，紧邻大都会博物馆，纽约上东城真是卧虎藏龙，那些大宅中不知道住了多少这类的奇人，我有幸第一个见到的人就是最顶级的安思远。我按照他给的地址去的，没有想到有这么多名门贵胄出席，我穿一套很普通的灰色西装，在那些珠光宝气之间，显得十分寒碜。楼下有服务员接待，上到正厅，看见镜子前摆了一个巨大的明青花瓷瓶，插满了盛开的牡丹花，每个花球都有人头那么大，射灯照着，光彩夺人！

他这套公寓据说是纽约最顶级的三套公寓中的一套，如果连同收藏品算起来，恐怕是全世界最贵的公寓了！据说买这套大宅的时候并不贵，恰恰遇到1977年的经济萧条，他在买宅子的时候，同时申请在其中经营古董生意的许可，房子买下来的时候，许可证也拿到了。所以这套大宅子其实也就是安思远古董生意的办公、陈列场所，他的收藏品大约有两千多件，一方面收藏，一方面交易，二十二个房间，装修豪华，陈设高雅。中国家具、文玩、书画、瓷器、玉器、珍本书籍最突出，之外还有历代英国家具，欧洲各朝代的装饰艺术，日本、印度、东南亚艺术品，既是家居，又是博物馆，更加是社交场所和交易场所。展示、鉴赏、交易、收藏就是在这套公寓里这样的招待会上进行的。

说老实话，当时我有点眼花缭乱，并没有注意到这些细节，除了生活起居房间之外，那一天大部分房间都让客人自己看，他则忙于客套。那一天他仅仅简单地和我打了招呼，说了几句话，我问他："这些收藏品足以成为一个博物馆的藏品了，您有何准备呢?"他笑了笑，说："我还没有考虑!"他就转身和其他的客人打招呼去了。我这一次见到的安思远处在自己事业登峰造极的时期，身体好、精神好、长袖善舞、人脉资源极为丰富，自然没有考虑后事的。

2014 年 8 月 3 日，安思远在这套公寓里辞世，享年 85 岁。佳士得官网上刊载了纽约古根汉姆美术馆策展人亚历桑德拉·孟璐（Alexandra Munroe）的一段短文，她认为安思远的死预示着一个时代的结束。的确，过去几年，美国的中国艺术收藏家、艺术史家都一个接一个辞世，如 2008 年去世的克利夫兰美术馆的李雪曼、2013 年去世的哈佛大学的罗森福（John Rosenfield，1924—2013）、2014 年去世的加州伯克利大学的高居翰，这批人在美国开创了中国艺术博物馆级的收藏、研究、鉴赏的先河，并且使得中国艺术和工艺通过收藏家在西方博物馆登堂入室，成为大艺术。他们之后，估计再也难以出现这样一批人物了，他们的历史使命也总要打上一个句点。

顺便说一句：那位介绍我认识安思远的庞耐夫人，在我见她的第二年，也就是 1988 年，她因为心肌梗塞在纽约自己的公寓内去世。

这件事是让我把传奇人物和现实人物联系起来的一个开始，如果我不写下来，也就随风吹散了。这些年我走的地方、见的人都很多，经历也丰富，讲起这些经历来，总有人提醒我快快写"回忆录"，担心这些记忆没了。我没感觉自己老到需要写回忆录的时候，还有好多事情要做。但是我也怕这些记忆真的模糊了，因而我在写回忆的时候，也经常连带一些自己关注的文化议题，自成一体，变成一个一个的文字群体。在这里我整理出来一部分，表面看似不连贯，但是如果一篇篇看下来，里面或许也有内在连贯的关系呢！

这本书叫做《散尽时分》，这是一种感觉：人到老年，积累了一辈子的精神、物质财富也就散尽了。从一方面来说，有些伤感，但是从另一方面来说，何尝不是一个新的循环的开始呢！

王受之

2015 年 5 月 5 日星期二，香港

目 录

法兰克福圈

秋天去欧洲，气温很快降低，因此经常会被寒潮劫持，颇为不便。我上一次去是夏天，完美无瑕，再上一次则是深秋，11月份，天天冻雨雪籽，湖面冰冻，行动不便。因此这一次欧洲之行，就提早了一个月，10月份就到了，争取一个月内把工作都做完。同行有好些人，大多数要先去米兰，因此我就随大队在2015年10月1日动身去了米兰，忙忙碌碌，事情做完后，再从意大利的里那多机场乘斯堪的纳维亚航空公司(SAS)飞机去北欧。当时的北欧已经很冷了，晚上出门要穿大衣，在丹麦的哥本哈根停留一下之后，坐北欧高铁去斯德哥尔摩，又住了两天。结束了瑞典的工作之后，我一个人从斯德哥尔摩国际机场飞德国的法兰克福国际机场。天气很好，两个小时左右就看见鳞次栉比的法兰克福都会区，在秋日阳光下闪闪发光，飞机非常平稳地着陆了。

法兰克福机场是欧洲最大的机场之一，因为是申根条约区，出关没有什么手续，径直出门，看见克劳斯·海瑟(Klaus Hesse)站在机场到达口等我，他顶着一头白发，精神抖擞，敏捷机智，是德国重要的平面设计家。上半年我曾在学院接待过海瑟，他在清华大学美术学院上完一个课程后，到汕头大学长江艺术与设计学院办了一个设计的工作坊，参加的学生在短短几天之内都做出非常有水准的动画短片，他的方法、技巧让我叹服。其实早在1990年代我在写现代设计史的时候已经关注海瑟，他是当代德国设计的领军人物之一。海瑟设计过很多重要项目，其中我们最熟悉的是"奥迪"汽车的品牌形象了。海瑟的名声在业内是很响亮的，接下来几周我在德国接触了好多设计圈子，常会提起他，几乎所有的人都知道他。

这次来法兰克福，主要是和法兰克福近郊的奥芬巴赫设计学院（Hochschule für Gestaltung Offenbach）签订进一步的学术交流合约，并且出席这个学院举办的交互设计双年展——B3展。奥芬巴赫设计学院成立于1832年，是德国历史最悠久的著名艺术与设计学院之一，下面设有三个系：视觉传达（平面设计）、产品设计和交互设计。海瑟是视觉传达系的负责人。在德国的高等学府中，全职教授极少，海瑟可以说是达到最高地位的一位了。

德国和艺术、设计沾边的学院有几种：一种叫做"Hochschule"，是偏重应用性的综合大学；第二种叫做"Fachhochschule"，是高等专科院校，相当于中国的高级技术学院；第三种是文理兼设、研究为主的"Universität"，泛指综合性大学；专门的艺术院校属第四种，叫做"Kunstacademia"，但是在德国非常少，并且这几个学院不发学士、硕士、博士文凭，仅仅给达到他们标准的学生颁发"艺术家"的头衔。在德国，艺术家是有政府各种补贴、医疗，甚至还有政府提供的工作室。现在德国教育界的趋向，就是很多Fachhochschule努力朝Hochschule靠拢，无论从学科建设、设备配套、教员聘用上，这一点原因很容易理解——地位高、预算多、国际交流平台好。这次我们去的三个学院都是Hochschule，应用型的综合大学，但是专业设置不尽相同，是德国教育自主性、独立性、多元化的结果。

我来以前海瑟就曾经说过要安排我去接触德国设计文化圈最高层，认识在圈内最有影响力的几个人。

法兰克福是设计重镇，重量级的设计师颇多，海瑟就在法兰克福的大学工作，而在这里的人脉非常深，他提起这件事我自然就听其安排。在机场见到他之后，他做了很细致的前期准备，安排了几个会议和活动。我准备和中国青年出版社国际部经理和一批编辑见面，讨论我的几本书的出版问题，并与参加法兰克福书展的国家出版总署负责人会面，出席书展。我的日程基本排得满满的。

　　我到达的第二天一早，克劳斯·海瑟教授就到我住的酒店接我，和我一起去了法兰克福的设计博物馆——应用艺术博物馆（Museum für Angewandte Kunst）。

　　这座博物馆在穿越法兰克福的美因河边，河水静静，天鹅悠悠，倒影着法兰克福摩天大楼的天际线。穿越德国境内的三条河流都非常壮观和精美，东部的易北河、中部的美因河、西部的莱茵河，宽度相似，这三条河流都穿越整个德国，而法兰克福的美因河沿河一线全部是博物馆，有艺术博物馆、建筑博物馆、当代艺术博物馆、电影博物馆……估计几天都看不过来。这一条博物馆线上，应用艺术博物馆在最显著的位置上，那个博物馆叫做"应用艺术博物馆"，其中这个"应用艺术"是一个和设计历史密切相关的词，19世纪末，当时"设计"这个词还没有被广泛使用，因而但凡提及设计，都称之为"应用艺术"，英语中是"applied art"和德文的"Angewandte Kunst"完全一样。

　　那一天海瑟和我从酒店步行去博物馆，法兰克福虽然是德国的金融中心和大型会展中心，高楼林立，熠熠发光，但是并不很大。我住在中央火车站附近的酒店，到市内所有重要的地方都很方便，可以坐轨道电车、公共汽车，也可以走路。我和海瑟都是勤于走路的人，说说走走，一下子就到美因河边了。那天滨河路上有跳蚤市场，人头涌涌，一些摊档上有前苏联和原东德的邮票、勋章等物，很有趣味。我们穿越摊档，就见到博物馆那栋精彩的极简主义的建筑了。那是理查德·迈耶（Richard Meier）刚刚出道的作品，也是他最精彩的一个设计，纯粹而合理，并且用一个天桥和博物馆的 19 世纪新古典主义的旧楼联系起来。入秋时节，金黄色的落叶在脚下沙沙作响，博物馆的人已经在门口等我们了。

艺术、设计都有自己顶尖的圈子，圈外人一般不容易接触到专业圈子，而那一天见到的几位，可都是德国设计圈子的顶尖代表了。设计博物馆的前后三任馆长都在，其中上一任馆长克劳斯·克莱帕（Klaus Klemp）博士是举足轻重的策展人和德国重要的设计史专家。他的年龄和我差不多，负责这个设计博物馆多年，对欧洲重要的设计展把握得当，并且能够策划很闪亮的设计展，比如前两年策划的韩国、朝鲜对比展就颇令人震撼。德国最重要的设计月刊《形式》（Form Magazine）的总编斯特芬·奥特（Stephen Ott），他是欧洲设计评论的掌门人之一，举足轻重。还有现任博物馆的策展人格利特·韦伯（Grit Webb）、第一任馆长波因哈特·布德克（Bernhard Buerdek）、德国最著名的摄影师马丁·李博谢尔（Martin Liebscher）和几位其他学院的教授。大家同行，我是多年从事设计史研究和教学的人，对德国现代设计很下功夫去认识和了解，因此当我和德国同行谈论现代设计收藏和展示的时候，我们之间的语境完全没有距离，并且我对许多问题的了解之广，认识之深，可能让他们有点吃惊。我二十多年来都在美国从事设计史的教学、做研究，整个研究条件、资料资源非常好，更能从国际视野去看问题，对问题的认识自然会更加深刻了。

那一天的访问中，我们触及几个重要的议题，第一是他们的馆藏方式，因为我看整个博物馆的展示方式没有按照时序安排，有点好奇，问克莱帕思考的主线，他说基本是按照战后以乌尔姆设计学院、布劳恩公司延续的现代设计为主线来安排，我立即提起关键人物迪特·兰姆斯（Dieter Rams），一下子就打开了他们的话匣子。我们谈到了一系列关键人物，包括布劳恩设计的汉斯·古格罗特（Hans Gugelot）、托马斯·马尔多纳多（Thomas Maldonado），也谈到受这一线设计影响的其他国际人物，例如日本无印良品的创始人和最重要的设计师深泽直人，就是直接受乌尔姆-布劳恩、兰姆斯的影响而成长起来的。他的作品也有相当数量的收藏。

作为艺术博物馆的展出方式，基本是按照年代次序来编排的，大型艺术博物馆，比如大英博物馆、卢浮宫、大都会博物馆首先是按照不同的文明分开部分，然后再按照年代分别排列，这个手法叫做"年鉴式"（chronological），设计博物馆的藏品一般都没有综合艺术博物馆那么多，因此一般按照比较粗略的排放方法，不过依照年鉴框架的还是主要方式。法兰克福的应用艺术博物馆则不然，他们重点的收藏是战后德国的现代设计，特别是产品设计与平面设计，而战前的收藏则比较零碎，难以成为序列，因此他们采用无序展示的方式，仅仅突出工艺，是我少见到的做法，颇有启发性。应用艺术博物馆在这个部分的展品中有少数中国产品，每件都是珍品，估计是八国联军侵华时期德军带回的，之所以这样说，是我看见两件巨大的明清茶壶，壶口上有一个长方标签格，上面直书"大明万历年制"，细细看了半天，无疑是官窑的皇室用品，我跟格利特·韦伯和克莱帕说："如果把这件作品送去拍，拍卖的收获恐怕可以再建一座他们这么大的博物馆。"之所以这样说，是很多西方的私人博物馆，包括保罗·盖蒂（Paul Getty）也用这种方法筹集资金，扩大自己收藏的面和精度。克莱帕笑笑跟我说："他们博物馆没有这一条，收藏的就永远保存，不许可交换。"

有些小型博物馆，没有自己的永久展示，往往要频繁地轮换展览；而大多数设计博物馆都会有自己重点的突出特性。法兰克福的"应用艺术博物馆"，突出的就是战后德国现代设计。吃午餐的时候，我特别提到1984年在香港理工大学讲学期间，曾见过德国哥特学院（Guther Insitute）驻香港主任斯泰德（Herbert Staedtler），商议于1988年在广州成功举办了德国设计150年展，他说那个展览是德国设计史上重要的展览，也是第一次把联邦德国(西德)的设计完整、系统地介绍出去。随同展览的一本同名册子，也是德国设计史最重要的文献之一。我提到的这件事勾起他们很多的回忆，我问书里面兰姆斯的设计原稿、模型现在是不是在乌尔姆公司，他笑着对我说："在我们这里。"他让我跟着他们走下楼，到地下室，一串钥匙打开了博物馆的库房，出现在我面前的是一个德国现代艺术收藏的宝库！

绝大部分博物馆不太收藏设计过程的步骤和模型，收集的仅仅是最后的作品，而我在这个地库里的博物馆储藏室，看到的是战后德国产品经典设计作品的过程，令人叹服，也令人震撼！他打开一个比较大的藏品盒子，拿出来的正是 1984 年斯泰德给我看的那本小书封面上介绍的、兰姆斯设计的那把布劳恩经典剃须刀，包括设计过程的全部原件：木头做的模型、石膏模型、内部的结构和成品，还有众多围绕这个项目所做的探索设计。他让我拿在手上细细地看，感叹万千。1980 年代我在写《世界现代设计史》的时候也用了这个项目的设计过程照片，全部出自那本册子，此刻我手里拿着的正是照片的原件，而这些作品可是第二次世界大战后现代设计里程碑的杰作！我一方面是感激他们安排我看收藏品，其次是开始设想中国设计展览应该如何组织。海瑟教授很高兴，因为很多收藏品他也是第一次看。他在离开储藏间的时候对我说了一句："你明年会非常非常忙的！"我相信他的这个说法。

2015 年 11 月 25 日

遇见怀斯

　　1987 年，我在美国东部的宾夕法尼亚州立大学（The Pennsylvania State University，俗称"Penn State"）中的一所，名为西切斯特大学（West Chester University）做访问学者，一方面做点研究，同时也教几门课。那所学院的位置在切斯特县的县城西切斯特，美国人管县城叫做"county seat"，那是一座纯粹的大学城，居民的主体就是学校的师生，非常幽静和富于文化气息。西切斯特大学艺术系在一栋独立的大楼里面，我们教员的办公室在三楼，因为大学里真正读艺术专业（fine art）的人很少，来上课的学生一多半是选修的外系学生，因此平日大楼里倒很安静。

　　西切斯特在宾夕法尼亚州靠近德拉华州的边缘上，校园周围全是大片森林，森林里面有小路，那附近有个连小镇都很难称得上的特别小的居民区，叫做查兹佛德（Chadds Ford），这里是美国画家安德鲁·怀斯（Andrew Newell Wyeth，1917—2009）的出生地了。那个地方位于一条老铁路和有一百年以上历史的东部一号公路交汇点，由上十间小店、快餐店构成的一个建筑群落而已。在靠近铁路平交路口附近有个小小的餐馆，我经常和系主任林伍德·怀特（Linwood White）中午开车去喝碗奶油土豆汤（美国人叫 Clam Chowder，上海

安德鲁·怀斯

人就叫"奶油汤"），吃个吞拿鱼三明治，就算一顿中饭了。那个店很小很小，仅四五张桌子，前面对着一号公路，后面是铁路边的一片广阔的草场，秋天了，收割了的干草卷成一个一个圆形草垛，堆在那里，是给牲口越冬吃的口粮。远处看得见森林，丘陵起伏，草场中间有栋孤零零的石头房子，林伍德告诉我，那就是安德鲁·怀斯的家。餐厅的老板也跟我们聊起过，怀斯的父亲和妹妹，因为汽车熄火，卡在铁路上，就是在这个铁路的平交道口上被急速开来的火车撞死的，那大约是 1945 年的事情了。

当时安德鲁·怀斯在国内已经非常有名。记得 20 世纪 70 年代末 80 年代初，不但好多人喜欢他的画，还有几个青年画家模仿他的风格，其中以何多苓最为突出，他的许多作品都有怀斯的那种渺远、寂寞的感觉，他曾经画过的一套连环画《雪雁》就是代表。当时好多人用"魏斯"这个翻译名，现在多用怀斯，有一段时间几乎国内所有的艺术杂志都刊载过他的作品，他的水彩、蛋清画风靡一时。后来现代艺术在国内兴起，怀斯风才慢慢地降温。

怀斯生于 1917 年 7 月 12 日，艺术史上如此长寿的艺术家还真不多见。他的全名是 Andrew Nowell Wyeth，生于美国东部宾夕法尼亚州的查兹佛德（Chadds Ford），父亲是美国插图的奠基人之一N. C. 怀斯（全名是 Newell Convers Wyeth），怀斯是跟父亲学画画的，并没有上过美术学校。当时在国内流行的他的作品主要是他在 1948 年完成的《克莉斯蒂娜的世界》（Christina's World），画腿部有残疾的克莉斯蒂娜在缅因的荒原上匍匐的情况，孤寂而坚强，画风细腻，冷漠而感人。国内在此前没有看过这样的题材和表现方法，因此反响很大。这张画出名之后，画上那栋孤零零叫做《奥尔森住宅》（Olson House）的房子，现在甚至成为一个旅游景点。克莉斯蒂娜患有小儿麻痹症，于 1969 年就去世了。真人真景，画得丝丝入扣，我看到印刷品的时候都很震撼，后来在纽约的现代艺术博物馆看到原作，呆立在那里看了好久。

怀斯的作品非常阴郁，非常精细，总是秋天的寂寞、冬天的孤独，有种宿命感。20世纪80年代在中国青年画家中一度很受欢迎，在技法上、氛围上都有浓厚的怀斯风。我自己对这位画家也是很有好感的。

深秋时分，有一天中午我和艺术系系主任林伍德·怀特（Linwood White）正在那个小餐馆吃午饭，木门"咿呀"一响，有一个穿得很厚绒衣的老人走进来，皮肤干燥得好像羊皮纸一样，和餐馆伙计打了个招呼，就坐在靠窗的座位上，要了一碗汤，静静地看窗外的深秋草场。林伍德过去和他打招呼，并且叫我过去见这个老人，原来就是怀斯本尊。从名义上说，怀斯曾是我工作的西切斯特大学艺术系的教授，他早已经退休了，偶尔还会去学院看看，因此说起来我们还算是同事。我握握他的手，他的手很冷，很干燥，表情近乎冷漠。我告诉他，我很喜欢他的画，他说"是吗？"仅此一句。我问他准备在这里过冬天吗，他笑了笑，说："不，我要去缅因的家过冬天。"老人好像已经对所有事物都不再感兴趣，谈话很干巴，一问一答，也从来不提出问题，那种气氛几乎不像是在对话。我留意到，餐厅里所有的人，特别是餐馆老板都在留意我们的谈话，我反而紧张起来，问道："缅因的冬天很冷吧？"他说："冷的，不过我很喜欢那里。"

我知道他在缅因有工作室，但是从来不知道他喜欢冬天去那里。在美国，缅因是夏天去避暑和秋天去看红叶的地方，冬天的孤独感一般人是受不了的。

怀斯喝完那碗汤之后，慢慢站起来，朝门口走出去，那小餐馆的人都站起来同他告别，怀斯大概是当地最有名的公众人物，也是整个美国当时最著名的画家，这里的人把他视为神圣的偶像。

我去西切斯特大学的前两年，怀斯刚刚在那里突然一下拿出了十多年内秘密创作的一个系列，全是请一个叫做海尔格·特斯托佛（Helga Testorf）的当地妇女当模特的，从1971年开始，他们两个秘密合作，他画了这个相貌平庸的中年妇女的身体、肖像，丝丝入扣，极为精细而充满了一种冷静的宿命感。他们合作多年，就在查兹佛德附近一个小房子里工作，连怀斯的太太贝特西（Betsy）也完全不知道。1985年，他第一次把十四年画的这一大批画给贝特西看，把她惊呆了。第二年，他在我们西切斯特大学附近的一个地方，把这批画全部交给一个画商列奥纳德·安德鲁斯（Leonard Andrews）处理，安德鲁斯在美国主要博物馆举办了一系列展览，我去西切斯特大学教书的时候是1987年，这批画的出现引起世界艺术界的震动。1990年，安德鲁斯把这整个系列的画卖给了一个日本企业家，到2005年，又被一个美国收藏家全部买回来。这批画的价值，我想总是在以数千万到上亿美元计算的了。美国媒体那几年对怀斯和海尔格之间的秘密感情关系渲染得不得了，报导连篇累牍，因此我也早知道这个传闻，那天偶遇怀斯本人，我本来想问问他有关这个系列的创作过程，紧张的林伍德在他身后对我做个手势，叫我闭嘴。后来才知道怀斯最讨厌人家问海尔格的事情。

在美国，到1980年代，艺术家中基本没有什么人再画写实绘画了，因为自从六十年代的波普运动开始以来，整个西方绘画经历了一场取消绘画的历程，到这个时候，别说画画，就是能够动动笔的人都不多。怀斯的父亲N. C. 怀斯是美国插图的奠基人，他肯定受父亲的影响很大，因此走写实的道路。但是他不画插图，而是把写实主义作为自己艺术创作的主要形式，这样，反而成了美国艺术界一个很特殊的现象，怀斯也成为美国当代艺术绝无仅有的一个写实主义大师，而没有成为插图画家。单就这点来说，已经很有意思了。何况他日复一日、年复一年地画同一个人物、同一个主题，兢兢业业，一丝不苟，和抽象表现主义那些一挥而就的大师相比，像罗伯特·玛特维尔（Robert Motherwell）、杰克逊·波洛克（Jackson Pollock）大相径庭，更是引起艺术界、评论家的极大兴趣。怀斯从来不愿意接受媒体采访，只是关起门来画画，有时候在查兹佛德的

家里，有时在缅因的家里，因此，总是有一层神秘的色彩环绕着他。

怀斯可是鼎鼎有名的大师，在美国任何一个一流的博物馆，好像纽约的大都会博物馆、现代艺术博物馆、华盛顿的美国国家艺术博物馆，还有在查兹佛德的白兰地河博物馆（the Brandywine River Museum in Chadds Ford, Pennsylvania，基本是怀斯家族的艺术博物馆），都有他的作品收藏的。2006 年 5 月，费城艺术博物馆（the Philadelphia Museum of Art）展出了怀斯的全部作品，是美国艺术界的大事。怀斯是自从美国画家约翰·萨金特以后第二个选入法兰西美术院（Académie des Beaux-Arts）的院士，是第一个被选入英国皇家学院（Royal Academy）的美国艺术家，那是 1987 年，也就是我见到他那一年的事情。我自然当面恭喜他获得这个殊荣，他摇摇手，轻轻说了声"谢谢"，一点也不在意。1990 年，老布什总统在白宫给他授予了美国国会荣誉勋章（the Congressional Gold Medal of Honor），在美国艺术界，能够达到这个高度的人绝无仅有，他却是泰然处之，行若无事。

怀斯生于 1917 年，我见到他的时候，他刚刚 70 岁，老态已经很明显了。看他的画，就知道他心态很老，1948 年，他创作了一个老年、残废妇女的系列绘画，那个妇女叫做克莉斯蒂娜，因此这个系列就叫做《克莉斯蒂娜的世界》（Christina's World），这套画收藏在纽约的现代艺术博物馆里，我去看过几次，那种明显的空虚、宿命感实在太强烈了。1948 年，他在查兹佛德画了他的邻居卡尔·卡纳夫妇和安娜（Anna and Karl Kuerner），他还持续不断地画他们的农庄，这个题材他整整画了三十年。他在缅因建造了画室之后，也在那里画一个邻居奥尔逊夫妇（the Olsons），也是一画几十年，从那个时候开始，他的工作和生活基本均分为两地：宾夕法尼亚和缅因。他的缅因系列更加令人震撼，因为缅因州冬日的那种寒冷感、孤独感，在他的作品上面表现得淋漓尽致，我自己看这些作品的时候，感觉是寒气从头到脚地贯穿，同时心灵极度震撼。这种体验是我看其他人的作品的时候很少有的。

安德鲁·怀斯和他的父亲 N. C. 怀斯、儿子詹姆斯·怀斯的创作，其实都和缅因有关系。N. C. 怀斯第一次去缅因是 1920 年，他在缅因州的克莱德港（Port Clyde，Maine）看到了壮丽的大西洋景色，缅因州夏天和秋天瑰丽的色彩，和宾夕法尼亚完全不同，壮阔而明朗，他的画风出现了很大的变化，色彩鲜艳壮观了，一个风景点他会画出不同时间、不同季节的整个系列来。

我在那次见面之后，很注意看他的缅因时期的创作，对缅因有种近乎崇拜的感受，那是怀斯带来的，那种渺远、清寂、出世、孤独、离群、宿命的氛围很让我着迷。我是一个生活背景完全没有那些元素的人，因此更加感到奇特和喜欢。虽然艺术界有评论家说怀斯基本还是个插图画家，我倒从来不在乎这种绝对化的评价，画是给人看的，给人感觉的，不是给评论家定调的。我喜欢怀斯，也就产生了一种对缅因的情感。

圈子文化

　　1987年我在美国东部费城附近的西切斯特大学艺术学院里教书和做点研究，当时我刚从广州美术学院去的。在广州我有自己的一个艺术圈子，到了费城之后，情况大不一样，用了一点点时间，开始重新进入圈子，则是件颇有趣的事情。

　　进入大学、艺术的圈子，最早还是因为我去听费城交响乐团的演出。费城交响乐团是当时世界最好的交响乐团之一，西切斯特大学艺术学院教员中好多都买了年票，演出季每个星期六都各自开车，到费城市中心一家意大利餐馆吃晚饭，之后听交响乐。艺术学院的同事们劝说我也参加，因此我在当年也买了年票，要知道我工资那时很低，买交响乐的演奏门票是相对奢侈的，既然有年票，整个演出季的每个星期六，我都去费城听交响乐，也是人生中一段精彩的时光了。

　　费城交响乐团当时的指挥和音乐总监是里卡多·穆蒂（Riccardo Muti，1941—　），音乐界说他指挥最精彩的是威尔第的作品，而在我听过的演出中，则自认为他指挥的普罗科菲耶夫（Sergei Prokofiev）和斯克里亚宾（Alexander Scriabin）的作品最为精彩。记得好几次在音乐会散场之后，我开车回学院，经过西费城，看见街头有一群群的黑人青年随着音响震耳欲聋的大录音机，跳街头舞，那个时候，刚刚是那个青春灿烂的女演员比尔斯（Jennifer Beals）的电影《闪光舞》（*Flash Dance*）放映之后几年，电影中那种激烈的、节奏感极强的舞蹈风行一时，青年人都受影响，改造、演绎了那类舞蹈，很有一番不同的意境。我强烈希望大家设法找这部电影看看，实在太有感染力了。但我见好多教授只冷冷一笑，意思是这种大众文化，和费城音乐厅的交响乐不是一个等量级的了。我当时有些困惑：高尚艺术和大众艺术到底有什么级别上的差异呢？推而广之，如果大家已经接受安迪·沃霍尔（Andy Warhol，1928—1987）的可口可乐瓶子绘画，把他视为像毕加索一样的大师，为什么街头舞蹈和交响乐就不能够仅仅视为差异，而存有高低之分呢？

我们这批州立大学的教授，大概有二十多个人，大部分住在费城以外的郊区或城镇里，因为他们是州立大学教授，因此等同于是公务员，有很好的福利条件，每个人都有自己的办公室和工作室，条件很好。我从1987年在这个大学兼课，因为经常帮其他老师代课，因此人际关系比较好，慢慢地进入这个费城艺术家的圈子。

我的系主任叫做林伍德·怀特（Lynwood White），一个画得很精彩的水彩画家，作品很扎实，却有一种塞尚的拙在其中，十分耐看。他是一个怀斯的信徒，几乎每天下午都拉我去小城西切斯特街头的一个古老的酒吧喝一杯冰白葡萄酒，谈绘画，周末陪我去纽约、威明顿、华盛顿（Washington D. C.）看画展，看博物馆，他也介绍我认识费城一批像他这样的艺术家，在他们的工作室坐，谈的内容也差不多。怀特后来成了我很好的朋友，也经由他，我进入了费城比较传统的画家这个圈子。

这批人有几种类型，第一类是传统的画家，从写实水彩到波普丝网印的人都有，他们因为艺术思想接近，自成一体，中午大家一起开车到画家安德鲁·怀斯草场旁边的一家小餐馆吃三明治，或者下午三点相约在西切斯特小镇的街上小酒吧喝白葡萄酒，谈各个画

17

家的情况，谈各种拍卖的情况。对于他们来说，比较近的偶像是怀斯，更大的偶像是同在宾夕法尼亚州的匹兹堡出来的安迪·沃霍尔。第二类是一批前卫的当代艺术家，他们多数在费城找工作室，并且经常去纽约，尽量靠近主流，当时的主流中，行为艺术、概念艺术、大地艺术占了很大的比例，因此，他们周末都去纽约。第三类是做史论的教授，他们多半是约翰·霍普金斯大学、威明顿的德拉华州大学艺术史系的博士，他们是传统、经典文化的最坚定的信徒，看博物馆、听交响乐是他们喜欢的事情。我因为刚刚到美国，三个圈子都参加，什么都想了解，两年之内，和他们接触之间，发现无论哪个圈子对于经典文化、对于通俗文化都有自己的固定立场，很少跨越。当时在国内艺术界各种流派还是比较混杂的，以写实主义为核心，而在外国，居然这样泾渭分明，颇有点意外。

我所任教的系里有个版画家，是个希腊裔，叫做 Gus，全名反而没有人叫，他住在宾夕法尼亚州和德拉华州之间，在威明顿有一个很精彩的画廊，主要做丝网印和拼贴（Collage），在创作上更加接近波普一路，他经常和我去纽约，夫人是纽约索霍一家大画廊的经理，我因而得以认识了纽约波普圈的一批人，比如罗森奎斯特、李亨登斯顿和他们的经纪人。

这几个圈子都很有代表性，特别是我经由费城圈子而进入纽约圈子，见识的人和事就多了，见证了很多有意义的艺术事件。同时我自己也对美国的通俗艺术的兴趣越来越大，导致我最终选择去加利福尼亚的艺术学院工作，进入了另外一个大圈子。

从理论上对文化研究有一个系统的认识，我是到美国之后才逐渐形成的。当时文化创意产业商业大潮在美国来势汹汹，不管艺术界愿意不愿意，已经是很壮大的一个产业了。前面说到的《闪光舞》的音乐、服装、录像带大概是穆蒂指挥录制的普罗科菲耶夫的"罗密欧与朱丽叶"组曲销售的几百倍，这是一个不争的事实。在宾夕法尼亚州立大学的这三个小圈子都对我很好，但是我始终是希望进

王鹏. 2015

入更大的大众文化圈子，因此终于在1989年转到洛杉矶的艺术中心设计学院（Art Center College of Design，Pasadena）教书，也开始认识和了解美国的通俗文化。到了洛杉矶之后，我开始有时间着手研究文化产业，也开始接触文化研究，自己对文化从研究层面上有了完全不同的认识。

在世界上，生产通俗、大众文化的大国自然是美国，从电影到电视剧，从流行音乐到体育运动，从动漫画到歌舞剧，没有国家能出其右的。无论世界各国的文化界如何指责，还是这些国家政府对美国大众文化的立法抵制，似乎都没有办法阻止它们的流行。上电脑查询资料，用的是美国公司设计的视窗，开口就是"Google了没有？"，大众文化普及到此般境地，美国的流行文化也无法忽视。

不过，在文化研究上，美国却是小国，它是一个兼收并蓄的生产大国，在研究上则永远不是中心，纵观一百多年来的文化研究历史，美国研究主要在20世纪80年代以后，而早期的研究，包括涉及文化的理论发展，到直接研究文化的理论，基本是在欧洲发展起来的。19世纪40年代的马克思主义、90年代弗洛伊德的心理学研究，20世纪50年代的法国结构主义理论、60年代的女性主义（美国这个时候开始参与，但是"拿大鼎"的还是法国的西蒙娜·波夫娃），60年代后期法国的解构主义、80年代加拿大、意大利的后现代主义、法国的消费社会理论，美国这个时期才开始出现了有影响的研究，比如后现代主义、文化唯物论和后殖民主义理论等。因此，能够生产某种文化是一方面，但是能不能把文化作为研究的焦点，把实践上升到理论层次，则是另外一回事了。

全世界文化研究有三个最核心的机构，他们的研究工作影响了全世界对文化的看法，促进了文化的发展，这就是英国的伯明翰当代文化研究所（The Centre for Contemporary Cultural Studies，简称为CCCS）、巴黎大学文学院与社会学院和德国法兰克福大学社会研究院。伯明翰大学的当代文化研究中心突破原来大学里，仅仅把文化研究放在语言学系中的做法，研究文化现象和实质，焦点在大众文化、社会阶层分析，从而将社会阶层重新定义，使文化研究形成体制化。

巴黎的罗兰·巴特、德里达、布西亚则从符号学、哲学理论入手研究文化，奠定了当代文化研究理论的基础。德国法兰克福大学学派，在阿多诺、霍克汉姆这些人的带领下，研究文化工业（也就是我们现在叫得天响的"文化创意产业"）对大众的影响，分析媒体在当代社会的影响力，提出精英领导的高雅文化。

这三个研究核心，奠造了我们现在对当代文化认识和研究的基础，在建造什么文化创意产业园以前，如果对他们的理论一无所知，可以说将来肯定是一无所获的。

世界历史上，文化是少数人掌握的，原因是识字权、受教育权仅仅在少数人的手上，绝大部分人是文盲，绝大部分人没能进入大学学习。第二次世界大战之后，这种情况在西方国家突然变化了，基本没有文盲，高等教育迅速普及，在英国和美国这些国家特别地明显。因此伯明翰大学的几个出身于劳动阶层的学者，开始从劳动阶层的文化研究开始，提出和法兰克福学派的精英领导文化完全不同的理论，认为文化本无高低之分，精英文化和劳动阶层文化仅仅存在不同、差异，而无优劣的区别。这个研究，奠定了当代的大众、通俗文化的理论基础。

当代文化研究中心，是伯明翰大学（University of Birmingham）的一个研究所，1964 年由理查德·霍加特（Herbert Richard Hoggart，1918—2014）创立，这批人的研究，最后被称为"伯明翰文化学派"（the Birmingham School of Cultural Studies），甚至在国际上被称为"英国文化研究"（British Cultural Studies），影响之大，可想而知。其中大学者有斯图亚特·霍尔（Stuart Hall，1932—2014），研究文化的"文本"（text）如何被接受（英语叫做 the reciprocity in how cultural texts），研究批量化生产的文化（mass-produced products）是如何被利

用和消费的，他们对提倡精英文化、精英领导文化、高雅文化的法兰克福学派(the Frankfurt School)，特别是其思想领导人西奥多·阿多诺(Theodor Adorno，1903—1969)的理论提出尖锐的挑战，自成一体，成为通俗文化、大众文化的理论基础。

霍加特于1918年生于产业城市利兹，是一个工人的孩子。在伯明翰大学，霍加特不拘泥于当时流行的科学研究方法，他认为个人经验对文化分析非常重要，最特别的地方，是他反对所谓精英文化、高尚文化、高雅文化高于大众文化的这个立场，提出只有异同和差别，没有高低之分。这个思想为后来全球的大众文化普及奠定了理论基础。好多大众文化的形式，如波普艺术、摇滚乐、嬉皮士文化等出现在英国，不是偶然的。霍加特成了当代文化研究中心的核心研究人员，并且奠定了这个中心在全球的文化研究中举足轻重的地位。

在霍加特的指导下，伯明翰当代文化研究所的研究项目有好几个，都和通俗文化有密切的关系，比如"次文化"研究(subculture)，通俗文化研究(popular culture)、媒体研究(media studies)。他们对大众文化、工业生产文化的研究采用了各种理论模式，包括传统的马克思主义理论、后结构主义理论(post-structuralism)、女性主义理论(feminism)、批判竞争理论(critical race theory)等。他们是最早把社会学(sociology)、人种学(ethnography)的方法论用到文化研究中的组织研究团体。他们研究了大众媒体(the mass media)在不同阶级、阶层中的代表方式，并且也研究了在这些不同的群体中媒体被如何认读和解释，从而了解大众媒体的作用。

1968年，斯图亚特·霍尔担任了当代文化研究中心的主任。霍尔是在1951年到布利斯托，之后考入牛津大学。毕业后在伯明翰大学教书，成为当代文化研究中心的主要研究人员，领导研究人员形成了一套"编码/解码"(Encoding/Decoding model)模型。1950年代已经参加编撰《大学和左派评论》(*the Universities and Left Review*)

杂志，成为新左派的代表人物之一。霍尔发表的作品除了上面提到的两部之外，还有《马克思定位：评估和分离》(*Situating Marx*：*Evaluations and Departures*，1972)，《电视叙事中的编码和解码》(*Encoding and Decoding in the Television Discourse*，1973)。他还参加撰写了《监督危机》(*Policing the Crisis*，1978)这部重要的著作。1979—1997年他开设了"公开大学"(the Open University)。

霍尔的主要研究集中在垄断性(hegemony)和文化研究(cultural studies)两方面，理论上属于"后语法派"(post-Gramscian)。他认为语言的使用仅仅在政治、经济的制度框架中和在权力框架中才有运作意义，若推进到文化研究中，就把文化从"生产者"和"消费者"两个侧面来考虑和研究。所谓的"垄断"，也就是文化生产者的垄断了。他的"接受性理论"(reception theory)和"文本分析"(textual analysis)都是非常著名的。在他的指导之下，研究中心继续朝深度发展。

当代文化研究中心另外一个重要的研究员就是威廉斯，他的生活背景和霍加特相似，他在1921年出生，父亲是铁路工人，对大众文化也具有和霍加特一样的感受。他主张文化是可以不断地被塑造的，没有一成不变的单一文化，更没有统治性的高雅文化、精英文化永远不动摇的可能性。威廉斯亲自参与英国成人教育，以身作则、带动大众文化的普及，为20世纪70年代英国"新左派"文化研究理论奠定了基础。英国文化研究迄今依然具有浓厚的马克思主义色彩，与他关系密切。

伯明翰文化研究所的成就第一次集中反映在他们出版的论文集《监督危机》(*Policing the Crisis*，1978)中，因为当时社会骚动，特别是伦敦布莱克大街暴力事件(Black street violence)之后，他们提出了"手缸理论"(mugging，是一个符号学上常用的代号方法，英语叫做code)，用这个理论来分析当时的政府行为，他们的理论在80年代被广泛地用来分析撒切尔政府(Margaret Thatcher)的一系列保守的法律和政策的内涵和社会影响。

当代文化研究中心比较重要的研究人员还包括第三任主任理查德·约翰逊（Richard Johnson），他专门研究社会史和文化史；戴维·莫利（David Morley）、查洛特·布伦斯登（Charlotte Brunsden）两人合作出版了《全国项目》（*The Nationwide Project*）这部研究报告。多罗斯·霍布逊（Dorothy Hobson）研究"十字路口"理论（Crossroads），这篇文章也是她的硕士学位论文。

当代文化研究中心后期越来越多地转向了社会学、女性主义对文化的研究，也开始研究拉丁美洲的现代化。伯明翰文化研究所于2002年关闭，当时中心的250位大学本科生和研究生、14位研究人员和教授被分配到伯明翰大学其他的专业科系中去，这个中心的任务也就算是历史性地完成了。研究所在它的研究工作刚开始的时候，大众文化还处在一种无法找到自己社会地位的斗争中，被精英文化视为另类文化、低俗文化，到这个研究所关闭的时候，大众文化甚至取代了精英文化，登堂入室、成为了主流文化，和以美国为主的大众媒体结合在一起，席卷全球，成为主旋律了。

我们对比一下法兰克福学派和阿多诺理论，伯明翰学派的霍加特理论，就知道当代文化理论上两个最大流派的差别。

阿多诺认为：精英文化是高级文化，应该高于大众文化，因此重视高级文化、高尚文化、精英文化，好像交响乐、芭蕾舞、歌剧、造型艺术、高级的设计等。他认为文化产业或者文化工业（cultural industry）是一种文化堕落现象，只有高尚文化才是挽救沉沦的低俗文化、大众文化的力量。

霍加特认为：精英文化的主要依托力量是中产阶级（middle class），而大众文化的主要依托力量是劳动阶级（working class，我们不恰当地翻译为"工人阶级"）。他认为劳动阶级有自己独特的文化、自己独特的品位，这种文化并不低于高尚文化，仅仅是不同而已。他认为大众文化更加贴近人们日常的生活，对人民的影响更大，文化的标准不应该以精英文化来界定，这种精英阶层控制文化的情况应该过去了，精英文化和大众文化应该并行。

写到这里，我们想想国内的情况，各个地方"卫视"制作播出的综艺节目压倒性地占据了文化主流，这种情况就可以看出大众文化的力量，精英文化、高尚文化虽然没有灭亡，也顺应了霍加特的估计，成为小众的文化了。我们自己对文化、艺术的认同固然有自己的取向，但是不能够因为自己的喜恶而忽视、压抑、打击另外其他的文化形式。伯明翰学派的最大贡献也就在此了。

顺便说一下，研究伯明翰学派重要的参考书是《创造状况》(*Conditions of their Own Making*：*An Intellectual History of the Centre for Contemporary Cultural Studies at the University of Birmingham*)，作者是诺玛·舒尔曼(Norma Schulman)。

文化研究在很大程度上也仅仅是一个圈子文化，本身也是极为小众的。

手记习惯

这些年来，我完全出于兴趣，写了好几本"手记"的小书，开始于 2006 年的《巴黎手记》，最后一本是 2014 年的《威尼斯手记》，我原来是想把自己去过、有感触的城市都写一本，配上一些自己的速写、素描，《巴黎手记》最集中体现了这种设想，但是因为事情多，我写"手记"则完全是一种业余的喜好，所以拖拖拉拉，到今年也就完成三本而已，并且也不是多么满意。

这些"手记"，早年仅仅是做自己的手绘加笔记用的，并没有准备出版。我曾经在法国南部、号称法国"里维拉"地区(the French Riviera)阿尔卑斯-滨海省(the Alpes-Maritimes)山里的一个小镇格拉斯(Grasse)待了一小段时间写手记和画速写。那个城很小，市中心有一条老街，大约是 12 世纪就有的，夕阳西下的时候，街边有几张桌子摆在那里，铺上红白格子的餐台布，是我经常去吃晚餐的地方。有个老人也经常去，每次都隔着桌子打招呼，他看见我老是就着斜阳在笔记本上写、画，最后忍不住了，过来坐在我旁边，问我是不是个作家(écrivain)，或者是个画画的(dessinateur，这个词有点类似"绘图员"，而非艺术家)，弄得我一时瞠目结舌，因为我从来不觉得自己是个"作家"。在中国，作家必须有作家协会头衔，又

《巴黎手记》1

应该获得若干奖项，还得有自己的写作风格，我什么都没有；他看见我的笔记本上又有好多速写，我想了半天，说自己是一个"旅人"（voyageur），也是一个"梦想者"（songe-creux）。他有点狡黠地望着我，用手指指我，说"啊啊，Peter Mayle！"我知道他是用写《普罗旺斯岁月》的那个作家来比喻我，其实人家是专业作家，我是一个散淡之人，不是一回事，但当时也就只有笑笑。后来几天，我在镇上走，那些市民往往把礼帽提起一点点，叫我一声"Bonjour! Monsieur écrivain"（早安！作家）弄得我几天不敢和大家搭讪，那个感觉，是"盛名之下其实难符"之难。

我最早做这类文图夹杂的手记，应该开始于"文化大革命"中，也就是 1966—1976 年。第一次那一本最心痛。1966 年 11 月，旨在消灭所有文化的"文化大革命"从开始有五个多月了，全国的学校都"不听课闹革命"，因为我能够画画，被抽调到铁路系统帮忙画大张的毛泽东肖像，供崇拜、游行时用。我有天抽空和同学两个人回学校看看，见得人去楼空，只有几个被"红卫兵"强迫劳动的老师在扫地、洗厕所，我跑到教室看看，遇到一个女同学回去拿什么东西，看见我们她一脸茫然，说："全国的学生都在免费坐火车、轮船'革命大串联'，你们两个难道不想去北京见毛主席吗?"她问得我一头雾水。从心里说，我并不想跟着几百万学生在长安街等着接见，是因为心里知道那么多人，肯定看不见毛的，得个说法而已，但是又不好说出来这个感觉，因此我脱口而出："我们步行串联，走到北京去表忠心!"一言出口、驷马难追，我只好回家收拾了点行李，还去跟当时被湖北艺术学院造反的红卫兵学生关押在（当时普遍叫做"牛棚"）拘留中心的父母说了一声，母亲给了一点钱，我就上路了。我们从武昌走到北京，一共走了两个月。那是冬天，我们每天朝北走，狂风怒号、沙尘蔽日。我走村串镇、翻山越岭，12 月末到了北京，毛主席已经接见不计其数的红卫兵，他累了，不再见人，我们也没有什么感觉。这一路上我天天随处画速写、记日记，到北

《巴黎手记》2

京时就有了很厚一本，记录了两个月来的所见所闻，我颇为喜欢。

那本手记我带在身上继续走下去，每到一个红卫兵、学生留宿的"接待中心"，只要拿出来，都会有一群学生围观，甚至借去翻阅。1967年3月，在井冈山的茨坪接待中心里，有人半夜从我枕头下拿走了，从此我就失去珍贵的第一本手记了。

习惯养成了，我继续做手记，在农村插队时候的第二本，记录了下乡的生活感想，在1969年冬天因为查我是不是"五一六分子"这个莫须有的罪名，第二本手记被没收了，并且还延伸出很多他们从手记上看到的词语的"反革命"推理的联想，差一点出大事。1972年我从"插队"的农村被县城的一个集体性质的企业"招工"到了县城，在一个工艺美术厂做设计员，整天在设计台上画画，看文物资料，也经常出差，又开始在速写本上涂涂画画，也做记录，早先还分成日记本和速写本两本，后来想起在历次大清洗中，私人日记本是出问题的核心，一旦开展什么运动，清理阶级敌人，先把日记本收了，然后一点一点地从里面找破绽审问，好多人就是这样一步一步被从一个良民打成现行分子的，我的第二本手记也是拿我的文字纠缠问题，而画都一目了然，倒没有出过事，因此我就改把感想写在速写本上，用来配图，画多了，图文并茂，也没有什么秘密，做了记录，也有心得，大家也喜欢看。当年好多朋友借我的速写本去看，都说如果有一天出版成书，一定有更多人喜欢的。那时谁敢想出版自己的笔记速写呢？

这一批手记到1978年就告一段落，我离开工艺美术工厂，回到大学读书，之后我在研究生院深造，太忙，手记停了下来。直到1987年出国，我在大学做研究，接着我转入加州帕萨迪纳的艺术中心设计学院（Art Center College of Design，Pasadena）开始教学生涯，因为学院的关系，我有机会到欧洲、远东地区出差，有时候是办事，有时候是讲学，所接触的圈子、所看到的事物与以前完全不同，不仅开阔了眼界，也提高了自己对艺术、对城市、对建筑、对

威尼斯双年展期间，城里
到处可以看见双年展标识。
王辉之，2012.7.

《威尼斯手记》1

设计的审美和鉴赏水平。我每次出门都带着照相机，还保持了几十年前那种喜欢在速写本上涂涂画画的习惯，并且数年之后，照片多到不想看，而速写和笔记依然能够唤起自己的记忆，朋友们也非常喜欢看，这样我就出现了将这些手记编辑起来、集画成册的念头。

这样出版的第一本手记是《巴黎手记》，正是我自己希望的形式，图文并茂，也很随意，这本书出版之后很畅销，印刷了好多次，现在依然有好多人带着它去看巴黎。

我出门一定带速写本，与众不同的地方就是我把速写本也当成笔记本，我的速写喜欢用钢笔画或木炭画。钢笔画有个好处，就是比较清晰，容易交待清楚建筑的构造，钢笔画如果画得好，往往还有一种铜版画的韵味。而木炭画则能够在很短的时间内把空间、素描关系表达出来，不足就是要喷上固定剂，出差不能够带固定剂，因而速写大部分都是钢笔画。

前年去威尼斯，发现钢笔画有太大的局限，威尼斯是一个非常特别的城市，整个城市都建造在木桩上，漂浮在海面上的，白天游客如云，日落之后，游客离去，整个城市就是一个漂浮的水城，朦朦胧胧、如梦如醉，用钢笔画肯定没法抓住这种氛围，因此我在威尼斯就改用木炭条画速写，最后成了2014年出版的《威尼斯手记》，虽然我画的时候很匆忙，但是抓住了氛围，我还是很高兴的。

我前后一共出了三本"手记"，其中只有《北京手记》一本是关于中国城市的，之所以选择多写外国城市，除了自己熟悉之外，还有一个是那些城市变化得比较缓慢，可以细心写、画，不用担心一夜之间城市会面目全非，国内城市能够做到百年不变的一个都没有，而威尼斯是五百年没有多大的变化，巴黎也是和1850年尤金·霍夫曼男爵(Georges-Eugène Haussmann，1809—1891)改造的形式没有多大的差异。

这种随时画随时写的习惯的确给我带来很多乐趣，所想所见的能够拿出来和大家分享，是很积极的事。

回路四周的进去里面都很大。
三一件的个过访地可以放下像曲,在末上看剧
王羽之 : 2012.7.

《威尼斯手记》2

槟城旧梦

　　英国人在亚洲、在东南亚染指应该属于晚的，16 世纪荷兰人已经在印度建立东印度公司，那时的英国人还只在海上做点海盗行径：攻击西班牙人的美洲殖民地、争夺荷兰人在远东的据点。早期的殖民化并非那么有组织，其实运作模式和海盗模式差不多，但是到了 18 世纪，英国到亚洲逐步成为有组织的国家行为，并且有海军配备，他们到马来半岛面朝马六甲海峡的西海岸登陆，害怕陆地上有土人进攻，因此最早占领的是两个岛屿，南方的是新加坡，北方的是槟榔屿，各建立一个要塞，槟榔屿的要塞叫做"康瓦利斯堡"，我去看看，四面都是垛堞，可见当时的英国人对面孤独，要防范四面入侵，半用军事压力，半用金钱收买，他们从马来那些伊斯兰教的土王"苏丹"手上租借到槟榔屿，建造英国人的城，叫做"乔治城"（George Town），这就是现在槟城的市中心了。土王出尔反尔，他收了英国人的钱，又想收回这个岛，因此他派兵去攻打，怎么是对手？三下五下，连陆地上的一片都被英国人占去了，随后逐步整个马来半岛也成了英国人的殖民地，英国人在东南亚两个最大的要塞就是新加坡和槟城，有两百年的历史。后来英国人向北拓展，有了香港，自是后话。

王爱之 · 2015

2014 年 6 月，一个颇炎热的早晨，我迷迷糊糊地睡了一觉醒来，一夜没有睡好，是因为从酒店房间窗外传来的海浪声音太大了，拉开窗帘，就可以看到翡翠色的马六甲海峡的波浪。

这一次是香港在马来西亚的槟城组织的一次活动，前天我在有点微妙的氛围中登上香港国际机场港龙航空公司的空中客机飞来槟城。自从年初马来西亚航空公司客机失踪之后，大部分原计划要去东南亚的人都改变了行程。就在这个时候我收到香港艺穗会的邀请，去槟城出席一个座谈会，并要发表讲话，委婉一点说，并非我最想，但是有一个可见到很多古建筑保护方面的专家学者的机会，我也就如从而飞了。这天风和日丽、气流不惊，我迷迷糊糊听着 Neno 里面的乔治·威廉斯的作品集，胡乱地吃了点什么，飞机就平稳降落在槟城的机场上了。我们从机场出来，和吉隆坡、马六甲一样的气候、一样的拥挤、一样的低效率交通管理、一样悠闲的市民，我和一众学者、艺术家、音乐家一起坐巴士，到达下榻的酒店，叫做"东方酒店"。

"东方酒店"（the Eastern and Oriental Hotel）本身就是一个英国在东南亚扩张历程的里程碑，这个酒店和新加坡的拉佛斯酒店、香港的半岛酒店，是英国在亚洲的三足鼎立的顶级酒店，全部是英国新古典主义风格，也都添加了适合热带、亚热带气候的建筑细节，象征了英国在这三个城市的牢固地位。拉佛斯酒店外高楼林立，已经不是当年的感觉，香港半岛酒店是因为 1980 年代英国人建立好像碉堡一样丑陋的香港文化中心建筑群，而被封闭起来，加上尖沙咀一带游客多到不能站的地步，半岛也就不成半岛了。只有这个东方酒店，1881 年建造，到我走进去的时候，依然和百年前无异，同样的海、同样的城、同样的服务、同样的房间，百年前的梦，也是现在的梦，如果想领略一下英国人当年在这里的辉煌岁月，这家东方酒店是能够提供最佳的平台的。

那天晚上有个酒会，槟城和香港的达官贵人、文化名人如过江之鲫，我站在旁边，听他们客套的贺词，转眼透过落地大窗，看那片深沉的海，那个几百年前郑和舰队停泊的驳岸，那个英国军人鱼贯登陆的海滩，恍如隔世，很有时空穿越感。

槟城又叫做"槟榔屿"，是一个岛，加上部分的大陆部分，主要城市叫做"乔治城"，在岛上面，情况有点像厦门和鼓浪屿的关系，不过乔治城这个岛大得多。这次的活动是香港的"艺穗会"举办的"光照香港"的活动。这是艺穗会的传统，在一个友好的城市、在历史上又和香港有密切关系的城市举办这个活动，促进各地对香港的认识，增进艺术家之间的了解和友谊，在汉城、新加坡、柏林等之后，今年选择在槟城。他们今年增加了一个学术项目，请一批专家讲古城古建保护和振兴。整件事的背后推手是香港贸易促进局，香港政务司司长林郑月娥女士也出席做了香港文物建筑保护的长篇讲话，详细论述了各方面的问题和挑战。英国权威的古建筑专家迈克·莫里森(Michael Morrison)介绍了英国古建筑的保护情况，而槟城、马来西亚世界文化遗产负责人、古建保护家 Lawrence Lo 先生也详细介绍了他是如何保护槟城最重要的中式古建，俗称"蓝屋"的张弼仕宅，认识了许多的人，也见证了很多重要的槟城保护项目，是一次很有收获行程。

喜欢旅游的人，其实注意槟城的人也不多，因为它位于马来半岛西北端，离开南部新加坡、吉隆坡、马六甲颇有些距离，这里则真是英国文化、中国文化、印度文化全面碰撞和融合小城了！我住的东方酒店和后面的整个城区是乔治城，一个好像文物一样精致而完整的英国城，后面是东西方融合的唐人街、印度街，当地人则是信奉伊斯兰教的马来人，四种文化并存，相安无事，颇为神奇。英国新古典、骑楼商业街、清真寺、印度教寺庙、华人的佛教寺庙、宗祠、行会，几大类建筑并陈槟榔屿，其中英国人建造的新古典主义作品、装饰繁杂而华丽的华人豪宅和寺庙最为珍贵，这些建筑目前都修复保护得很好，我们在张弼仕宅晚宴，恍惚之间好像坐在广州陈家祠一样。

槟榔屿的原住民是马来人，狩猎为主，无为之治，并无复杂管理体系。郑和下西洋的时候到过这里，从此槟城和明朝有贸易关系。第一个到这里的英国人叫做詹姆斯·兰卡斯特爵士（Sir James Lancaster），1592 年 6 月在这里登陆，待到 1594 年才找到回英国的船离开。距我站在他离开的那个岸边的时间，正好是 320 年前。英国人为追逐贸易利益不断到马来半岛，当时半岛是有十几个马来"苏丹"控制的，英国军官佛朗西斯·莱特（Captain Francis Light）和其中一个统治槟榔屿的苏丹达成协议，租用此地，莱特在 1786 年 8 月 11 日登陆槟榔屿，并且立即建造要塞，叫做"康瓦利斯要塞"（Fort Cornwallis），并且随即控制了整个槟榔屿，改名为"威尔士亲王岛"（Prince of Wales Island），这里是英国在整个东南亚第一个据点，也是英国在美国独立之后获得的第一个海外领地。马来"苏丹"曾经多次发动袭击，想夺回槟榔屿，但是没有成功。这里成了英国在东南亚重要的贸易港口，胡椒、香料的出口需求越来越大，对欧洲人来说，这里出产的香料成为替代荷兰从印度尼西亚购进香料的替代品。入港的船只到 1802 年已经有三千多艘了。槟城成为整个东南亚地区仅次于新加坡的第二个重要的欧亚贸易大港，槟城对华、暹罗、爪哇、印度的贸易也非常繁盛。到槟城的华人移民数量不断上升，做贸易，开采锡矿，开种植园，华人中出现了许多富商，像清朝大吏张弼士，富可敌国。孙中山也曾经多次出入槟城为共和革命筹款。

槟城历史上最黑暗的时期是第二次世界大战日本占领时，1941 年 9 月槟城沦陷，日本残酷镇压，日本不但把槟城作为这个地区重要的战略要塞，也给德国提供潜艇基地，以槟城为据点，攻击盟军在印度洋的船只，而盟军之后轰炸槟城，虽然打击了日军，但是同时对这里也造成巨大的损毁。现在看见英国区缺失的一块块空地，就是当年被轰炸摧毁的经典建筑了。

在槟榔屿讨论古城保护、复兴、发展，是最有意义的，因为它本身就是这样的一个典范。2008 年槟榔屿被列为联合国科教文组织的世界文化遗产，相信这里会越来越精彩的。

暗影浮香

　　我在江南地区居住过好多年，因此对于七八月的酷暑、一二月的严寒都有些畏惧。江南的冬季是没有暖气的，是潮湿的冷，是入骨三分的冷，冷得钻心，冷得让人坐立不安，这是大部分北方人不太了解的一种状态。虽然原则上是避开夏冬这两段时间去江浙上海，但是有时候我有公务在身，避不开，还是得去，就辛苦了。

　　十多年前的一个隆冬，一月下旬了，有个做设计的朋友陪我去周庄。那时候，周庄还没有开发成现在这样游人如织的程度，平日人不多。那天阴雨绵绵，阴风怒号，连日不开，路断人稀，我打把雨伞，在周庄的青石板路上高一脚低一脚慢慢走，慢慢看。窄窄的运河边上的店铺都没有什么人，进一小酒馆，暖一壶黄酒，一边剥毛豆吃，一边在酒馆的窗边看屋檐的水滴丝丝入河，窗外是一片雨雾朦胧，白墙黛瓦，水痕如泪，像一张水墨画一样。那一刻，我真有点希望能够就长居在这个小镇里。

　　回程的路上，同行的朋友说有个刚刚做好的"大观园"，是按照《红楼梦》里的描述建造的，虽然有点商业气，但因为是江南园林形式，做工也精细，还是值得看看，我们就绕了一点路去了。下了车之后，冷雨变成雪花，并且越下越大，走进"大观园"，更不见人迹。我们两个人在"红楼梦"中的"大观园"里面走，亭台楼阁、假山池塘，都渐渐披上了一层白色的雪花，忽然产生一种幻觉，好像走到小说里了，似乎依稀之间听见十二钗和宝玉的嬉笑。走进潇湘馆，我伞也不打，就让雪花轻轻地落在身上、脸上，冷冽的雪在脸上融化，心里感觉特别舒坦。我走着走着，忽然一阵清澈到心底的幽香扑面而来，直透心底，我寻香而去，居然是一枝腊梅，在飘散的雪花中绽放，我站在那里，像在梦中一样，享受着沁香的滋润。

那个大观园是根据《红楼梦》中大观园的描写设计而成的仿古园林建筑群，在青浦的淀山湖西侧，距离上海市区约五十公里，并不像一些仿古园那么大，我推测《红楼梦》里描写的园子，估计也就这么大而已，是后来人附会想得越来越大的。大观园建筑面积约8000平方米，这个园子是上海园林院设计，1979年秋动土起造，1988年基本建成开放。大观园总体布局以大观楼为主体，由"省亲别墅"石牌坊、石灯笼、沁芳湖、体仁沐德、曲径通幽、宫门、"太虚幻境"浮雕照壁、木牌坊等形成全园中轴线。大观园西侧设置怡红院、拢翠庵、梨香院、石舫，东侧设置潇湘馆、蘅芜苑、蓼风轩、稻香村等二十多组建筑景点。这个园和我在北京看到的那个仿古大观园不同，这个园有强烈的江南特点，有湖泊，用曲径通幽的大型假山作入口屏障，全园以湖为中心，以池塘、沁芳溪连通各个景点，主与次、动与静的水系，滨湖的亭、台、楼、榭，曲桥、石舫、石灯，山重水复、流水人家。依照江南做园必封必隔的原则，这个园的设计封隔有流势，其中大观楼是个三进宫式建筑群，主楼为七间两层琉璃建筑，雕梁画栋、鎏金彩绘，两侧有配殿、楼阁，其后为寝宫和刻有清水砖雕的北宫门。怡红院的布局分东西两路：东路以供起居的绛云轩为主，由曲廊、洞门分成三个互相环接的小院，以东楼为对景，山亭为中心，形成疏密相间的三进庭院。西路为宝玉读书、会客、弈棋的三进院落。建筑内部精雕细刻，陈设有红木家具，珠光宝器，配植芭蕉、海棠，显现雍容华贵，与《红楼梦》小说

크롱르. 2015. 1

带浓重脂粉气的人物性格相吻合。潇湘馆建于竹林旁，以"有凤来仪"为主体，由书房、厅堂与画廊构成三进院落。设小桥流水，配植翠竹、梨树、梅花，有精美的花阶铺地，形成清秀、疏朗、高雅的园林风貌，以表现黛玉清逸孤傲、脱尘去俗的性格。蘅芜苑是一座歇山加攒尖屋顶的建筑，以假山、二层轩廊及多植藤萝为特色，闭塞、庄重的园林，与宝钗的清幽深邃性格相合。

走到外围，我还看见拢翠庵，小说中是妙玉清修之地，以观音壁泉和茶室庭园相组合，环植红梅、绿萼、苍松、翠竹，清雅绝俗。稻香村是李纨的住所，这园不施丹朱、除尽雕镂，用素墙瓦房，白木门窗，竹笆护墙，种植瓜藤果蔬，自然本色，朴实无华，浓郁的乡村气息，是李纨朴实无华的性格诠注。

有墙围合，就成院子，院子大了叫园，小了叫天井，就是在自己的居所里面围合一个空间，这个空间有两个功能。一个功能是空间功能，在繁杂的城市生活中营造一个可以看见天、可以透口气的内部空间，甚至可以有自己的花园、一个最私隐的内部庭园；另外一个功能是心理功能，可以透口气、和外界完全隔开的心理居所。因而，院子的物理功能和心理功能是同等重要的。

我循着那沁香味走，偌大的园子中没有人，院院相扣，园园连接，走入潇湘馆的园子，看见了一枝腊梅，那沁香是这里散发的！

腊梅这种花很特别，只在长江流域多见，从江苏、浙江到四川都有，但在华南、华北、东北、西北罕见，这腊梅仅仅在冬天开花，光秃秃的枝干上繁茂地绽开浅黄色的花，那花瓣像蜡做的一样，半透明，越冷开得越好，如果下雪，腊梅总是在雪地里怒放，它的馨香具有穿透性，一个花园只要有一株腊梅，满园都弥漫芬芳。如果剪一枝插在花瓶里，满屋飘香。腊梅的香我觉得有点类似水仙，因此和过年能联系起来。冬天的花，孤独的香。

几年之后，也在元月，快要过年了，那次我正好出差去长江边上的一个大都会开会，那天寒冷。那天会议很紧张，我几乎没有离开会议室。看看温度计，那天的室外温度是 4 摄氏度，不算太冷，但是江南大多数建筑没有取暖设备，如果室内没有暖气，晚上还是有点难熬的。我在会议室呆了一整天，也被抽烟的人熏了一天，走出大门想呼吸几口新鲜空气，忽而看见一个老农民挑着一个担子在街头，两头都是扎好的树枝，低头慢慢走过，我注意看看，那担子上的"树枝"居然是千百朵花蕾的腊梅花束！我赶快叫老人家过来，问问价钱，公道得难以想象：十元一扎，如果不是晚上要坐飞机回南方，我是会全部买下来的，因为我大部分的朋友都没见过腊梅，想多带一些送朋友。但因为难带，我就买了六束。老农包扎起来，好大一包，腊梅花蕾从包裹的缝隙中顽强地伸出来，依然香气四溢。

我到机场托运，托运的工人都说"好香"，在花束上贴上"勿压"的标志。我转机的时候，改为自己随身携带。安全检查的工作人员和旁边办登机牌的小姐们都说"好香"；腊梅过了 X 光机扫描，一群安检人员过来闻花，说"好香"；我在机场等飞机，贵宾室的旅客都走过停下来说"好香"；上了飞机，旁边坐的一个气宇轩昂的老板忽而变温和了，露出灿烂的笑容，说"好香"；飞机上的形形色色、大小老幼、各行各业的乘客，在走过我放在椅子背后的腊梅的时候，都说"好香"；低头闻闻，人人都露出由衷的微笑。我到了目的地，接我飞机的司机先闻闻花，说："好香"，到了目的地之后，他下车帮我拿行李，对我说："谢谢你坐我的车，给我的车里留下满车的香味！"

我忽然想到：在腊梅面前，好像社会的隔膜没有了，大家都喜欢这腊梅。再想想：美的东西有谁不喜欢呢？作为社会人的我们，因为各种社会关系、利益关系，隔膜起来，但是在这样单纯的美的面前，人的本性就显露出来了，大家爱腊梅，其实人人都爱美，爱善良，人性本善、本美啊！

暗影浮香，我喜欢腊梅。院子里的那股沁香，好像现在还在我周边一样。

公寓往事

上海在 20 世纪二三十年代出现了许多新类型的建筑，石库门是类似联排住宅的形式，而多层、高层公寓则是另外一种方式，后者更加兼顾了当时流行的现代主义风格、Art Deco 风格，涌现了许多迄今依然属于精品的奵作品。对我来说，Art Deco 不仅仅是一种设计风格那么简单，而是一种优雅、讲究的生活方式，我们现在很多人喜欢的旧上海，其实就是这种风格、方式烘托着的，很浓郁，有时候有点伤感，但更多的是一种醉生梦死的陶醉。

前年 4 月，我有个项目在重庆，根据项目方的要求，是要走"装饰艺术"（Art Deco）风格设计方向的，因此我多次去重庆讨论项目设计和推广的问题，想起重庆和 Art Deco 风格似乎很难拉上关系的项目，就联想很多事来了。我想起在重庆之外的城市里，却有两个冠名"重庆"的大楼，两个大楼都有点特别之处。第一栋是香港尖沙咀弥敦道上重庆大厦，在最繁华的商业街道上的那栋高层公寓建筑内居住的南亚人特别多、非常杂乱，好多香港人谈到那栋大楼都有点谈虎色变：去不得，乱！王家卫的电影《重庆森林》中的故事就发生在这栋大楼里面和周围，之所以选择那个大楼拍摄，据说是因为电影的荷兰摄影师杜可风（Christopher Doyle，1952—　）住在里面，很熟悉那栋大楼，也喜欢那栋楼里面鱼龙混杂的乱。我看了电影之后，居然也到重庆大楼去毫无目的地走了几趟，全是印度人、巴基斯坦人、尼泊尔人和其他南亚次大陆的人开的小店，卖他们国家的土特产，也卖各种山寨日用品。底层被分隔出无数个小摊小间来，七歪八拐、好像迷宫一样，我倒也没有什么不安全感，只是觉得太不香港了，或者太香港了。我对建筑本身没有什么印象，好像就是一个现代建筑而已，但是"重庆大厦"这个名称给我留下很深刻的印象。因为太杂乱，我甚至去了好多次之后，连那栋建筑是什么样的立面都是模糊的。

第二个和重庆有关的大楼，是一栋令人心动的高级公寓大楼，那就是有浓厚 Art Deco 风格特征的上海的"重庆公寓"了。去年的冬天，我到上海办事，路经那条我很喜欢的静安寺路，就是现在的重庆南路，那一段路在二三十年代和现在都是上海的时尚地段。忽而我走过"重庆公寓"，那样突出的一个 Art Deco 旧公寓建筑，是很难不注意的。我因而走进去看看建筑，虽然是第一次去，却有一种很奇特的熟悉感。这个公寓原来叫做吕班公寓，据说 1929 年到 1931 年，在中国活动的美国著名记者史沫莱特（Agnes Smedley，1892—1950）曾住这里住过。李安的电影《色戒》中王佳芝与易先生幽会的地点也在这栋公寓里拍摄。现代化的钢筋混凝土框架结构，浓郁的 Art Deco 装饰细节，特别是具有几何图案、流线型风格建筑细节实在很具怀旧感。这栋公寓附近还有现在很著名的"爱丁顿公寓"，坐落于上海静安区常德路 195 号，现叫作"常德公寓"。这是一幢典型的 Art Deco 风格建筑，拥有垂直线条装饰和顶层的阶梯式退台。公寓整体看来不张扬、不炫目，但静谧不乏生气，内敛而又端庄；外表虽已有些斑驳，却依旧显得鹤立鸡群。这栋建筑和周边的一些大楼构成一种氛围，都是典型的 Art Deco 风格的。如果熟悉历史，那个时代、那个氛围、那种建筑、那种室内、那种时装首饰、那种生活方式，实在太迷人了。我在重庆公寓看完后，又走到常德公寓看看，非常着迷。

事实上，这个地段也让导演李安着迷，他在拍摄《色戒》的时候，为重现 1942 年老上海的这个 Art Deco 时尚区的细节，花了两千多万元，在上海附近的车墩影视基地重新搭建了这段路。完工之后请了老上海通沈寂先生去看看像不像。

沈寂（1924— ）是研究老上海的权威，早年在上海复旦大学西洋文学系毕业。二十世纪四十年代初就开始写作。抗战胜利后，主编《幸福》、《春秋》等刊物，还出版了《盐场》、《红森林》等中、短篇小说集。1949 年到香港永华影业公司任编剧，1952 年因为参加左翼活动而被香港英国当局驱逐出境，入上海电影制片厂任编辑和编剧。近年来写了不少关于老上海的著作，比如《一代影星阮玲玉》、《一代歌星周璇》、《大亨》、《大班》、《大世界传奇》，这些作品大部分都是关于旧上海社会历史的叙事文学作品。因此公认他是对老上海了如指掌的专家，沈寂到李安重新搭建的静安寺路来看的时候，觉得做得太像他印象中的旧上海，说"第一为真，第二为美，特别是夜景，回到了老上海"，对复原的真实水平赞不绝口。

那一天我在静安寺路走过，好像一下子回到历史中去了。1942 年张爱玲回上海，和姑姑同住在南京路和常德路交界处的常德公寓，离吕班公寓（也就是现在的重庆公寓）很近。那时候常德公寓叫做爱丁顿公寓，也是一栋 Art Deco 风格典型的建筑。虽然那时在抗战期间，上海依然时髦，这种 Art Deco 风格的公寓在当时颇为流行，张爱玲从 1939 年到 1947 年一直住在这里，她说："公寓是最合理想的逃世的地方。"爱丁顿公寓是张爱玲和她姑姑租住时间最久的地方，1939 年住在 51 室，1942 年以后在 65 室。张爱玲在此完成了小说《倾城之恋》、《沉香屑——第一炉香》、《沉香屑——第二炉香》等诸多经典之作。对于张爱玲来说，这栋 Art Deco 建筑风格的爱丁顿公寓是她"最合理想的逃世的地方"。她显赫的出身、深厚的艺术修为以及她多元的文化背景共同形成了其独特的审美，所以，

吕班公寓(现称重庆公寓)

她选择奢华、多元而又具包容性的 Are Deco 建筑就在情理之中了——张爱玲和 Are Deco 风格曾共同代表了上海这个城市的气质。当年这里属于公共租界，有"中国租界的小拉丁区"之称。公寓虽然没有花园、大宅的天井，但设施现代精致，都是只租不卖，租金昂贵，租用的人多为洋人及受过西方教育的专业人士，如张爱玲的姑姑这类。

常德公寓现在非常不起眼，只有有心人才会找到，周边全是林立的高楼大厦，这栋公寓是粉色的七层小楼，加上岁月的磨损，整栋建筑显得颇为陈旧，典型的 Art Deco 装饰手法，在墙面上镶嵌着咖啡色的线条，走近公寓，是一部英国产的铁栅栏式电梯，有个老师傅在开电梯，问他张爱玲的寓所，他倒很直率地告诉我是住在 6 楼的 51 号，我去以前看过资料，知道张爱玲真正住的比较长的是 65 号。沈寂曾来过常德公寓几次，他说，房间是两室一厅，张爱玲住在靠近门口的小间，她姑姑住在通向阳台的大间，公寓转角是宽大的弧形阳台，这也是最典型的 Art Deco 设计方法，利用转角处理了建筑的光线变化。张爱玲孤僻，不喜欢应酬，公寓的阳台是她与世界联系的最清雅的方式。张爱玲最喜欢在这里俯瞰静安寺路，傍晚看"电车回家"——一辆衔接一辆，像排了队的小孩，嘈杂、叫嚣。深夜，"百乐门"飘来尖细的女声"蔷薇蔷薇处处开"。她在阳台上看哈同花园的派对，看佣人提了篮子买菜，看封锁，望够了，她会回转身来，和姑姑说闲话。不过，沈寂说，当时上海已经沦陷，租界里也成日封锁。这里的生活并不像张爱玲笔下那么悠闲。

上海的传统文化、甚至他们的生活方式、行为举止，都受租界历史很大的影响，现在的人一提到上海，就是旧上海，是鸦片战争之后到解放前的上海，是民国时期的上海，并且渲染的多是殖民时期的奢华和这个时期强有力的影响。但是，有些学者认为殖民者并非真正创造上海传统文化、生活的人，上海生活方式其实是上海的中产阶级在外国人影响下创造的。用李欧梵先生的话来说，就是在

"西风美雨"的影响下上海渐渐形成一种新都市文化的模式。

1930 年代的上海，已经拥有丰富的现代生活。多国共同殖民的同一城市使得上海和国际完全接轨，这在中国当时任何一个城市都没有的情况，即便香港，也仅仅是和英国接轨而已。南京路上的先施和永安百货公司，是整个远东地区最精彩和最大的百货商场；法租界里的咖啡馆，具有和巴黎同样的氛围；百乐门歌舞厅、大光明电影院，不仅是国内第一流的，也是当时世界上最顶级的。高级公寓、大量的石库门里弄住宅，为上海提供了最舒适的居住环境和条件，庞大的贫民窟，又给上海带来巨大的廉价底层劳动力。

李欧梵在自己的英文著作《上海摩登》一书中说："外国租界区的那些大楼和空间是孕育都会怪诞的绝好背景"，因此有好多当时的作家用上海生活作为写作的灵感：施蛰存用"色、魔、幻"写实验小说；刘呐鸥的《都市风景线》与穆时英的《上海的狐步舞》用摩登女郎和舞厅来写上海这座欲望城市。而张爱玲的小说则自然把上海摩登融为一体，成为她的小说中的一个立体的结构，和故事、和角色都分不开来。而西方的电影在上海落地、生根、发展，则是上海具有强烈的融化舶来品能力的证明。因此李欧梵说"上海和香港所共享的东西不光是一个殖民统治下的共同历史背景，还是一种扎根于大都会的都市文化感性"。他在《上海摩登》一书中从三个层面讨论上海的文学：一、都市文化的背景；二、现代文学的想像：作家和文本；三、重新思考。这本书用"丰富翔实的史料、细腻扎实的实证分析、五彩缤纷的活泼笔触向我们重构了一个立体的现代上海"。

在上海看建筑、看住宅，这种缤纷多彩的城市文化就很容易感受得到，虽然期间历经了几十年的极端主义的切割，却还是那么鲜活和生动。

旧梦上海

　　我是在去年的五月去上海公干的时候，专门找了个时间去看常德公寓，在张爱玲居住时叫做"爱丁顿公寓"。五月的上海，已经是短暂的春天的结尾，只要一个大晴天，可能就可以冲进夏天去的，看见法国梧桐的嫩叶，也还有些惋惜春天的匆匆。

　　张爱玲曾住在常德公寓，这一段在好些人的回忆录中都有提到，老作家周瘦鹃说："我如约带了样本独自去那公寓。乘了电梯直上六层楼，由张女士招待到一间洁而精的小客厅，见了她的姑母。这一个茶会中，并无别客，只有她们姑侄俩和我一人，茶是牛酪红茶，点是甜咸具备的西点，十分精美，连茶杯和点碟也都是十分精美的。"后来成为张爱玲姑父的李开第说："我常去那里看她们。一次，我在公寓门口遇到爱玲，爱玲说，姑姑叫我给伊去买臭豆腐。那个时候，张爱玲已经蛮红了。"这样的场景，张爱玲曾经写在了她的小说《十八春》和《封锁》里。

　　根据沈寂回忆，他是由与张爱玲相熟的吴江枫第一次带到常德公寓的，那是一幢建于 1930 年代的西式公寓，出资建造者是意大利人，公寓外型雍容大气，有宽敞的钢窗，还有环形的大阳台，非常典型的 Art Deco 风格。沈寂说当他和张爱玲谈话之际，从里屋出

爱丁堡公寓(现为常德公寓)

来一位男子，一身纺绸衫裤，折扇轻摇，飘逸潇洒，坐在一旁默默聆听。在路上他问吴江枫："看张爱玲的神色，似乎并不愉快。"吴江枫笑道："她不愉快，是因为我们在她家里看到了她的秘密客人胡兰成。"因此可以知道这个常德公寓是张爱玲公寓生活的华彩段落，不只是在创作方面，还有和胡兰成的恋爱。张爱玲就是在爱丁顿公寓里认识年长她二十多岁已婚的胡兰成。一天胡兰成主动到爱丁顿公寓里来拜访她，吃了闭门羹，只能在门缝里留下一张条子。后来张爱玲就从爱丁顿公寓出去，顺着静安寺路，也就是今天的南京路，走去胡兰成住的美丽园回访他。这一趟走过去并不远，也就二十多分钟。后来他们交往后，也就时常"步行去美丽园，去静安寺街上买菜。"一日午后好天气，两人同去附近马路上走走。张爱玲穿了一件桃红单旗袍，胡兰成按捺不住说好看，张爱玲不免有些沾沾自喜道："桃红的颜色闻得见香气。"沈寂说，当时关于张爱玲与胡兰成的恋爱关系，虽未公开，可在文化圈内已有传闻。熟悉的朋友，都暗暗为张爱玲惋惜，"怎么会爱上这样一个大汉奸?"沈寂觉得，在当时的上海，作家都在写救亡图存主题的沦陷区苦难生活，唯张爱玲却无政治意识地写公寓生活，也是异数。

张爱玲一辈子都是公寓生活，她在美国离婚后待在洛杉矶一二十年，也是不停地搬来搬去，据说先后搬过一百多次家，也就是每个地方住个把月就搬。我后来找到一份她住过的公寓名单，虽然不完整，已经有四十多个之多，开车逐个去看，从圣塔莫尼卡到好莱坞，大部分还在，都不是什么豪宅，是很一般的公寓楼，加州人叫做"康斗"（condominium）那一类多，并且好多都是第二次世界大战前建造的，已故的武侠电影导演胡金铨跟我说她有洁癖，老是说住所有跳蚤，因此不停地搬家。其实洛杉矶这么干燥的地方，跳蚤极为少见。我看首先是张爱玲心理可能有毛病，自然，还想到可能她对常德公寓的回忆一直在驱使她找寻类似的公寓去怀旧。

胡兰成对张爱玲影响很大，有一次他们一起看日本的浮世绘、

朝鲜的瓷器及古印度的壁画集。傍晚，他们在公寓的阳台上眺望红尘蔼蔼的上海，西边天上余晖未尽，胡兰成说："时局不好，来日大难。"张爱玲听了很震动。相恋相爱，张爱玲也就在这个公寓与胡兰成秘密结婚。"见了他，变得很低很低，低到尘埃里。但心里是欢喜的，从尘埃里开出花来。"张爱玲这么写道。

胡兰成当时是汪伪政府的宣传部次长，对中统内部的一桩奇案——郑苹如刺杀丁默邨事件十分清楚，而且，这个案子的插手人之一、政治警卫总署警卫大队长吴世宝的老婆佘爱珍还是胡兰成的情妇。胡兰成当时所处的特权阶层生活也为张爱玲提供了小说《色戒》的创作素材，比如"一口钟"和"黄呢布窗帘"。这些细节，如果没有胡兰成提供的资料，张爱玲是写不出这篇小说的。

爱丁顿公寓之所以现在叫做"常德公寓"，是这条路叫做常德路，静安寺的这条安静的小路原来叫做"赫德路"。那栋公寓当时叫做爱丁顿公寓，我查到张爱玲1942年在爱丁顿公寓租房时登记的职业是"穆伟均律师事务所打字员"，她和胡兰成在这里有过一些非常缠绵眷恋的时光。胡兰成曾在文章里写道："夏天一个傍晚，两人在阳台眺望红尘蔼蔼的上海，西边天上余晖未尽，有一道云隙处清森遥远。"

这栋公寓现在很有名了，有人说是建筑沾了名人的光——没有张爱玲，爱丁顿公寓只能是一幢陈年旧筑，在十里洋场的上海滩恐难被人铭记。我在6楼走廊里看看51号、65号的大门，很难设想张爱玲在这里能够住这么久，因为20世纪七八十年代张爱玲在洛杉矶是以不停地搬家出名的。在洛杉矶住了十来年，搬了一百多次家，弄得老朋友都找不到她，也导致她在去世好多天后才被发现。

爱丁顿公寓（常德公寓）现在看还是非常精彩，肉色立面，有很多流线型的横线阳台，转角处理全是弧线的，好像流线型汽车一样，中部有高耸起来的山墙旗杆，中部、侧面都有咖啡色的竖线窗口，典雅非凡。那种时尚，好像永远不过时。我在外面拍了好些照

片，回到美国之后，我把这些照片给一个做建筑史的朋友看，他惊叹地说："这栋楼就是放到美国 Art Deco 风格集中的迈阿密海滩（Miami Beach）去，也是一流的杰作！"

常德公寓那个区段基本可以说是上海最集中的 Art Deco 风格街区了。从常德公寓出来，走过公园，漫步十来分钟就踱到《色戒》的场景里说的"义利饼干行地街到平安戏院……对面就是'凯司令'咖啡馆，然后西伯利亚皮货店，绿屋夫人时装店，并排两家四个大橱窗，华贵的木制模特儿在霓虹灯后摆出各种姿态。"这些场景都集中在从陕西北路至石门路的短短两百米内，是静安寺路最昂贵的地段，到现在也如此。

这个平安大戏院就是 Art Deco 风格另外一个杰作。和常德公寓不同，这个建筑比较低调，平安戏院位于平安大楼底层。它现在叫做"平安电影院"，具体位置在南京西路 1193 号，恰好处于陕西北路南京西路口交汇处的中心，与上海新世界城一样，是个成转角的半圆型。"平安电影院"就在这庞大的转角型呈半圆状的"平安大楼"底层的正中心，只是原平安电影院那不大的门变成了橱窗。平安大楼为八层美式公寓，建于 1925 年，大楼的主楼为八层高级美式公寓，多元建筑风格，公寓为沿街周边式建筑，朝陕西北路与南京西路对称延展的两侧为两层，是当时为数不多的多层带电梯公寓，标准层每层是一梯四户，分别由两套一室半和两套三室户组成。每个卧室里都有一个卫生间，这在当时是很先进的。平安大楼建筑是混凝土框架结构，立面用的是红砖。中国最早生产红砖约在 1858 年，只是在上海才生产欧洲式红砖，这个建筑就是用这种欧式红砖砌的立面。

平安大楼底层最早是安凯第商场，1930 年代是西班牙驻沪领事馆。1932 年改建为平安电影院。张爱玲当时经常到这里看电影。其实，"平安电影院"只占这幢半圆建筑底层平安大楼的一小部分，而就是这一小部分竟然让庞大的平安大楼出了名，那时人们只知"平

安电影院"，而不知平安大楼。1939 年，美商雷电华影片公司葛安农、勃力登投资将大楼底层安凯第商场改建为平安大戏院，这是一家小型而讲究的二轮影院，设座位 504 个，小巧而别具风格。住在附近常德公寓的张爱玲就是"平安大戏院"的忠实观众，张爱玲说这电影院是"全市唯一的一个清洁的二轮电影院，灰红暗黄二色砖砌的门面，有一种针织粗呢的温暖感，整个建筑圆圆地朝里凹，成为一钩新月切过路角，门前十分宽敞……"大概张爱玲经常到这里看电影的这个经历，才在《色戒》中有王佳芝将老易放走了的描写："平安戏院前面的场地空荡荡的，不是散场时间，也没有三轮车聚集……"

我去看的时候，这里已经是西班牙著名服装品牌 ZARA 的专卖店，看着那个熙熙攘攘的名牌店，我不知道为什么有种惆怅的感觉。

五月的天气有种"娇嫩"感，因此是脆弱的。张爱玲那一段生活何尝又不是娇嫩的呢？

氛围居住

6月的上海已经进入夏天了。因为我看了李安的《色戒》，虽然户外有点炎热，我还是想去找"凯司令"咖啡馆坐坐，是有点想捕捉当年上海的风情，心里知道可能会是失望。因为这个"凯司令"肯定不是当年那个"凯司令"，挂了个同样的名，店主已经换了好多次了。之所以还去，我就是希望能够慢慢地体会一下那种居住的氛围而已。

上海的这个地段有的几个建筑都是典型的 Art Deco 风格的，氛围非常浓郁。如果要数一数，有些有名，有些倒不太引起人注意，其中一个是"凯司令"咖啡馆，年轻人大概都不去了。第二个是平安戏院，也鲜有人注意，当然第三个是很有名的，就是百乐门舞厅。

张爱玲小说中特别提到的"凯司令咖啡馆"，想必当年她经常到这里享用。这个名字有点古怪，我开始的时候以为是外文翻译，后来看周三金在《上海老菜馆》中写到："凯司令"的英文就叫 Kaisiling，就是中文的音译。"据他说，"凯司令"咖啡馆创办于1928年，明里是为纪念北伐军胜利凯旋，暗喻在商业竞争中长盛不衰。我看见还有另外一个说法，是作家程乃珊说的："《色戒》里老易对王佳芝说'凯司令'是由天津著名西餐馆'起士林'的一号西崽开的，这话不错，实际上是 3 个西厨在 30 年代初合资以 8 根大金条开出的。3 个人中有一位叫凌阿毛的，是当时上海滩做蛋糕最出名的西饼师傅，原在德国总会做西厨。中国人从来喜欢宁做鸡首不做牛尾，就与朋友合资开下这家咖啡馆，取名'凯司令'，确因当时有一名下野军阀鼎力相助他们拿下这两个门面。当年静安寺路上沿街门面不是你出了钱就可以租下来，这些公寓的大房东十分势利眼，一看 3 个老实憨直的上海伙计出身的要在这里开咖啡馆，怕砸了这一带店铺的牌子，不肯租给他们。是这位军阀以他的名义帮他们拿下这两间门面，店名便以一句笼统的'凯司令'以致感谢，意蕴长胜将军，还可暗喻自己店铺在商战中金枪不倒。"

"凯司令"起初是一家酒吧，第二年由八位中国西点师盘下，改营西菜西点、咖啡饮料，是当年静安寺路上唯一一家由中国人经营的西菜馆。张爱玲在《色戒》中说，凯司令"是天津起士林的一号西崽出来开的"。其实，凯司令与天津的起士林（Kiessling）并没有关系，是张爱玲的误解。据说天津"起士林"曾经状告"凯司令"仿冒他们的招牌，结果是"凯司令"胜诉。抗战爆发后，天津沦陷，起士林转到上海，也在静安寺路上开了一家咖啡馆，供应德式西菜、西点和咖啡。抗战胜利后，张爱玲居住的卡尔登公寓离起士林不远，每天黎明，起士林开始做面包，就像"拉起嗅觉的警报，一股喷香的浩然之气破空而来，有长风万里之势，而又是最软性的闹钟，无如闹得不是时候，白吵醒了人，像恼人春色一样使人没奈何"。她后来在《谈吃与画饼充饥》中说，"有了这位'芳'邻，实在是一种骚扰。"张爱玲还特别记得那里有一种方角德国面包，"是普通面包中的极品"。因此张爱玲的生活中有两家经常光顾的西餐馆："凯司令"和"起士林"。《色戒》中王佳芝和易先生约见的那家"虽然阴暗，情调毫无"的咖啡馆，就是"凯司令"，小说中王佳芝和易先生上了车，开出一段后转弯折回，又经过"刚才那家凯司令咖啡馆"，是点了名的咖啡馆。

凯司令咖啡厅

罗克之
2015.6.21

"凯司令"原为两个门面，上下两层，铺面一个门面做门市，一个门面做快餐式的堂吃生意，正如《色戒》中所写，"只装着寥寥几个卡位"，楼上情调要好一点，"装有柚木护壁板，但小小的，没几张座"。栗子蛋糕及芝士鸡丝面及自制的曲奇饼干是其镇店之宝。沈寂说，这里是当年电影演员、作家等文艺圈中人常光顾的场所，张爱玲及好友炎樱也常去。

　　对于新潮的年轻白领来说，"凯司令"虽然怀旧，却显得有些老土，这家经历了80载的西餐馆经过翻新后，和原先古色古香的"凯司令"餐馆有了些不同，更时尚一些，对旧上海感觉有追求的人来说，这里却是一个很好的喝咖啡的地方。原先的圆桌变成了长方形桌子，先前的封闭式木结构变成了现在的落地大玻璃窗，只有房顶缓缓摇曳的金黄色吊扇可以觅得几分老上海的味道。

　　在这里寻找 Art Deco 氛围，倒是非常恰当。就在"凯司令"斜对面的南京西路石门二路西北角，德义大楼下面，是"绿屋夫人时装沙龙"的旧址。德义大楼 1928 年起建，正是 Art Deco 风格在建筑设计中最流行之时，这个沙龙墙面采用褐色面砖并镶嵌图案，立面还有饰带和四座人像雕塑，底商多为奢侈品专卖店。现在已经没有当年的"绿屋夫人时装沙龙"痕迹了，据说，当时的"绿屋"是上海顶级服装店。

　　说实在的，我之所以去常德公寓、重庆公寓(吕班公寓)、"凯司令"咖啡馆、平安大戏院那一带去走走，是受了电影《色戒》氛围的影响。其中王佳芝的原型郑苹如住在附近的法租界的万宜坊，万宜坊中有"活跃如邹韬奋，美艳如郑苹如，都是最受注意的人物"。我的一个老朋友、月份牌年画家庞卡先生当年也住在这里，他的父亲庞亦鹏是上海当时首屈一指的广告插图画家，画一手非常美式的钢笔画，收入很高，因此住在万宜坊。前几年我在洛杉矶看了《色戒》这部电影之后，对那里的生活方式有些好奇，我请庞卡先生来家里吃饭，饭后聊天，问他对电影中描写的内容有无了解，让我惊讶的是他不但住在万宜坊，并且还记得当年看见的郑苹如本人，说是个很漂亮、时尚的女孩。

万宜坊 1928 年建成，属于新式里弄房，稍逊于花园洋房，但因为有独立的卫生间，从结构上说比老式里弄房好得多。当时这里居住了很多文化名人，邹韬奋住在 53 号，88 号就是当年郑苹如的家。庞卡先生拿了张白纸给我画了一张当时万宜坊的住户平面图，还标明了他们家和郑家的位置，据说郑苹如跟随父母从日本回国后，大部分时光都在这里度过，她的房间在 3 层楼。庞卡说当时他还是小孩，不敢跟这个漂亮的大姐姐打招呼。后来郑苹如被汪伪集团处决之后，才知道她是打入敌后的特务，按照现在的话来说，就是地下工作者了。

万宜坊离淮海路近，这里外国侨民多，复旦大学的前身震旦大学就在附近，而紧邻的淮海路更是当年洋人们喝咖啡泡酒吧的一条街。这里各色人都有，鱼龙混杂，住万宜坊不是一般人可以负担的，有人列举了当年收入情况，可以知道这里的租金昂贵：当年一个名牌大学毕业生刚参加工作的月工资是 40 银元，做到中层以后才到 100 银元，方可支付得起一层楼的租金。而郑苹如家独住一幢3 层楼房，父亲月工资是 800 银元，在当时也算得上是富户人家。上海的孤岛时期，很多江浙一带的乡绅富豪都逃到上海租界来，带来了很多钱，据统计，孤岛时期的上海，酒店的数量和营业额都超过战争前，而全上海舞厅多达 200 多家，更是创造了老上海娱乐业的巅峰时刻。Art Deco 风格之所以可以在那时还在上海持续发酵，也是因为这种高密度的金钱聚集的结果。

从张爱玲的公寓到平安大戏院，到"凯司令"咖啡厅，再到百乐门舞厅，Art Deco 在上海已经不是单纯的设计风格，而是一种生活风格，这个生活方式从 20 世纪 20 年代到 40 年代，前后历时约 20 年，却代表了最典型的上海"黄金年代"，上海租界的摩登时尚也丝毫不逊色于纽约和巴黎。那个时代的咖啡馆、狐步舞、骑马、雪茄和时装，那个时侯的建筑、服装，甚至化妆品包装都有明确的 Art Deco 特点，上海当时是和国际同步的时尚。最近我在美国找到一个加拿大电视集团（CBC）在 2006 年出品的纪录片，叫做《罪恶城市的传奇——巴黎、柏林、上海》（*Legendary Sin Cities—Berlin*, *Paris*, *Shanghai*），记录了三个国际大都会在第二次世界大战前的时尚、堕落生活方式，而上海的"罪恶"时尚流行的时间超越了巴黎、柏林，一直延续到"二战"之后，在全世界恐怕也是独一无二的了。

作为一种建筑风格，Art Deco 在上海的成就就更大了，最主要的建筑还不仅仅是常德公寓、重庆公寓等这些住宅建筑，而是具有地标意义的大型公共建筑，最主要的有 1932 年落成的锦江饭店、1929 年落成的和平饭店、1931 年落成的国际饭店、1932 年落成的百乐门舞厅、1932 年落成的国泰电影院、1933 年落成的福州大楼、1933 年落成的上海大厦、1934 年落成的衡山宾馆、1934 年落成的新城饭店、1934 年落成的淮海公寓、1935 年落成的淮海大楼和1935 年落成的东湖宾馆。

Art Deco 在中国很长一段时间里是完全只字不提的禁忌，我在1980 年代初期开始系统地做现代设计史的梳理的时候，才对这个风格有比较完整的认识，1983 年我在北京见到 1930 年代在法国留学学习设计的郑可先生，提到 Art Deco，他一下子显得十分激动起来，说这可是一个我们中国自己也曾流行过的国际设计风格，可惜长期无人提及了。

"文化大革命"结束之后，上海有很多刻意被掩盖、涂改、被收起来的 Art Deco 作品慢慢冒出来了，上海逐步开始审视自己的"黄金年代"，好多以二三十年代的上海滩为背景的文学、艺术、电影也都重新出现，到了 21 世纪，这个时期的时尚居然成了上海最主要的流行风格。这件事我开始有点想不通，新古典建筑在上海有 80多年的发展，Art Deco 风格就二三十年，怎么这个风格和时尚完全超越了新古典呢？后来想想，新古典时期的建筑，是仅仅外国殖民主义者能够享受的，而 Art Deco 建筑是上海中产阶级市民可以参与的，也是中国人直接介入的现代风格，何况和美国有千丝万缕的关系，就不像仅仅和英国关系密切的新古典那么简单了，Art Deco 风格进入了上海市民的生活，进入了中国文化。这一点，我们从张爱玲的小说，从李安的电影中可以体会得淋漓尽致。

2007 年我看到美国《时代》杂志在 2 月 22 日出版的一期上有盖利·琼斯（Gary Jones）从上海发出的一篇文章，叫做《挽救典雅》（Saving Grace），报道了摄影家兼收藏家尔冬强（Deke Erh）关于他对上海 Art Deco 建筑的迷恋和研究工作，就很能说明现在上海人如何重视这一段历史，重视这段历史留下的 Art Deco 精华。尔冬强说："如果你打开 Google 搜索一下 Art Deco，我们可以看到 500 多万条相关的信息。Art Deco 风格从它发轫和诞生的那一刻起，将近百年来，始终有一批狂热的推广者和追随者沉醉在这种风格所营造的优雅、永不落伍的摩登氛围中。你再跑到街上看看吧，Art Deco 无处不在，在历经多次改天换地的运动之后，它仍然骄傲地挺立在上海大街小巷的某处建筑或某个家庭之中。"尔冬强用了二十多年的时间，把所有上海的 Art Deco 建筑都拍摄到了，还采访到多位著名建筑师或者他们的后人，并收藏了各种 Art Deco 风格的器物和家具。他还在世界各地与 Art Deco 风格的研究者共同探讨并汲取其他城市 Art Deco 建筑保护的经验。经过不懈的努力，由他编撰的大型画册《上海装饰艺术派》（Shanghai Art Deco）出版就是他这 20 年工作的一个阶段性的总结。我在书店买到这本大书，320 页，1000 多张照片，这是洋洋洒洒的上海 Art Deco 大全，实在动人。因为在"文化大革命"浩劫之后，还有人如此用心、如此锲而不舍地搜集遗留给上海的珍宝，给我们留下了如此多的资讯，给我们学习记录下如此多的参考，心里实在很感谢尔冬强。

Art Deco 风格已经成了收藏对象了，好几年前，在上海莫干山路开设第一家 Art Deco 古董家具店的时候，大部分上海人还对 Art

Deco 这个词感到相当陌生，而现在，收藏这种家具的人越来越多了。我在上海好多讲究的餐厅、咖啡馆吃饭、见朋友，都看见有 Art Deco 家具、饰品、灯具点缀，非常时尚。这类原作的价格也因此水涨船高，网上说一张一米多高的小麻将桌，在 2004 年底时才卖到 7 万多人民币，现在已经要十四五万了。老上海的 Art Deco 家具历史和社会背景复杂，在收藏它的过程中，绝大多数收藏家都已经慢慢从单纯的喜爱转化成了相当资深的设计风格研究专家，他们追求的当然不仅仅是艺术复古，更是一种对逝去时光的怀念。

阿卡迪亚记事

　　几年前有事去了一次缅因州的阿卡迪亚，是 9 月下旬去的，先在缅因的波特兰租车，开到班戈住一晚，第二天早上再开车去阿卡迪亚。早上浓雾弥漫，空气湿润，我所在的加州干燥，因此我觉得好像去了成都一样，很舒服。

　　阿卡迪亚是一个完全凸出大西洋的岛屿，和大陆相连的地方是很狭窄的一条水道，原来要坐渡船过去的，后来建成了桥梁，就可以开车去了。那个岛不小，大部分是国家公园的自然保护区，森林密布，动物成群在林中漫步，而在岛的北部，有个小港湾，叫做"港湾港"，英语叫做 Bay Harbor，太难读了，因此翻译为"巴尔港"了。那里就是集中的旅游点，一多半去阿卡迪亚的人，都首先是去巴尔港的。

　　阿卡迪亚是美国的国家公园，是美国国会在 1919 年 2 月 26 日通过决议建立的。当时叫做拉法耶特国家公园，拉法耶特是协助美国独立的法国义勇军将领，因此当时是用他的名字命名的。那个公园的位置在美国的东北角的缅因州的一个突出大西洋中间的半岛上，那个半岛叫做"荒凉山岛"（Mt. Desert Island），名字特别凄凉，那个建立国家公园的决议叫做"关于建立拉法耶特国家公园决议"

（*An Act to Establish the Lafayette National Park*），1929年改为"阿卡迪亚国家公园"（Acadia National Park）。这是在密西西比河以东的第一个美国国家公园。

其实，整个阿卡迪亚国家公园是在一个叫做"荒岛山"（Mt. Desert Island）的岛屿上的。从名字可以知道，当时这里有多么荒凉。1604年，法国探险家萨姆尔·张伯伦（Samuel Champlain）来到这里考察，1613年，法国耶稣会教士在这里建造了法国在北美土地上的第一个教堂，如果从历史上看，这比北美的英国移民要早十六年，因为十六年以后，英国的清教徒才在普利茅斯（Plymouth）设立了第一个移民点。1759年，英国人和法国人在缅因北面的魁北克为了领土问题打仗，战争的结果是英国人获胜，法国人损兵折将不说，也丢了好多原来的领土，缅因州滨海这片非常茂密的森林，连同景色壮观的"荒凉岛"都属于英国人了。

占领仅仅是个土地所有权的问题，但是这里太荒凉，好久都没有人烟，直到十九世纪，才有些渔民、伐木工、农民、造船的人来到这里，在这个岛屿进行开拓。这里景色壮观，但是这些工人、农民忙于生计，并没有留意。到了19世纪中期，才有一些作家、记者、艺术家为壮阔的自然景色吸引，来这里居住，这里就慢慢出名了。

1890年前后，因为这个岛屿优美的自然景色，吸引了不少富人、高级知识分子来建造自己的住宅，这个岛就慢慢改变了原来渔业、伐木业和造船业的本质，成为一个高级居住区，再经过一段时间发展，又变成了一个高级的旅游区，为了游客居住，在这里也就开始建造豪华的酒店旅馆，开发房地产，巴尔港就形成了一个特殊的旅游房地产业集中的地区。

从洛杉矶去缅因州的阿卡迪亚，类似从西藏拉萨飞到黑龙江的漠河，基本穿越整个美国最长的距离，阿卡迪亚是一个自然风景区，一个国家公园，没有主要的机场，如果要去那里，就只有转两

美国缅因州的阿卡迪亚小景

王亥之 chestpai
2015.6.22

次飞机到附近的小城市，途中需要 10 多个小时，我选择了从洛杉矶飞到缅因州最大的城市波特兰（Portland），然后再自己开车接近 300 公里的方法，既能够节约时间，也能够多看看缅因州，这个在美国人心目中非常遥远的地方。

知道缅因州的阿卡迪亚国家公园（Acadia National Park）的国人不多，这点我可以保证，因为我曾经问过好多在美国住了多年的朋友，大部分人都没有听说过这个地方，往往把这个阿卡迪亚和洛杉矶一个华人居住的比较高端的社区"阿凯迪亚"混淆了。其实，这两个地方的英语读音相似，但是拼法不同，缅因州的阿卡迪亚是"Acadia"，而加利福尼亚州的阿凯迪亚是"Arcadia"。但在美国本地人中，阿卡迪亚绝对是个热门景点，夏天避暑的胜地，秋天是看"层林尽染，漫山红遍"的最佳景点，春天是看满山野花的好地方，冬天则是艺术家闭门创作的地点。

美国国家公园一般都面积庞大，像黄石公园，好像一个省一样的面积，阿卡迪亚则仅仅是一个岛屿，是美国面积最小的国家公园之一，但到访人数却是名列前茅，美国国家公园管理局根据 2004 年休闲娱乐旅游者人数评比，将阿卡迪亚国家公园列为十大最受欢迎的美国国家公园之一。据说按照平方公里访问的人数来排，阿卡迪亚在美国国家公园中名列第一。不过我在那里走，很少见到亚洲人，都以白人为主。现在纽约有些华人的旅行社开始留意开发这个景点，有些去新英格兰旅游的团队，也把阿卡迪亚包括进去了。

阿卡迪亚位于缅因州海外的一个叫做"荒凉岛"的不大的岛屿上，周围是大西洋，岛上是茂密得难以相信的森林，还有清澈的林中湖泊，岛中部有高山，海滨有陡峭的岩壁，也有旖旎的沙滩，海岸线非常曲折，因此形成好多峡湾。这一个岛屿，集中了各种地貌，在短短的一天之内，你可以经历不同的感觉，从森林到沙滩，从汹涌澎湃的礁石到静谧的林中空地和湖泊，实在少见的浓缩。

我是一清早就从班戈开车去阿卡迪亚的。那里是很安静的乡村地区，没有高速公路，公路的质量很好，并且车辆很少，浓雾之中，一栋栋精致的典型新英格兰风格的独立洋房一闪而过。在美国，越是到乡村，生活水平越高，全国真正的农业人口才几百万人，平均每个农户拥有 400 英亩的土地，不但没有城乡差别，并且有点倒挂的情况：农村人口的收入、生活品质都比大城市高。大概一个小时，就到了连接大陆和阿卡迪亚所在的"荒凉岛"的那个峡口，就是一条堤坝，开过去就进了阿卡迪亚了。据说原来需要渡船的，至于这堤坝是什么时候建好的，我倒忘记问问了。

我开车上了阿卡迪亚这个岛，有两条在树林中的公路，一条通往国家公园管理区，另外一条沿着海滨，到岛上的唯一市镇巴尔港。我先到国家公园管理处，那里有个小型的展览厅和资讯中心，展出了这个公园的历史、植物种类和动物种类，还有整个岛屿——国家公园的沙盘模型，一目了然。

我把车停在公园管理处前面的停车场，开始沿着森林里的小径走进国家公园。那些险峻的小径上，弯弯曲曲，森林极茂密，有些地方简直是不见天日。秋天的阳光透过开始变黄的、红色的叶子照射下来，令人有点头晕目眩。因为接近 10 月了，因此整个森林呈现色彩斑斓的景象，加拿大红枫非常漂亮，和香山看到的不同，其实香山的红叶不是枫树，是一种叫做黄栌的树，叶子是半圆形的，而加拿大红枫的叶子则是三个尖尖的形状，色彩特别的红，在阳光下简直是灿烂的感觉。山林里面有波光激滟的池塘，甚至有很大的山间湖泊，我走到山的制高点，突然看见森林外面的大海，曲折的海岸，浪花飞溅的海岬，那种壮观，是难以形容的。

我在公园管理处的展览厅了看了看这个国家公园的资料，阿卡迪亚离美国东北部最大的城市波士顿 320 公里，面积约 19000 公顷，是美国面积最小的国家公园之一，到访人数却是前几名。公园有好几个外围部分：横跨法兰西曼湾、以花岗岩脊构成的斯库迪克半岛；还有一些小型外岛，尤其值得注意的是缅因湾的豪特岛。

不过，以堤道跟美国本土相连的蒙德瑟，是最容易亲近、又不乏景点的地方。这个国家公园整个在"荒凉岛"上，周边是 32 公里长的公园环道，顺着这些公路就可以基本到达绝大部分风景点，包括 20 多座湖泊与池塘；要到山顶、陡峭的岬角顶部，就不得不步行了，但是小径都做得很好，我走到岛上最高的凯迪拉克山的山顶，那里的标高是 466 米，站在那里可以眺望整个海岛的景色，极为壮阔。阿卡迪亚有数座海拔超过 300 米的岬角，都可以通过支线小径走去的；岛上还有一个叫"沙滩"的地方，是整个国家公园里唯一平坦的天然盐水游泳池，那里的水温就是夏天也很低，据说平均只有 15 度，有些不知深浅的人，见水就跳下去，结果冻得跳了出来。

那里有个滨海的休闲中心，叫做"乔登池塘山庄"，据说那里出产全世界最美味的泡泡松饼而闻名。我去吃了一个，的确松脆得厉害，好吃。我看美国《国家地理》杂志那篇专栏的作者说到这个松饼的时候，形容道："我的两个女儿到现在都还记得，小时候的某个晴朗下午，她们在池塘边慢条斯理地啃着像飞船一般中空的松饼时，大群胡蜂蜂拥而至，突袭松饼里的草莓果酱。"可真是有趣。

其实，我在阿卡迪亚感动的，不仅仅是它壮丽而丰富的自然风光，阿卡迪亚的故事可不能仅局限在冷冰冰的海水、暖呼呼的泡泡松饼和动人的山景而已。它真正的故事是人的故事，那些在阿卡迪亚没有成为国家公园以前，努力不懈地保护这个自然环境区的普通缅因人，普通美国人。一百多年内，不计其数的人义务来这里工作，修通道路，搭建桥梁，阻止滥砍滥伐林木，到美国国会通过决议建立国家公园的时候，阿卡迪亚基本已经是现在这个样子了。这种公民意识可是太伟大了。

阿卡迪亚是非盈利的公园区，不收门票，所有设施或者是免费的，或者收费极为低廉，比如停车、清理垃圾、保护环境等，进入国家公园，停车费 10 美元，可以停一个星期，好多年轻人就把车停在停车场，带着帐篷进入森林露营，这些费用，有美国联邦的国家公园管理局出一部分资金，还有好多的资金缺口是由美国人捐献的。那些出钱出力以延续阿卡迪亚传统的人是这样的坚持不懈，使得这个公园有今日的灿烂，阿卡迪亚的管理处长谢里登·史帝尔说："这座公园是公民参与的典范。"

我在公园管理处问了问，有多少人日常在这里帮忙保护、维养、管理工作，他们说这里有大约3500位未支薪的义工，他们每年共付出4万小时服务，此外还有一个非营利组织叫做"阿卡迪亚之友"，从全国募捐，给公园提供源源不断的财力支持。"这是国家公园慈善事业的起始点。"史帝尔说。"要不是这些慈善捐献，可能就不会有我们今天所看到的阿卡迪亚。"

不要小瞧这个岛屿，由于极为优异的自然条件，因此这里豪宅可不少，在森林中走动，你会看见密密的丛林里面、面对波涛汹涌的大西洋，有一些非常壮观的大宅子，屹立在礁石上，这可是顶级的度假豪宅。从石油大亨洛克菲勒家族到亿万女富翁玛莎·斯图尔特，阿卡迪亚所在的这个"荒凉岛"一直是美国顶级富豪、名人的暑期度假胜地。洛克菲勒家族别墅就建立在海岛一处最封闭的悬崖，而玛莎女士近25万平方米的豪宅也位于此处。

阿卡迪亚国家公园就位于这座海岛，也为山地自行车、悬崖探险攀岩，以及游泳骑马提供了理想场所。我开车到岛上，首先自然去了巴尔港，这个港口风和日丽，大海一碧万顷，面对大海的一片开阔的林中空地上有一座浅色壮观的酒店，叫做"西南宾馆"（The Inn at Southwest），这个地点绝佳的宾馆建于1884年，因为位于岛屿的最精彩的巴尔港，因此往往是一房难求，我在三个礼拜前就设法订房，但是全部订满了，我就只有住到离阿卡迪亚几十公里以外的比较大的城市班戈去了。

前面说了，我是在缅因最大的城市波特兰租的车，因为进入枫树红叶的季节，因此缅因州、新英格兰的人越来越多，订房越来越困难。我能够顺利地访问这里，做调查，应该说是运气很好的了。

开车进岛，在路边就看见一个很大的湖泊，碧水蓝天，水清澈见底，我查地图，想知道这个湖泊的名称，居然根本没有名称，这么漂亮的一个湖泊，那水的质量，那周边的环境，超过杭州西湖不知多少，在这里这样的湖太多了，因而也没有人特别注意。

开车进入公园，如果顺着海滨走，几分钟就到了一个海湾，叫做"佛列其曼海湾"（Freachman Bay），从这里可以俯瞰大西洋和海里好像浮在水面上的一个更色彩斑斓的小岛。沿海滨开车，一边是阴森森的大树林，另外一边是辽阔的大西洋，其壮丽难以形容。

阿卡迪亚是个岩石岛屿，只有一个地方有沙滩，这个沙滩没有名字，就叫"沙滩"，英文的 sand beach，岛上唯一的沙滩，不太大，两边被粉红色的岩石包围住，海浪由远及近一阵阵拍岸而来，声声震耳，好像雷声轰鸣一样，气势惊人。"沙滩"旁边的近乎粉红色的岩石极为陡峭，并且面对大海的波涛，海浪巨大，拍击岩石，有些岩洞被海浪拍击，发出巨大的声音，是一个特殊的景点。其中最大声音来自一个叫做"雷声洞穴"的岩石，英文就叫做"thunder hole"，这是一个悬崖下面的洞，当涨潮时，海水打进洞里，然后经过不断的海浪挤压，发出轰轰的雷声而得名。我爬上旁边的悬崖，等到大潮到来，小山一样高的海浪呼啸而至，一波接一波地打进洞里，发出震耳欲聋的巨大响声。

我站在陡峭的礁岩顶上，听着这震耳欲聋的海浪巨响，突然想起苏东坡的《石钟山记》里面描写的波涛冲击岩洞发出的巨响的记录，很是相似。苏东坡说："大石侧立千尺，如猛兽奇鬼，森然欲搏人；……徐而察之，则山下皆石穴罅，不知其浅深，微波入焉，涵澹澎湃而为此也。舟回至两山间，将入港口，有大石当中流，可坐百人，空中而多窍，与风水相吞吐，款坎镗鞳之声，与向之噌吰者相应，如乐作焉。"不过苏东坡说的是江水冲击岩洞发出的声音，我听见的是大西洋波涛冲击近百米高的岩洞发出的声音，我想阿卡迪亚这里的声响肯定更加惊人，如果苏东坡有机会到这里听听，不知道会写出什么样令人叹服的词句了。

如果你问个美国人：缅因州主要出产什么，他们肯定都会说"龙虾"。据说美国百分之八十，甚至百分之八十五的龙虾产自于缅因州，这里到处都是龙虾，我在波特兰、班戈吃龙虾肉做的"热狗"，可是这辈子吃过最讲究、最奢侈、最贵的热狗了。来到阿卡迪亚，自然会吃龙虾。我在一个叫做"灯塔"（Light House）的餐馆吃中饭，这里敢说自己做的龙虾是岛上最好的，叫了一份，吃法很特别，盘子中间有一杯融化的奶油，下面点燃了一支蜡烛让它保持融化状态，龙虾就是煮熟的，蘸着奶油吃，因为是刚刚从海里捕捞上来的龙虾，新鲜无比，大快朵颐。

我看森林里面好多青年人在搭帐篷，他们是准备在这里露营的，露营的人非常多。美国露营非常方便，公园给露营的人提供停车位，每辆车都有一个露营地，可以停车，可以点篝火，可以搭帐篷。我不是那种能够在户外睡得好的人，加上海边气候变幻万千，时晴时雨，风雨多变，还是住酒店睡得比较安然了。

阿卡迪亚有一个叫做"约旦湖"（Jondan Pond）的湖泊，是一个夹在山中的长形冰川遗留湖，也是岛上唯一的淡水湖。水质极蓝极清澈，两岸山峰耸立。湖的对岸有一个双山峰，远远看去，就像一对绝妙的双乳，我曾经在中文网上看资料，有人叫它双乳峰，我有些怀疑，因为美国人从来不这样露形露色地命名的，到阿卡迪亚问问，知道英语中这对山峰叫"泡泡岩"（Bubble Rock）而已，比较文雅一点。

这里也有一个餐馆，叫做"约旦湖餐厅"（Jordan Pond House），出两种主食，一种是螃蟹肉的"热狗"，叫做"螃蟹卷"（Crab Roll），另外一种就是我提到的"龙虾卷"（Lobster Roll）了。这里还出售一种自制的面包，英语叫"popover"，一种空壳面包，很好吃。服务员说这个面包可以飘在水里，我以为是吹牛，吃了才知道，他说的是真的，因为这个面包的中间是空的，在水里的确是可以浮起来的。

进入阿卡迪亚，森林、湖泊、海岸、波涛、野生动物、熙熙攘攘的旅游小镇，应接不暇，在缅因其他的地方，因为人口少，很难得看到这种熙熙攘攘、人头涌涌的景象，因此更加感觉特别了。

巴尔港湾

　　阿卡迪亚是一个极为优美的国家森林和海洋公园，这里的居民很少，基本居民都集中在岛北面的巴尔港。这个小市镇是整个阿卡迪亚国家公园的旅游经济的核心，国家公园是非赢利性质的，巴尔港就把整个地区的旅游业集中起来的一个点。酒店、旅馆、餐馆、住宅都在那里，去阿卡迪亚，必去巴尔港。

　　阿卡迪亚的核心城镇就是一个小小的旅游中心，叫做巴尔港。这个翻译其实也是不得已而为，因为英文叫做"Bay Harbor"，bay就是港湾的意思，而harbor也是港，不过前者大概更多指天然形成的港湾，后者则多指人们建造使用的港湾。两者放在一起，怎么翻译？"港湾港"，难听，"海湾港"也绕口，干脆就音译，姑且叫它"巴尔港"吧。

　　说到翻译，连阿卡迪亚国家公园所在的这个岛"荒凉岛"也很费力，原名是the Desert Island。Desert是"沙漠"、"荒凉之地"的意思，这里毫无沙漠的感觉，荒凉倒是这个岛过去的情况，所以我也暂时翻译成"荒凉岛"，不过现在这里游客如织，丝毫不荒凉了。

　　巴尔港是一个不大的城镇，我估计当地居民人口也就几千人，不过这里酒店、饭馆、酒吧、咖啡店林立，人头涌涌，可是一派旅游繁盛的景象。因为旅游而形成的市镇不少，但是大多数具有其他的功能，这个巴尔港则是纯粹的旅游开发的结果，很有典型意义。

这个小城镇，原来叫做"伊甸"，英语叫做"Eden"，自然取自"伊甸园"。不过好像太俗气了，这是世界著名的滨海度假地，虽然不大，但是名气惊人，我在那里街上遇到几个德国来的游客，他们说这个地方在德国好多人都知道，他们就是慕名而来的。这里有一个深水港湾，万吨邮轮就停在那里，好多游客坐小渡船上岸游玩。在一个这样偏僻的海滨，看见一个游客熙熙攘攘的城镇，街头尽是名牌商品店和旅游工艺品商店，对面海上停泊着几艘万吨级的远洋邮轮，实在有点惊人。

巴尔港现在有多少人居住呢？我到市政府拿了份资料，2000年美国进行全国人口普查时的人口是4820人，纯粹一个旅游城。这个市镇在阿卡迪亚国家公园里北面靠海湾的地方，本身有117平方公里土地，属于巴尔港市的，这些土地基本都是风景区，其中有几个是阿卡迪亚的著名景点，比如空穴岩（Hulls Cove）、索里斯伯利岩（Salisbury Cove）、市镇山（Town Hill）。这样讲起来有点古怪，怎么是属于这个市的呢？很多人会问美国的土地所有制度是怎么回事啊？

美国的土地产权比较特别，从东部十三个英国殖民地开始，到约1803年美国开国元勋之一的托马斯·杰斐逊跟拿破仑买下密西西比河以东的全部前法国殖民地，英国战胜法国夺取了缅因，到1848年美国战胜墨西哥夺取了整个西部地区，还有美国向俄国交涉购买了阿拉斯加，这些土地开始都是国有的，国家把自己需要保护的土地规划出来，余下的就出售给需要的部门或个人，因此，就有了联邦政府、州政府所有、地方政府所有、私人所有四种类型的土地，其中前三种都是公有制土地，最后一种才是私有的。美国三级政府拥有美国930万平方公里土地中的39%，其他的是私有的。阿卡迪亚国家公园属于联邦政府的国家公园管理局，自然是联邦政府

巴尔港湾风情

王义之
2015.6.2

拥有的，而其中有些地则属于当地市镇拥有，比如巴尔港这二万多英亩的土地，属于巴尔港地方政府，而巴尔港山坡上的一些居住用地，就由政府卖给私人开发，因此，巴尔港的商店、住宅、酒店的土地就是私人的。

有时候，会有人问我：你觉得我们还有什么要向美国学习的，我总是说：第一，产权界限清晰，公私截然分开，公私产权如果不这样分开，公有的产权向私有的转化的时候，腐败是无法避免的，产权界定清晰，就从制度上杜绝了腐败；第二，信用体制完善，有一个完整的信用体制，金融市场、商业运作才能够顺畅，也杜绝了腐败的另外一个可能性；第三，教育投入巨大，提高国民的平均素质；第四，法制高于一切，特别不受行政干预。这些人一般都不太理解我讲什么，其实，就从巴尔港这个地方的土地所有权的清晰来看，就可以说明第一点的。巴尔港市政府拥有的土地，他们自己立法保护，商业开发也受制于市议会的规划条例，议会是立法机关，因此不受行政干预，规划才能够延续，不会变成行政官员手中可以随便改变的政绩对象。这个事情说说容易，要做到，大概还要费好多好多年的时间。

阿卡迪亚国家公园是一个很大的岛屿，还有周围众多的小岛，山丘湖泊，森林密布，这种地方必须有一个游客可以聚集、消费、停留、住宿的地方，巴尔港就是因为这个原因而形成的。这里有几条街道，全部是很有趣的旅馆、商店、酒吧、餐馆，建筑非常美国化，典型的美国小市镇。巴尔港因为景色特别，后面是森林，前面是港湾，并且朝北面就对着开阔的大西洋，这里建造一个旅游中心城镇是很理想的。

巴尔港的建筑和缅因州其他地方一样，都是典型的新英格兰风格。美国东部是欧洲移民最早到达的地方，不同的移民带来了本国的建筑风格，并且主要是普通民居的风格，好像德拉华和其他东海岸中部地区，德国移民、荷兰移民比较多，或者是英国来的清教徒，建筑多用大圆木或者整个用石头建造，而新英格兰 6 个州，主要是英国移民为主，建筑不但用木头，并且多是一种薄木板做墙面的形式。这里因为森林茂密，木材丰富，这里早期的建筑往往全部采用木头建造，建筑中部用石头垒一个壁炉、炉灶和烟囱，然后用大圆木建造整个住宅的构架，之后用手工锯的薄木片做屋顶和墙面，这种好像铺瓦一样铺墙面的方法，就美国有，在欧洲是很少见的，美国人把这种铺墙木片叫做 shingle。因为是木头的，统称为"wooden shingle"，我估计中文中还没有一个标准的翻译，因此我在这里暂时叫它为"木片墙"，或者"木瓦墙"。在东部地区，就在巴尔港，还可以偶然看见这种纯粹的木瓦墙建筑，在巴尔港垂直于海湾的一排商店，其中最靠海边的一家就是采用的纯粹的木瓦墙结构的。风吹雨打，已经有些陈旧，看来要翻新了。

木瓦墙一度非常风行，因为美国木材资源充足，木材俯拾即是，从东部到西部，蔚然成风。你到美国中西部的乡镇走走，可以看到好多这样的房子。不过这种房子是有潜在问题的，因为木头暴露在户外，风吹日晒，会很快风化老化，因此需要不断地换、不断地维养，费用不菲，特别在西部地区，外墙全部是木片，秋天山火一点就着了，加利福尼亚州 10 多年前有过几次很严重的山火，我教书的学院对面几公里的山坡烧红了半边天，看见山间那些木瓦墙的房子就好像火炬一样，冲天大火，所以加州政府在州议会里提出议案，得到议会一致的同意，禁止使用木瓦墙做住宅，这种建筑材料在西部就渐渐绝迹了。如果你看见这样的住宅，或者是早年遗留下来的，或者就是采用的复合材料仿木瓦墙造的。

东部的人生活在木瓦墙住宅里四百多年了，除了小片的木瓦之外，他们还用整条的长木板铺设外墙，这是英国传来的方法，这里的人习惯了这个形式，20 世纪以来，木瓦和木片因为维养问题逐渐被淘汰，因此建材商就制造了金属、复合材料的仿木片墙和木瓦墙，原来的木瓦好像我们的平瓦是一样是一小块一小块的，为了保温好、外形整洁，长仿木片更受欢迎，用这种仿木片铺设的建筑，墙面全部是横条，加上这些合成材料可以喷涂上各种色彩，或者在制造的时候就添加色彩，复合材料有金属的、树脂复合等多种类型，这样，传统建筑就显得更加工整、美观、大方，并且色彩也比较丰富了。巴尔港整个市镇就是这样的一个色彩丰富的地方。

一般去阿卡迪亚的人，都觉得巴尔港就是一个旅游小镇，其实，巴尔港比我们想象的要大一点，这里有个大学，叫做大西洋大学（College of the Atlantic），进入阿卡迪亚，顺三号公路走，你会看见一片很大的现代建筑，那就是这个大学的生物研究所，叫杰克逊实验室（Jackson Lab），千万不要以为这仅仅是一个地方大学的实验室，要知道这是全世界最大的哺乳类研究中心，这个实验室的研究结果，对于全球的基因学、基因药物学有相当大的促进作用，我问过几个从事生物化学研究的朋友，他们提到这个实验室的时候，都异口同声说是哺乳动物基因研究中最重要的。研究中心那么大，专业人员也就很多了，因此，巴尔港也住了许多科学家和研究人员，给这个市镇的居民构成增加了文化、知识的成分。

我在巴尔港停了车，漫步在熙熙攘攘的街道上，非常热闹。这里很神奇的一点是繁忙的旅游城市和纯粹的大自然完全融合在一起，建筑后面是森林，商店对着的是波涛汹涌的大西洋。这种感觉实在独特。大概是因为我经常在全世界各地出差，因此对旅游兴趣不大，该去的地方都去过了，但在阿卡迪亚的巴尔港，我感觉很舒适，因为它不大，并且有很浓郁的新英格兰色彩，这样集中一种风格的城镇，在其他地方很少见，坐在餐厅里，吃海鲜，看街头来来往往的游人，是一种难得的松弛。

阿卡迪亚接近2万公顷，要走完不容易，好多人就集中在巴尔港附近的山林里、海滨看看，为了照顾这些时间有限的游客，这里就有一些比较浓缩型的旅游景点。比如在巴尔港附近，有个叫做阿卡迪亚野生公园（Wild Gardens of Acadia）的植物区，靠近巴尔港的一个叫"苏德山泉"（Sieur de Monts Spring）的旁边，这里有 200 多种不同的植物品种，包括灌木、乔木，还有苔藓类的植物，好些都是阿卡迪亚独有的品种。而这个植物园旁边就是巴尔港的阿贝博物馆（Abbe Museum）。

巴尔港周围都是山林，一面对着海湾，因此随便走出去，都是风景如画的小径，其中一条沿着海边的小径就叫做"海滨小径"（Shore Path），以我来看，这可是来阿卡迪亚必须走的一条小径，特别在清晨时候，在这里走走，看早上喷薄欲出的朝阳，山海之间那种浑然一体的感觉，非常震撼。

巴尔港海湾里有个小岛，叫做巴尔岛，退潮的时候，光着脚就可以趟水走过去，去那个小岛最妙的地方就是从那里看巴尔港的景色特别精彩。巴尔港后面是森林茂密的山峰，一排排白色、淡色的新英格兰式样的房子列在山脚下、海滩边，好多旅游明信片上的巴尔港就是从这个角度拍的。

巴尔港海湾里，是那些万吨的邮轮停靠的地方，好多世界著名的邮轮都曾经来过这里，像"玛丽皇后号"（Queen Mary），每天几乎都有邮轮进港，因此巴尔港街头的好多游客都是从船上下来的乘客。大西洋外海是有好多鲸鱼的，从巴尔港可以搭乘观鲸鱼的船出海，这也是阿卡迪亚另外一项很独特的旅游项目。从巴尔港还可以坐渡轮到缅因其他的港口，好多外地游客不是像我这样自己开车来的，而是从大港口坐这种渡轮来阿卡迪亚度假。

巴尔港的经济核心就是旅游，旅店形形色色，丰俭由人，餐馆、酒吧、咖啡馆、礼品店更加多，山坡上则是住家。这里的居民有几种类型的，一类是在这里参与旅游业的居民，开餐馆、酒店、礼品店为生，好多在这里已经生活几代人了，另外一类就是好像玛沙·斯图瓦特这样的富裕的居民，他们基本不工作，因为喜欢这里的绝妙的自然环境，因此选择在这里居住，这些人好多都从事写作、艺术创作、出版、网络经济这类无需坐班的工作，他们都住在山坡的树林里面，住宅一般都豪华而宏大，但是由于有山林的遮掩，并不太显眼。第三类则是在这里买屋租给游客度假的投资者，这里夏天非常凉爽舒适，因此好多人会在这里租住一段时间。在这里投资买住宅，冬天自己来住，夏天租出去，一个季度的租金收入就足够支付房屋的分期付款，是很合算的投资方式。不过这里私有的土地比例不大，主要的土地都是属于国家公园的，因此房屋的价格也比缅因州其他地方要高出很多。

度假的住宅有大的酒店，有小一点、经济一点的汽车旅馆（motel），还有更加简单的住家房子，叫"cottage"，独立房子，厨房浴室一并俱全，就好像自己家一样，有专门的公司管理，租一栋，一家人在那里住几天，自己动手做饭，是一种很舒适的旅游方式，在美国非常流行。

阿卡迪亚早年是印第安人游猎的地方，因此这里依然流行印第安人的独木舟，叫做"卡雅克"（kayak），不过现在我看到的卡雅克都是用塑料制作的了，卡雅克是奥运会水上运动的正式比赛项目之一，一个人、两个人和多人用的卡雅克都有，两头都是桨叶的双头桨，左右开弓划，掌握平衡不容易，好在这种独木舟完全是把坐在里面的人下半身包裹起来的，因此翻侧也不会出大问题，就是全身湿了而已，还是一种比较安全的赛艇运动。

划卡雅克船出海，有导游指导，他们带你划，一般人不熟悉，不知道如何适当用力，为了划出去，总是拼命用力两边划，结果出海一次吃力得不得了，好多人自不量力，划到比较远的地方，划出去之后，被外海的大浪打得几乎回不来，等导游带着这些人划回来之后，都累得大叫一辈子不再试了。不过我看见好多美国孩子还是划得很好的，轻而易举就划到外海去了。

阿卡迪亚有好多小市场，渔民在那里卖刚刚捕获的活龙虾，还帮你煮好，可以带回家吃。一般餐馆里的龙虾每磅不到 2 美元，我在洛杉矶的超级市场买龙虾，最便宜的时候也要五六美元一磅。我在餐馆里吃的龙虾卷，一个也要 10 美元，这里真正是吃原汁原味龙虾最佳的地方。

阿卡迪亚有一个最骄傲的说法，是说每天第一缕照射在美国领土上的阳光是落在这里的，在岛上的人则说，那第一缕阳光其实首先照射到这里最高山峰卡迪拉克山（Cadillac Mountain）上。我没有这个能耐那么早起床爬山看日出，但是看看卡迪拉克山峰，想想这是美国最早让阳光照射的地方，也真是有点很特别的感觉。

阿卡迪亚周边海里的水生动物很多，大的有鲸鱼，小一点的有海豹、水獭，还有多种鱼类，这里有游船带你出海看动物。游船上的导游介绍环岛上的风景，也介绍如何捕鱼捕虾。导游拿着捕龙虾的笼子，他们叫"trap"给大家看。把龙虾笼子放进海里后，上面有个彩色的塑料浮标，叫做鱼漂，浮在水面上，龙虾笼子是空的时候，浮标是平卧在海面上的，当鱼漂立起来后，就表示笼子里面有龙虾了，开船过去拖起来就是肥大的龙虾。为了保护龙虾资源，政府严格规定小龙虾是不能捕捉的，就是进了笼子，渔民也会放它们回大海。龙虾从眼睛到尾巴如果小于 5 英寸，属于不能捕捉的小龙虾，每个渔民都带有专门的尺子来量。而且，母龙虾也不能捕，捕母龙虾是犯法的。因为母龙虾要生小龙虾，捕捉了就等于绝了龙虾的种了。美国人非常自律，没有人违反这个规定，因为大家知道，如果不遵守的话，没多久就会资源枯竭，我问那些渔民怎样能够区分公母，他们说太容易了，从龙虾的尾巴就可以看出来，因此我们吃的龙虾都是公的。在阿卡迪亚这里钓鱼捕虾都必须有国家颁发的捕捞证书，他们叫做"license"，标准的渔民有 6 个捕捞证书，保证捕捞量。

我在看他们捕捞龙虾的时候，见渔民把小的、母的龙虾放回大海，很有感触，因为中国有些地方的渔民在进行了多年灭绝性的捕捞，好多鱼类，比如大、小黄鱼，还有对虾基本绝迹了。如果我们能够学学美国渔民的自律和政府严格的规范，那么我们的自然资源就不至于这么快地耗竭了。

贝尔法斯特

　　贝尔法斯特(Belfast)这个名称，我想好多人都很熟悉，因为早些年爱尔兰共和军和英国政府军的冲突就集中在爱尔兰的贝尔法斯特，恐怖袭击没完没了，有时候晚上看新闻，就经常是贝尔法斯特的炸弹袭击、枪战开始的。

　　缅因也有个贝尔法斯特。我是从阿卡迪亚回波特兰开车的时候经过的，一个海港小城市，可爱得不得了。如果我可以自由地选择退休养老的地方，我大概会选择住在这里，它是那么袖珍、那么精致、那么干净、那么出世！

　　最近，有独立制片人拍了一部用这里的日常生活为主题的纪录片，就叫《贝尔法斯特》，整个电影基调缓慢，反映这个地方普通人的生活。幽静而古老的新英格兰渔港小镇，社区文化生活的细腻，都拍得丝丝入扣。编导叫魏斯曼(I. F. Wiseman)，是个画家，因此，整个影片的画面有种绘画的感觉，宽大的画布上有一个焦点，非常精细，而整个画面则是宽阔、空灵，十足贝尔法斯特的味道。纪录片里面有贝尔法斯特各行各业的人：龙虾渔夫、拖轮船长、工厂工人、商店售货员、医生、法官、警察、教师、市政府工作人员、社会工作者、护士等，整个电影就好像一张大壁画一样，描绘出一个形形色色的小城的图景，很可爱。

我最早注意到这部电影是在《纽约时报》上面看到的评论，影评人斯提芬·霍登（Stephen Holden）说这部纪录片充满感情地传达了一个人在一个地方、一天内的感觉，表现了那个地方的季节、时空和人物。那里的风景是"令人震惊"（the breathtaking landscape）的，同时令人感兴趣的是影片同时反映了住在那里的人的生活的烦恼，自然环境壮丽，人生多事，整个片子有一种很质朴的美，一种在普通之中蕴含的深沉。这个影评人比较苛刻，对好多影片都有很尖刻的批评，他这样描述一部简单的纪录片，我才去找来看的，果然很吸引人，主要就是那个城市的景观实在很令人神往。

我去贝尔法斯特也是偶然的：离开洛杉矶以前，曾经在我工作的学院电影档案馆看过这部纪录片，印象很深，到了缅因的波特兰，到美国汽车俱乐部（American Automobile Association，简称AAA，是美国最大的私人俱乐部组织，有大概 5 千万会员，我是1987 年就加入的）拿本地的地图，那个给我地图的中年妇女在地图上给我标出理想的行车路线，我说要走 95 号去班戈，快一些，她拿了支黄色的记号笔在图上标出一条不同的小路，说这条路你非走不可，是风景最精彩的一段，我看了一下，上面有两个小城镇，一个是州府奥古斯塔，另外一个就是这个贝尔法斯特了。

贝尔法斯特是缅因的一个非常精致的滨海小城镇，属于缅因州瓦多县（Waldo County），在流经班戈的那条湍急的潘诺布斯科特河出海口形成的海湾旁边，曾经是班戈木材的集散地，也是造船业的中心、龙虾捕捞基地、渔业中心。这个海湾其实很大，我走到贝尔法斯特的海边看看，几乎看不到海湾的尽头，看看地图，才知道这个海湾长度达到 15 公里，整个海湾就叫做贝尔法斯特海湾。海湾四周都是小城镇，东面的叫做"海港镇"（Searsport），北面叫做天鹅湾镇（Swanville），还有县城瓦多镇，西面是莫里尔镇（Morrill）和贝尔蒙特镇（Belmont），南面反而叫做"北港镇"（Northport）。贝尔法斯特前面对着海湾，后面是很高的山林，这一带的岩石都是黑色的花岗岩，我曾经去过更北面的加拿大的魁北克，整个城市就是建造在黑色的花岗岩上面的，印象很深。这里的森林太漂亮了，全部是加拿大红枫树、白桦树、山毛榉（beech），有一条很湍急的溪流从山里经过贝尔法斯特冲入海湾，这条溪流很精彩，完全像国画中那种山间瀑布泉水的样子，印第安人叫它为"帕沙阿瓦卡格"（the Passag-assawa-keag），据说从溪流入海的地方往上，有大约五公里是可以行船的，不过非常急的水流，要划船也很不容易。贝尔法斯特海湾对面，也可以看到一条穿越山林入海的河流，叫做"大雁河"（Goose River），本地好多工厂就设在这些河流和溪流边上，像早年的造纸厂、锯木厂，还有潮汐发电厂、磨坊。现在贝尔法斯特还有好几家磨坊，在河流的出海口都建了堤坝，有水力发电站，城里有鞋厂，造船业依然还在，铸铁、铸铜、船帆、服装、皮革加工、砖厂等，产业也还丰富，不过都是传统型的产业了。不过，贝尔法斯特还是缅因的重要交通枢纽，这里有铁路，连接缅因中部的铁路网，有码头，连通缅因南部的波特兰和马萨诸塞的波士顿。

我到贝尔法斯特的时候，正在下着沥沥淅淅的小雨，那天是个星期天，街上人不多，像缅因州的其他城市一样，这里的人口也不多，整个城市环绕着海湾，高低错落，建筑大部分都是 19 世纪建造的，市中心就在一个十字路口地段，有些商店，很朴素，但是有一种欧洲、英国典型小城镇的氛围，这种不太美国化的小城镇真是不多见。

雨下大了，我跑到街上买伞，大多数店铺关门，只有一家旧货店开着门，进去问店主有没有伞，那个老太太就拿了一把蓝色的折叠伞出来，很新，索价 2 块钱，这种小镇的感觉就立刻出来了。

我曾经在宾夕法尼亚的西切斯特小镇住过两年，也是这种感觉，美国小城镇能很完整地保持小镇价值和风范，与大城市截然两样，最令人喜欢。

贝尔法斯特小景

贝尔法斯特是一个两百年的古城，城里只有几条街道，因为整个城市建造在一个山坡上，因此沿河方向的街道是一级比一级高上去的，垂直的街道就从坡上一直延伸到河边码头。这里的商业建筑都是砖做的，这是当年新英格兰的风格：民宅用木头做，商业建筑用砖做，沿街的商铺大部分是两三层楼的砖房，商业街道后面的住宅街道比较宽，绿树成荫，我走了一下那些住宅街道，非常安静，基本都是枫树和榆树两种，看来都是百年老树了，最上面一条横街叫做"国会街"，那里比涨潮时候的水平面高出 178 英尺，大约是 60 米，从海边码头到"国会街"这个范围之内，就是整个小城了。站在"国会街"可以看到很壮丽的海湾、潘诺布斯科特河、远处"蓝山"（Blue Hill）的景色，如果能够在这里找间小房子住着写作，打开窗子，就是山水、海天一色的壮丽景观，该有多好啊！

　　贝尔法斯特的开发是从 1769 年开始的，最早来的移民在这里向政府购买土地，但是价格低廉到难以想象的水平，每英亩仅仅 25 分钱，一个测量官员叫做约翰·米切尔（John Mitchell）第一个在这里建房子，因此公认他是贝尔法斯特的奠造者，次年，一批苏格兰、爱尔兰的移民从隔壁的新罕普什尔州过来定居，但是感觉这里实在没有什么发展前途，住了一段时间，大部分人又离开了，只有詹姆斯·米勒（James Miller）一家没有走。不过后来这里定居的人重新增加，到 1773 年已经有约 200 人定居这里了。独立战争的时候，这里的居民都站在美国一方，抗击英国军队。

　　美国独立以后，这里开始繁荣起来，第一家银行在 1832 年开业，当时总资产仅有 15 万美元，到 1879 年，银行已经有存款总值 55 万美元了。城里出版了好多份报纸、杂志，显示居民的文化水平提高得很快，城市也在这段时间快速扩展，变得越来越大了。木屋起火时有发生，这是美国大部分以木结构建筑为主的市镇早期最主要的威胁。到 19 世纪末、20 世纪初，这个城市的黄金期过去了，伐木和木材加工业逐步衰退，造船业也随着机械船舶的发展而衰落。我看到的贝尔法斯特基本保持了那个时候的形式，大部分建筑物也都是从那个时候建造一直留下来的。

　　细雨渐渐，我一个人在那个古老的小城镇的街道上走，走到海湾边上，码头里面停泊着好多木帆船和渔船，大西洋的水很干净，因为是海湾，也比较宁静，只听见雨声落在伞上的滴答声，远处的山风吹过来，吹皱了海湾的水面，一切是那么的安宁和渺远，这样的小镇，给人一种永恒的感觉。

可可和伊戈尔

　　前两年看了一部从小说改编的故事片，叫做《可可与伊戈尔》（*Coco and Igor*），整个故事发生在第一次世界大战前后的巴黎，背景是浓烈的 Art Deco 时代的浪漫，以现代音乐大师、俄国作曲家伊戈尔·斯特拉文斯基和时尚大师可可·香奈儿的情愫为主线索。整个作品表现出 Art Deco 时代的时尚和社会风气，有那么一点忧伤的浪漫，一点失落的美感在内，很动人。加上我又是一个非常喜欢斯特拉文斯基作品的人，从电影上可以看到 1913 年 5 月《春之祭》第一次在巴黎的香榭丽剧院演出引起的骚乱，看他在创作《火鸟》的过程，又可以亲眼看到香奈儿在格拉斯调制五号香水的过程，虽然知道这个故事有争议、有杜撰成分，但是依然迷醉于它。

　　《可可与伊戈尔》是 2002 年根据英国小说家克里斯·格林豪尔（Chris Greenhalgh）的同名小说改编的电影，这部小说我曾经在英国出差时买过一本在路途上看，有点印象的是这本书是根据钢琴的琴键数构成的，全书分成 88 个章节，而钢琴也恰恰是 88 个琴键。克里斯 1963 年生于曼彻斯特，学文学的，之后曾经在意大利和希腊住过 5 年，回到美国之后，在一家很小的学校（Sevenoaks School）教书，并且写小说。《可可与伊戈尔》是 2002 年出版的，一下子就翻译成包括中文在内的六种文字，电影参加了 2009 年的坎城影展，是作为坎城影展这一年的闭幕电影在 5 月 24 日放映的。

这个故事的真实性一直是评论界的疑问，故事的确见诸香奈儿口述的回忆录，这部作品也得到香奈儿企业的赞助，但是斯特拉文斯基的代言人却绝口否认他们之间曾经有这样的情愫。

电影一开始是可可去参加 1913 年 5 月 29 日在香榭丽大剧院的《春之祭》芭蕾舞剧的首演，虽然观众因为音乐舞蹈都太过于前卫而骚动，甚至在中场休息的时候不得不调动警察维持秩序，但是可可却深为伊戈尔的现代音乐所打动，为尼金斯基（Nijinsky）的舞蹈编导所感动，第一次对斯特拉文斯基的天才产生了爱慕。七年之后，在俄罗斯芭蕾舞团团长迪亚杰列夫（Sergei Diaghilev）举办的一次宴会中，可可第一次邂逅斯特拉文斯基，当时香奈儿虽然已经成了时尚大师，但是她的男朋友阿瑟·"男孩"·查派尔（Arthur "Boy" Capel）的早逝使她身心交瘁。她知道伊戈尔·斯特拉文斯基因为"十月革命"爆发不得不流亡法国，带着有病的妻子和四个孩子，生活非常艰难，因此邀请他全家到自己的在高切（Garches）"贝尔-拉斯皮罗"（"Bel Respiro"）的豪宅去住。

那一年的夏天，香奈儿和伊戈尔在贝尔-拉斯皮罗相爱了，这场惊心动魄的爱情，给他们两人都带来了创造的热情，并达到他们创造的高潮，香奈儿在那个时候在格拉斯和调香师恩斯特·波克斯（Ernest Beaux）创造出举世闻名的香奈儿五号香水，而斯特拉文斯基也在这个时候孕育出自己的新音乐：自由、非和谐，成为现代音乐的奠基作品。斯特拉文斯基的夫人卡瑟琳娜感觉到他们之间的关系，斯特拉文斯基也觉得难以忍受这种受惠于人的生活，三人之间矛盾不断，最后以分手告终。

排除故事的真实性不说，我喜欢这部电影有两方面的原因，一是艺术家之间那种炽热的、不顾后果的情欲之爱，那种激发灵感的爱；二是他们的作品的惊人而被震撼了。

"贝尔-拉斯皮罗"，现在是香奈儿十种最著名的香水的品牌之一，整个香奈儿香水系列统称"the Les Exclusifs de Chanel collection"。"贝尔-拉斯皮罗"是可可在1920年代买下的位于巴黎郊外的一处豪宅，她主要在这里调制香水，当时调香师雅克·波杰配合她的试验，用这里的花草树木做资源，反复调制各种香型。我们说的香奈儿五号，是她情欲的作品，就在格拉斯调制的，而"贝尔-拉斯皮罗"香水则真是在这里调制出来的。

我去"贝尔-拉斯皮罗"参观的时候，讲解员让我先闻闻香奈儿19号的味道，很清淡，有点暧昧，再闻闻"贝尔-拉斯皮罗"，有一种明晰、现代的快感，不那么时髦，刺激出一种只有在春天花园里才有的感觉，有点青涩、少女的冲动，和戈宾·道德（Gobin Daude）的"Sous Le Buis"有异曲同工之妙，如果把伊戈尔这个因素加进去考虑，当你闻"贝尔-拉斯皮罗"的时候，有种情欲的东西会在你内心骚动。

"贝尔-拉斯皮罗"并不那么和花香联系起来，我闻到干草、树茎的味道，我闻到的是一个刚毅的男人的味道，同时也非常柔和，好像透明的花瓣在青青的草地上飞舞的那种味道。虽然价格不低，我还是在那里买了一瓶100ml的"贝尔-拉斯皮罗"，希望能够在这青涩的微香中倾听斯特拉文斯基的《春之祭》。

大家都知道香奈儿的时尚是一场革命，她创造了不同的时装、不同的香水，特别是不同的生活方式——即后人所称的"Art Deco"方式。她公司后来的几个设计家，比如卡尔·拉格菲尔德（Karl Lagerfeld）也都继承了她的这个特点。对设计感兴趣的我来说，我更加想了解的是可可的设计风格，也就是她那种纯正的 Art Deco 风格。而她在巴黎的"贝尔-拉斯皮罗"，就正是一栋纯粹的 Art Deco 风格的豪宅。

但是更吸引人的是她在巴黎康彭街31号（31 rue Cambon）那栋高级公寓住宅的设计，那是她在1920年买下来的，当时主要是给

可可和伊戈尔

男朋友"男孩"住的。这里更具这位大师的女性气质，并且也有一种略带俏皮的调情，她以她的时尚品位在这里捕猎艺术家。虽然可可总是说她的时装设计走的是极简主义的方向，但是她服装上的那些华贵的饰品走的却是张扬一路，完全不属于极简主义。后来，香奈儿把这栋 18 世纪的公寓完全改造为一个 Art Deco 的天堂，所有新古典的元素全部清除干净。

香奈儿引领了一个纯粹的 Art Deco 时尚潮流，当时在巴黎时尚界引起了很大的震动。她的商店底层，是法国室内设计师让-米切尔·佛兰克(Jean-Michel Frank)设计的香奈儿饰件部，这是时尚店第一次有专门的饰件部门，销售手提袋、鞋子、帽子、围巾、首饰等配件。沿着以 Art Deco 纹样设计的铸铁栏杆上到二楼，墙上的墙纸图案、把手、装饰品等都是明显的 Art Deco 风格的。

香奈儿在这个时尚店开幕之后，请自己最好的朋友来做客，包括让·科尔图(Jean Cocteau)、伊戈尔·斯特拉文斯基(Igor Stravinsky)，诗人皮埃尔·李文迪(Pierre Reverdy)，立体主义画家让·格里斯(Jean Gris)等。香奈儿自事业成功之后，就不断资助艺术家，比如前面叙述的，她让斯特拉文斯基全家住到她的那座美轮美奂的 Art Deco 风格豪宅"贝尔-拉斯皮罗"里，达 3 年之久。据说可可还给了斯特拉文斯基一张支票，数目大得惊呆了他，可可说是支持他继续从事音乐创作的，并要求斯特拉文斯基对数目保密。直到五十多年后，他们两位都去世了，支票的数目才公开了。

收藏海报

小时候住在一所音乐学院的大院里，隔壁就是一家电影院，除了喜欢看电影之外，也喜欢看电影海报，当时的电影海报是在电影院外面搭的一个海报栏里张贴的，国产电影的海报设计手法基本一个套路，"高、大、红、光"类型为主，而少数进口电影的海报就完全不同了。那个时候是没有途径可以获得电影海报的，电影院用完的海报他们自己收走，书店是从来不卖电影海报的，因此没有什么渠道可以获得海报。

这种情况到了美国就完全不同了，在美国，有很多收藏海报的渠道。我在美国生活了 20 多年，又是住在电影业的中心洛杉矶，不但电影海报多见，自己教书的学院好多老师也从事海报设计，并且常年有海报拍卖，有跳蚤市场和旧书店，突然间发现收藏海报有可能，于是逐步开始收藏海报。

艺术拍卖、跳蚤市场、古旧书店这三个地方是我收藏海报的基本途径。好莱坞有人专门做历史片海报的收购，再拍卖，价格不菲，一般都是几百美元一张，重要的要过千元，如果是某个特别电影的首映海报，价格会更高，电影演员尼古拉斯·凯奇（Nicolas Cage）有几张乔治·卢卡斯《星球大战》首映海报，拍卖价格居然达到百万美元，这类海报在拍卖会上往往被竞标人推得更高，我去过这种拍卖会，首先要知道自己想要什么，其次是准备花多少钱，这都要预先做好功课，我主要用"捡漏"的办法收。

南加州的跳蚤市场规模很大，每个月第一个星期日在加州大学帕莫纳学院停车场，第二个星期日在"玫瑰碗"（Rose Bowl），第三个星期日在长滩，其中长滩的跳蚤市场干脆叫做"古董跳蚤市场"，这些跳蚤市场动辄上万摊位，第一次去肯定找不到方向，但是如果压缩到海报一个专项，其实不多，也就十来个摊位，这十几个摊位的经营方向也不同，有的走 1930—60 年代老电影套路，专门卖给行家，价格高；有的是大路货为主，很少见到好作品；再就是回收旧货型的，数量大，需要时间去挑。我二十多年来每个星期日基本都去走走，那里的商贩认识好多了，那里虽然价格比较拍卖行便宜一些，但是作品良莠不齐，要自己把握，有些太热门的海报，大多是复制品，要很小心。多年来，我也的确收了一些不错的海报。比如在中国曾经热卖的英国电影《简·爱》的原装海报，就是在这样的地方淘到的，当时不用说有多么开心了。而第三个能淘海报的去处是旧书店，但是旧书店近年生意不好，海报也越来越少了，有时候偶然找到一张，便喜出望外，但是旧书店已经慢慢不是我收藏海报的地方了。

说到捡漏，好像收藏的人都有过这种幸运的经历。电影海报是一个大家都热衷、熟悉的题材，捡漏机会不多，倒是其他的海报，有时候卖家不在意，有很多"捡漏"的机会。一次，我在洛杉矶一个每个星期天都举行的梅尔罗斯跳蚤市场（Melrose）上看见一个专卖美国旧地图的商人，顺手也卖一些其他印刷品，他有五张极为精彩的斯堪的纳维亚航空公司 1950 年代推动国际航班的手绘海报，因为他自己不太在行，杂乱放在一大堆旧印刷品里，我在不经意地和他谈地图，买了他几张二十年代的规划图，顺手搭上这五张海报，回到学院给插画专业的老师看，都说这是超级好的作品，是可以进博物馆的品位。另外一次是在"玫瑰碗"跳蚤市场，一个专门制做旧家具的商人，有人委托他卖一些收购来的旧东西，我看见有两张扔在家具旁边的用破镜框装的发黄的老海报，我一眼认出是第一次世界大战的征兵海报，因为是帮人代售一大堆旧货，那个摊贩也不用心，我最后用 60 美元一张的价格买下，细细看看，都是 1917 年的原作，非常宝贵。

在电影海报中，迪士尼动画片的海报是我集中收藏的一个内容，不算皮克斯公司的电脑动画在内，迪士尼的手绘动画长片从 1936 年的《白雪公主》开始，到最近为止，加起来就只有 40 多部，但经过好多年的刻意寻找，我现在收藏了 36 张，看看这批动画片海报，我真是颇有成就感。

对做设计理论的我来说，海报收藏在于了解、认识、欣赏海报设计，因此我不是那类"凡旧就收"派，而是讲究其设计水平。我收藏的摇滚乐电影《烽火街头》、斯皮尔伯格的《法柜奇兵》首映海报和他的《大白鲨》海报、《星球大战》之"杰迪归来"海报、1980 年芝加哥电影节海报，1989 年蒙特利尔国际电影节的海报，1997 年和 2002 年奥斯卡颁奖礼的海报，克林特·伊斯特伍德的电影《菜鸟帕克》的海报、《吸血僵尸》(Dracula) 和吸血僵尸类的《亚当家庭》的海报、《加勒比海盗》的首映海报等都是非常珍贵，并且也是设计得很好的作品。

从历史上来看，最早的电影海报是用来推广电影的，约 1900 年才出现，专门为一部电影做海报的历史。海报也从原来罗列放映的电影名单转变为有插图、有演职员名单的新形式。电影海报往往是电影里的一个或几个场景、画面，海报设计师的风格各不同，因此电影海报随着电影的繁荣越来越蓬勃。电影海报是用来推广电影的，是内容有很准确目的的海报类型之一，也是海报中数量最大、类型最多的。虽然现在绝大部分的电影广告已经转变为数字媒体了，但是海报却依然存在，在电影院张贴，也做成巨大的广告牌

(看板，billboard)展出。

电影海报一般包含简单的内容文字、插图两大部分，文本部分，是电影名称、出品公司、主要演职员名单，也有简单的文案，来增加电影的吸引力，用大字体显赫地突出片名(the film title in large lettering)、导演和主要演员名称是最常见的手法；美国电影往往还在海报上标明首演时间，香港叫做"上画"时间，特别是暑期档和感恩节、圣诞节档期段，日期非常重要；而插图部分原来多半是手绘的，但是自从 1990 年代以后，因为数字技术的进步，照片就逐步超过了手绘插图了。现在看到的绝大部分电影海报都是用照片为主的。海报除了推广电影以外，也用来推广电视连续剧、DVD 这里影音制品，也用来推广电影节活动，在娱乐界具有很重要的地位。

在美国，从四十年代到八十年代，电影海报是通过美国全国海报张贴的运作机构"国际电影服务公司"(the National Screen Service，简称 NSS)张贴和运作的。这个公司负责美国全国绝大部分的海报的设计委任、印刷、分配张贴的业务，NSS 还负责回收用过的海报，然后分配给第二轮放映的电影院使用。海报循环是美国海报发行的重要特点，一般一张海报会在一轮一轮的放映中，电影院轮换使用几年的时间，直到破损得比较严重的时候，再收回 NSS 的仓库里，清理之后报废。也有少数在电影院已经破损了，在电影院手里作为废物废弃。所谓的美国电影海报收藏，就是这样最后被废弃不用的海报。

1985 年，NSS 停止活动，而 NSS 的仓库里面堆积了几十年的破旧海报，逐步流到少数几个艺术收藏家的手上、艺术交易商和画廊的手上，顿时成为美国收藏界的一个大事件，因为数量庞大，良莠不齐，门类繁多，收藏界开始逐步消化这部分作品，其中部分精品的海报的价格也水涨船高，2005 年 11 月 15 日，伦敦的"里尔海报画廊"(the Reel Poster Gallery)拍卖德国导演佛利兹·朗(Fritz Lang)

上海汾阳路150号（原汾阳路45号）旧时为
美商杜麦洋行，1940年易名为TUCO，大厦是美国教会
商业开发，图片绘自1940年代初面，由作者据
如今原址绘成。

1927 年的电影《大都会》(*Metropolis*)，原海报拍卖价达到 690，000 美元，也就是说一张旧海报的拍卖价达到四百万人民币的水平。新海报也有突出的价格，《木乃伊》(*The Mummy*) 在 1997 年苏富比 (Sotheby) 拍卖价为 452，000 美元，电影《黑猫》(*the Black Cat*)、《弗兰肯斯坦的新娘》(*Bride of Frankenstein*) 的原版海报也在"遗产"拍卖行 (Heritage Auctions) 的拍卖会上卖出 34，600 美元的价格。据说全世界目前最贵的海报是 1931 年的《弗兰肯斯坦》，这部电影现在存世的海报仅仅一张，如果有一天出来拍卖，估计会突破千万美元。

因为市场需求，所以有一部分最经典的海报通过获得版权的出版社旧版有限重印，限量重印的海报都有重印年份的标记，价格比原版的就要低多了。

美国海报的规格有几种标准：

"一开"张 (One sheet)，规格是 27×40 英寸 (686×1020mm)，叫做"肖像尺寸" (portrait format)；

公共汽车候车站海报，规格 40×60 英寸 (1016mm×1524mm)；

1980 年代以前还有如下海报尺寸：

展示尺寸 (半开，Half-sheet)，规格 22×28 英寸 (559×711mm)，叫做"风景尺寸" (landscape format)；

插入尺寸 (Insert)，这种尺寸顶部一般都留空白，给地方小剧院、电影院自己填写时间、内容用；

橱窗卡 (Window Card)：14×22 英寸 (356×559mm)，这种尺寸顶部一般都留空白，给地方小剧院、电影院自己填写时间、内容用；两张 (Two sheet)，41×54 英寸 (1040×1370mm)；三张 (Three sheet)，41×81 英寸 (1040×2060mm)，一般是两张分开的内容拼合用；30×40 英寸 (762×1016mm) 40×60 英寸 (1016×1524mm)，六张 (Six sheet) 81×81 英寸 (2060×2060mm)，拼合起来是正方形，一般是四个画面拼合用。

这些规格的海报中，我每种都有一点，其中六张的尺寸太大，运输困难，其他的则是很方便展出的。

我多年来一直在收藏电影海报、各种商业海报和少数政治海报，收藏的海报大部分是原版海报，少部分是原版限量重印海报。品相、设计、价值都比较好的电影海报、旅游海报现在大约有400张，旅游海报在国内很少看到有人收藏这类海报。另外，我一直希望这批收藏品能够有一个归属，能使得这些海报更具意义，能让它有给更多公众、学生看到的机会。同时，我还在继续收藏。

小镇记事

　　我对于小城镇一向情有独钟，喜欢得很。因为自己是在大都会长大，已经很厌烦大都会的各种问题，虽然方便，但是生活品质其实在不断下降，这一点大家都有目共睹。前几年我花了一些时间，对美国加利福尼亚州的几个传统的小城镇和几个现代开发的新市镇进行了一番考察，特别是对圣巴巴拉这个西班牙、地中海风格纯粹的小镇作了比较深入的了解，真是学到好多好多的东西。反过来看看国内一些还没有来得及被所谓现代化城市破坏的小城镇，也觉得实在弥足珍贵，可惜的是看见西方人在保护并按照旧小城镇建造新的社区，而我们则在大规模地拆迁、破坏，现在这种传统的小城镇越来越少；有些则是小城镇的躯壳还在，传统却流失了。去年曾经路过周庄，一到周庄，那条阔大的水泥马路，那排不伦不类的新建商业楼房，那种宰死人不偿命的漫天要价，让我连停车的念头都没有了。如果不尽快采取一些强硬的行政及立法手段保护，可能到下一代人的时候，中国已经没有这类传统的小城镇了。

　　为了深入了解小城镇群的形态，了解小城镇的价值观，我曾经到法国南部跑了一趟，那里小村落、城镇成群，就连那里大一点的城市也都具有很典型的小城镇价值感，实在是令人开心。

法国南部小镇风情

在法国南部的普罗旺斯省，我发现那里的人对于省内的几个大城市，比如尼斯、马赛并没有什么兴趣，而更多的是把自己成群的小城镇作为最有特点、最有价值的内容来谈论，并且为此而骄傲。这点和我们国人的心态完全不同。北京郊区的人总说自己离北京不远，是北京的一个部分，上海远郊的农民也说自己是上海人，而在普罗旺斯，我从来没有听那些住在距马赛几十公里的人说自己是马赛人，离开尼斯才一个小时车程的格拉斯小镇的人也从来不说自己是尼斯人，他们以自己的那个小城镇自豪，因为小城镇价值观已经根深蒂固的扎在民众心中了。

普罗旺斯的好多小城镇，在中国人眼中大概只是一个村子而已。这个地区南部是地中海，北部是山脉，地貌非常戏剧化，城镇按照具体地块的条件来建设，随着地貌变化多端，因此每个小城镇的形式、设计、面貌、布局也各个不同，这也正是我最喜欢的地方。在国内，好多地方虽然有不少的小城镇和村落，但是基本是一个模样，一是缺乏因地制宜的设计，求同不存异；二是多年来不断的拆改，没有文化沉淀，你非得跑到四川、湖南的偏远乡下，才能够找到普罗旺斯这样丰富的小城镇面貌。

法国南部靠北边的是普罗旺斯的上阿尔卑斯区（Alpes-de Haute-Provence），那里全部是花岗岩的片石，村民从古代开始在这里就地取材建造石头房子，建筑很有山区的特色，而且不同的村子附近的花岗岩的色彩和肌理都不同，因此，见到每个小镇的感觉都有差异。山海之间矗立着一群群这样的城镇，非常像意大利沿海的那些城镇，因此有些法国人说：他们无需去意大利度假，在普罗旺斯这里的村镇中，他们已经能找到感觉了，此话不假。这里的建筑物大部分都是东西朝向，和我们国内盛行的南北朝向刚好相反。我问他们为什么会这样设计，他们说有历史以来就这样，因为这里不炎热，建筑采用东西朝向，尽量享受更多阳光，听起来非常浪漫，不过在国内可能就行不通了。小城镇里面有色彩斑斓的巴洛克风格有小教堂、附近有小露天集市、咖啡馆，走到那里，你就根本不想再走了，只想坐下，喝杯咖啡，享受一下地中海的阳光和轻轻拂面的春风。

陈旧的屋顶瓦片色彩各异，橄榄绿色的百叶窗，砍劈粗糙的石料砌成的、牙黄色的石墙，那些建筑就高高低低地错落地矗立在山头上、山坡上，面东背西，阳光充沛，山坡上全是葡萄园，还有各种做香水原料的花卉，满山遍野，简直是一幅幅灿烂的图画。

与意大利同类的小镇比较，法国南部的这些小镇更加质朴，比如教堂建筑，就简单得很，并且钟楼一般就是用铸铁做的一个架子，很简洁，但是不简陋。每个小城镇的小广场上都有十七八世纪建造的小喷泉，这类喷泉，都是用山泉的水，因此水流量不大，潺潺滴滴，岁月痕迹，那滴水的轻响，好像是个时光的钟摆一样，滴滴答答的，使人忘记身处何时了。

我坐在格拉斯小镇的一个小咖啡馆门口，就看着一个修造于18世纪的喷泉，在那里滴滴答答地流水，有个奇怪的想法：这种小城镇的风格现在居然如此地受欢迎，在中国所谓豪宅楼盘里都可以看到这样的喷泉，当初这里的民众在建造自己的小镇时，压根就没有想到要创造一种时尚，它们是原生的、自然的，但是自从19世纪末开始，普罗旺斯风格就成了流行时尚了，先在北美广泛流传，到21世纪，居然在中国也成时尚了。

山乡沉浮

2015 年五一小长假，我在香港的商务书店买了一本伊莲·秀梨诺(Elaine Sciolino)的书，叫做《法式诱惑》(*La Seduction*，*How the French Play the Game of Life*)，其中有这样一段，令我很伤感：

"近年来，衰退感侵袭的范围已经远超过(法国)帝国权威或者军事力领域。法国的生活方式本身也遭到质疑，全球化资本主义代表一切，运转都更加快速，更追求效率，不再那么讲究透彻性与个人特质。在当前法国经济景观中，家庭经营的美丽农场早已大幅度减少，取而代之的是巨大的工业仓储。曾经这种小型地方作坊中以手工打造的设计师设计的皮袋，现在全部是种中国大批量生产的；一种在法国南部格拉斯由师傅精心调配的香水，现在都是在纽约的中央实验室中按照市场调研报告所确定的规格、特征科学地生产出来的。……"

看到这一段的时候，我就想起多年前去格拉斯山区的美好记忆，现在则多半不再如此。

格拉斯的黄金时期是 20 世纪初期和战后时期，当时香水生产登峰造极，葡萄酒酿造也是好年头，乡镇工业不错，蚕桑业非常发达，因此，他的诗歌里面是最好的普罗旺斯。但是，当他去了巴黎之后，大约从 1880 年代开始，这个地方的经济开始衰退。格拉斯自然资源并不是很丰富，主要还是农业原料为主，比如酿造葡萄酒的葡萄，制造香水的鲜花和香草，还有制作橄榄油的橄榄树。1900年前后，铁路从沿海建造到山里来了，不少贫困的农民开始离开家乡，到滨海地区找寻就业机会。这样一来，一些山区的村镇开始衰落，还能够维持一定人口的村镇都是在交通干线旁边的，或者在山脚下那些，而在山坡上、山顶的那些原来非常壮观的村镇一个一个地被废弃，人去楼空。到 20 世纪初期，好多历史悠久的村镇变成空无一人的鬼镇，是这个地区城镇最衰落的时期。

我去那里的时候，还可以看到一些当时被荒废的村镇，比如一度相当出名的伯克斯堡（Fort de Buoux）和奥帕德-勒-维克斯（Oppede-le-Vieux）等。另外有些小镇，虽然还有人居住，但是也是死气沉沉的，年轻人都走光了，只有一些老年人在那里喝咖啡、晒太阳。这些村镇地势往往非常险要，因此景观绝对是壮观的，我寻思着：这可是了不得的资源，有一天人们想到山里找寻幽静去处，找寻 18 世纪的感觉，这些村镇就是最好的去处了。那些村镇不但景色壮观，也因为空置已久，还有种神秘的气息，很迷人。走进那些荒废的村镇，你就可以体会到米斯特拉尔的诗歌的韵味和感觉了。

法国有个作家、电影制片人，叫马瑟·巴纽（Marcel Pagnol）曾写过两本关于这里景物人情的小说，他这两本小说被改编成两部电影，一部叫《男人的野心》（Jean de Florentte），另一部叫《甘泉玛侬》（Manon des Sources），这两部电影都反映了山区小城镇的衰败，如果用中国人的话来讲，就是反映了在工业化时期小镇生活被逐渐破坏的过程。其实，巴纽本人是个乐观主义者，他是利用这种手法来唤醒大家对这个地区的小城镇的热情，电影中充满了这里小城镇迷人的景观：小小的咖啡馆、醇香的葡萄酒、美食佳肴、色彩丰富的市场、斑驳的小镇和乐天的村民。

这里的小城镇不仅吸引了外国游客，更重要的是吸引了好多杰出的艺术家来这里工作和生活。因此，虽然是古旧的村镇，艺术氛围的浓厚却是一个非常显著的特色。

在这里生活和工作过的艺术家中，最著名的应该是文森特·梵高(Vincent van Gogh)、保罗·塞尚(Paul Cezanne)了，还有印象派画家莫奈、雷诺阿也曾来过这里。在他们之后的是博纳尔(Bonnard)，西涅克(Signac)以及杜飞(Dufy)。20世纪的两位画坛巨匠马蒂斯(Matisse)和毕加索也都在这里居住过好长一个时期。因此如果说氛围，这里最具有二十世纪现代艺术运动的感觉了。

梵高曾经在普罗旺斯的阿尔住过一段时间，这也是他最后栖息之地。他特别喜欢黄色，因为这里处处可见绚烂的黄色，加上地中海地区温暖的阳光，实在是太舒适了。阿尔的中心是用诺贝尔桂冠诗人米斯特拉尔塑像命名的广场，法文叫"Place du Forum et statue de Mistral"，早期应该是个罗马时期的公共广场和论坛。那里的确还有当年的广场和古罗马时期留下来的竞技场，到处都是卖小吃的流动摊贩，大小餐馆的桌椅摆得广场上没一处空隙，能坐人的地方都坐满了人。

地中海地区气候非常好，像美国的加州一样，好气候就有好的出产，水果、蔬菜、香草、花卉、橄榄油，都是普罗旺斯著名的物产，这里有好多法国南部极为出名的香草园，出产的各种天然香草点缀着精制的菜肴，拥有一份独特的清新自然。在街头咖啡座点菜，是种赏心悦目的享受。头盘是蒜味奶滋，闻名遐迩的普罗旺斯菜系，当地人爱用香草，善用香草，味道很特别，新鲜的罗勒香，尤其让人印象深刻。大厨师将西红柿、茄子、节瓜等蔬菜瓜果，加上各种香料，先用橄榄油炒熟，再配上鱼、虾和海鲜，非常好吃，不知道当年穷困的梵高有没有吃过这道菜呢？坐在那里，不远处就是那座有两千年历史、至今仍在使用的、欧洲最大的罗马竞技场，真是有种奇特感。

法国南部小景

王爱之 · 2015.6.23

第一次世界大战结束之后，从欧洲、美国来普罗旺斯地区居住和工作的艺术家超过千人，简直难以想象有这么多艺术家如此钟情于这个地区。有些人来工作几个月，有些人就干脆在这里定居了，早期来定居的艺术家主要集中在科特-阿祖（the Cote d'Azur）地区，早在19世纪，这里已经是欧洲富人冬天的度假胜地了。一些艺术家也开始在艾泽（Eze）、摩金（Mougins）、勒·卡涅特（Le Cannet）、图列特（Tourette）、塞朗斯（Seillans）、卡涅斯（Cagnes）、圣保罗-德-旺斯（Saint Paul de Vence）等好几个小城镇集聚起来。圣保罗-德-旺斯是其中人气最旺的一处，最终成为法国当代艺术的中心。一个小小的山区城镇，竟能孕育出法兰西的当代艺术，对于外国人来说，这真是难以想象。

第二次世界大战之后，普罗旺斯和其他法国南部滨海地区的城市生活费用越来越高，造成越来越多的人，特别是艺术家开始往内地、往山里小城镇找寻自己生活和工作的空间，这个热潮刺激了这个地区的繁荣。其中一个最近的热点就是在瓦克鲁斯（Vaucluse）地区的鲁贝龙（the Luberon）。

"二战"期间，已经有一批试验型的建筑家、作家、艺术家跑到奥帕德-勒-维克斯这个废弃了的城镇里，安营扎寨，建造起自己的社区。后来，又有后期立体主义画家安德烈·洛特（Andre Lhote）和光效应（Optical art）艺术家瓦萨雷里（Vasarely）带了一帮艺术家到另外一个村镇戈德（Gordes）定居，建造自己的工作室。1970年代，这里的一个小城镇阿帕特（Apt）集中了如此之多的艺术家，在法国被称为"鲁贝龙的圣日耳曼区"（Saint Germain du Luberon），圣日耳曼区是巴黎两个艺术家最集中的区域之一。大批来自巴黎的前卫艺术家、作家和其他知识分子在这里居住和工作，使得普罗旺斯山区村镇的性质就发生了巨大的变化。

艺术家先行，外国人和游客跟进，普罗旺斯的村镇生活变成时尚，到21世纪，这里的房地产价格持续高涨，而来定居的人依然络绎不绝，小城镇生活不但被视为是舒适的生活，并且是时尚的生活，理想的生活，价值观发生了巨大的变化，精英、富人、高级知识分子和艺术家离开大都会，迁移到这里居住和工作，现代化的通信手段，使得他们无需在大城市里居住，山区村镇的生活是那么的惬意，还有谁需要嘈杂、喧嚣、污染严重的大城市生活呢？就讲烹饪吧，现在法国时尚的烹饪不是考究的豪华大餐，而是简单朴素的普罗旺斯型的乡村饮食，新鲜红酒、沾着橄榄油吃的粗麦面包，烤羊肉，丰富的蔬菜和水果，有谁还在乎城里油腻的大餐呢？国际顶级的作家，像伊丽莎白·大卫（Elizabeth David）、M. E. K. 菲舍尔（M. E. K. Fisher）都选择在这里居住，在这里写作，好不自在！

到了 21 世纪，普罗旺斯的形象整个蜕变过来了，不再是那种颓败的、破落的乡村，而是舒适的、高级知识分子的生活形象。小城镇的精华，经过一百多年的涤荡，终于凸现出来，成为现在发达国家精英阶层追逐的目标了。

普罗旺斯成为居住的理想之地，产业和传统却正在全球化、资本化的压力下消失，颇为遗憾，却又是无能为力的。全球化造成的同质化破坏的不仅仅是经济生活，这种人文方面的破坏更加尖锐。

小镇大艺术

　　法国南部的普罗旺斯省和阿尔卑斯滨海省是一个集聚了 20 世纪最重要的艺术家的地方，从地理位置来看，似乎有点难以想象，因为这个地方距巴黎很远，离意大利的米兰倒比较近，为什么那么多重要的艺术家，像毕加索、马蒂斯、梵高、高更、伯纳德等，都在这里定居，其中一些人在这里工作、创作了一辈子？这里并没有什么特别重要的大城市，马赛仅仅是个工业城和港口，戛纳当时还默默无名，尼斯是个优美的度假胜地，却很小，也没有艺术市场，蒙迪卡罗是个赌城，并不适宜艺术家。

　　说来也让人难以相信，这里不仅是 20 世纪初期欧洲现代艺术的重要摇篮，是世界最重要的现代艺术家集中的地方，而且也是 21 世纪法国当代艺术家的一个重要的集聚中心，法国人说法国当代艺术就和这里分不开。我想主要的原因是人文环境和气候条件，吸引了大量的精英艺术家来到这里，慢慢形成社区氛围，一旦这个氛围浓郁得足够了，你就没有办法再把它打散了。艺术商、艺术代理人、艺术收藏家也都知道这里有这么多一流的艺术家，因此趋之若鹜，这里逐渐成为一个中心，是用了一百多年的时间的。

　　对普罗旺斯的最大误解是认为普罗旺斯是一个风格统一的地

区，其实这里有山有海，内外景观、人文氛围截然不同，绝对没有一个统一的普罗旺斯，风格的多元化是吸引艺术家集聚的重要因素。

普罗旺斯省分成六个不同的区域，从东到西是 150 英里，大约 250 公里，从南到北大约是 100 公里，并不是一个面积很大的省。但是因为它的南面是地中海，最东面是摩纳哥，最西面就是马赛，最南面是土伦，最北是阿尔卑斯上普罗旺斯省，包括的地区在最东是滨海阿尔卑斯（Alpe-Maritimes），这个地区的南部有三个重要的城市，就是蒙通（Menton）、蒙迪卡罗和最著名的尼斯了；向西走，过来是瓦尔（Var），瓦尔沿海有几个比较出名的城市，包括圣拉斐尔（Saint-Raphael）、圣托佩兹（Saint-Tropez）和比较大的土伦（Toulon），这里内陆的山区有许多很精彩的小城镇，包括德拉桂南（Draguignan）等等；瓦尔的北面就是阿尔卑斯上普罗旺斯（Alpes-de-Haute-Pronvence），这里山势比较陡峭，因此城镇的密度相对低一些，再西靠海是罗恩河波什（Bouches-du-Rhone），这里南部滨海是马赛，最著名的却是中部的一个小城，叫普罗旺斯阿克斯（Aix-en-Pronvence），原因是大画家保罗·塞尚一直在这里工作和生活，特别是他晚年创作了早期立体主义形式的风景作品，基本都在这里完成。这个地区的最西面，靠着罗恩河有个小镇，叫阿尔，是梵高居住和工作的地方，因此也吸引了不少人去参观；在这个地区的北面是瓦克鲁斯（Vaucluse），这里是艺术家集聚最多的地方，有条河流叫库仑河（Coulon）从东到西贯穿这个地区，沿河全部是小镇，基本都是艺术家的集中居住点，包括 Oppede-leVieux，Menerbes，戈德（Gordes）、朱利安桥（Pont Julien），拉科斯特（Lacoste），阿帕特（Apt）、鲁西永（Roussillon），比乌（Fort de Buoux）等；再西就是加德（Gard）地区，加德的中心城市是尼姆（Nimes），这里已经很难算是普罗旺斯地区了。

要了解这个地区的现代艺术，在世界最大的博物馆就可以看到，因为塞尚、梵高、马蒂斯这些人实在太出名了，走到哪里都可以看到他们的作品。

我最近在尼斯的艺术博物馆看了一个展览，有点吃惊，那是一个叫做"普罗旺斯的风景绘画"的展览，这个集中展出在这个地区工作过的现代艺术大师的风景绘画作品，其中有好多作品是我以前没有见过的，非常精彩，也使我更深入了解这个地区在现代艺术中的作用。

尼斯的艺术博物馆原来是一个乌克兰的公主科丘别伊（Princess Kotchubey）的豪华住宅，收藏品主要是 19 到 20 世纪的现代艺术，包括一些非常重要的艺术家的作品，像波丁（Boudin）、齐姆（Ziem）、雷诺阿（Renoir）、莫奈（Monet）、拉法利（Raffaelli）等。雕塑部分也很精彩，包括卡伯克斯（J. B. Carpeaux）、鲁德（Rude）、罗丹（Rodin）这些大师的作品。绝大部分属于法兰西第二帝国时期（the Second Empire）、20 世纪初期，也就是他们习惯称为"黄金时期"（Belle Epoque）的作品。这两个时期是现代艺术开始萌芽、发展和成熟的时期，因此，虽然博物馆不大，其实浓缩地展示了现代艺术的发展历程，是一个很好的博物馆。

尼斯艺术博物馆在尼斯的包米德路 33 号（33 Avenue des Baumettes），门口有好多路公共汽车站，除星期一休息之外每天都开放，门票我记得好像是 4 欧元。博物馆有个网站的，我记下来，是 www. musee-beaux-arts-nice. org，如果去以前可以查查有什么展览在举办。

这个风景画展览规模之大，完全出乎意料之外，我习惯看大城市的大型展览，总以为中小城市的展览不会有什么了不得。之前有个法国艺术家朋友告诉我：如果去看这个风景画展览起码要化 3 个小时以上的时间，我当时还觉得他有点言过其实，等到了那里，才知道对我来讲，3 小时确实是不够的。

该展览中塞尚的作品占了相当大的一部分，我们知道他后半生

116

小镇风情

基本都在普罗旺斯创作，作品相当多。对于我来说，塞尚是这个展览的高潮，是最好的，虽然很多人挤着看梵高的作品，我还是喜欢塞尚的画，因为他的确捕捉到了普罗旺斯的精神，并且开拓了立体主义的一个发展方向。塞尚在这里有两张很大的风景画，一张是蓝色调子的，另一张是棕黄色调子的，很主观，但是非常有力，并且抢眼。我就站在那里看了又看，从城堡里面看外面的森林，蓝色和黄色是补色，以前的画家很忌讳用补色，因为对抗性太强烈了，而塞尚就这样用，并且用得极为自如、流畅，没有我们在城堡里往往习惯看见的黑色、灰色，不强调明暗，而强调色彩的对比，非常新颖。塞尚特有的那种立体化的笔触，非常有节奏，他画得很薄，有些画就是浅浅的一层色彩而已，不像莫奈的作品，一层又一层，很凝重，而他的作品，虽然表现的是凝重的岩石、山脉、森林，但是笔触和色彩轻松而流畅，的确很精彩。他喜欢用不同对应的补色，红色对绿色，黄色对紫色和蓝色，这类处理处处可见，形成他很特殊的风格。

塞尚曾经讲过："我们和自然的接触，即获得一种训练，但我们却只有依靠专心一意的钻研，才能将混乱的视觉纳入秩序。所以说，艺术即以人的感觉，通过视觉的确立，所完成的一种'结构'之理论……"从他的作品中可以看到，他一直是在探索一种结构理论的，而这种结构，就是后来立体主义的基础。

塞尚晚年一直创作，他曾经说过："终我一生都在努力地探讨大自然的奥秘。但我的进步是那样的慢，如今我又老又病，所以我活着的唯一可能与意义，也无非是誓以绘画而亡罢了！"他真是做到画到老，画到自己生命最后一息。

我在纽约、巴黎、伦敦、洛杉矶的好多博物馆中看到过他在普罗旺斯画的这类风景画，如此大规模的集中展览却从来没有看见过，因此感到非常震撼。

梵高自然是很吸引人注意的一个画家，他在这里住过好久，在这里画出自己一系列最著名的作品，黄色特别多，他钟爱黄色，据说是一种心理病态的反映。他的作品往往是困惑的，虽然色彩强烈，笔触有力，表现的却是一个不宁静的、不清晰的心态。

尼斯艺术博物馆的这个"普罗旺斯风景画展"，是我去看这里小镇中的现代艺术的开始，好像一个引子、一个序曲，很完整，很壮观，当你知道你将走进的是一个更加富丽堂皇的殿堂，那种感觉是非常美妙的。

艺术工作室

2013 年 4 月去了一次桂林，商讨的内容是在那里建造一个艺术家村，我去过好多城市中类似艺术家村、艺术家区、画廊区，比如纽约的索霍（SOHO），洛杉矶的拉古纳海滩（Laguna Beach），可以说结合得比较好，但是也总是商业比较强势，而文化就显得弱势一点了。在桂林这样的地方建艺术家村，我总有点惴惴。因为我见得多，知道这些艺术家村不是规划出来的，而是艺术家自由聚合的群落，背后的自然规律不容易把握。

1991 年，我到纽约去，当时陈丹青在 42 街附近租了一个很小的画室，我去那里坐坐，他正在画一组静物。我们在画室聊天，谈到原来画家的 SOHO，现在被时尚商业挤出去了，他愤愤不平，是名牌商业把艺术家的这么良好的积聚地给毁了。我后来自己去 SOHO 看看，的确如此，名牌店林立，艺术家都因为铺租太贵，而迁移到附近的 NOHO 和 Chelsea 去了。当然，还是有好多非常精彩的画廊在 SOHO，但是如果说要再维持 20 世纪五六十年代那种纯粹文化、艺术的氛围，我看是没有可能了。这个 SOHO 是纽约曼哈顿内的一个区域，大约由北面的侯斯顿街（Houston Street），东面的 Bowery 街，南面的运河街（Canal Street）与西面的第六大道为界。

SOHO在60年代至70年代开始著名，原因是一群艺术家被此区的廉价租金吸引，开始进占租用渐渐搬走的工厂，变成办公室及摄影楼，其邻近区域也在其后的数十年内急速发展。最后，真正的艺术家又渐渐搬走，余下艺术馆、精品店、特色餐厅及年轻专业人士留守。

"工作室"这个词来自英语的studio，这个词的翻译其实是有点困难的，因为英语中的studio一方面可以是指工作空间，特别是艺术家、设计师的工作空间，但是同时也是一种单房的住宅形式，指那种只有一个大房间，厨房、浴室都包括在里面的住宅单位。

先讲讲我早期在美国住的"工作室"，就是单身公寓了。

1987年年底，我刚刚从美国东部的费城搬到西部的洛杉矶，开始借住在妹妹家，因为在大学教书，自己的生活规律和妹妹家不同，因此我另找地方住，刚好遇到原来在广州美术学院的老同事、油画家司徒绵，他说他正要搬到加拿大去，自己在市中心租了一个studio，价格不错，建议我接过来用，我去看了看，虽然区不是那么好，但是房间很大，左邻右舍也都是上班一族，很单纯，厨房和浴室隔开，是典型的studio公寓，就租下了，居然在那里住了两年，那个studio就难翻译为"工作室"，而是单间公寓而已了。一词多义，中英对译不容易。

在美国，工作室类型的住宅，其实属于小空间住宅，虽然小，但是有其优点，首先是做清洁简单，不像大房子，做一次清洁都要好长时间，我现在在美国住的一栋大洋房，每个礼拜请专业公司来做清洁，三个人做足三小时，才能粗略地做一次，想起当年那个小小的studio，我半个小时就能够打扫得干干净净了。不过地方小，储存东西的空间就少，而艺术家、设计师的杂七杂八东西就是多，因此如何利用studio，也是一门学问。那些拿仓库改造成studio的工作和居住混合的空间，就叫loft，如果比较大，改做几个空间，把住的和工作的地方分开，是艺术家和设计师中很流行的方式。早年见到的都是 1960 年代的几位大师的工作室，他们的工作室基本都在纽约的曼哈顿，曼哈顿好多高层的公寓大楼，都是 20 世纪上半叶建造的，空间大，并且净空高，一般都有六七米，现在的住宅绝对没有这么高的天花板了。建筑是钢筋水泥的，很坚实，电梯大，可以上下搬运东西，地点在曼哈顿中城、下城都有，上东城比较高级一点，艺术家不好在晚上喧闹，所以反而很少人在那里开工作室。

工作室一般对艺术家来说就叫画室了，国内现在讲讲如何装修才像工作室，其实最主要的倒不是装修如何，而是两个条件：一个是必须群居，一批艺术家在一个地方，都有工作室，才成气候，画商和艺术代理人找作品也比较方便，附近一定有大城市，便于展览和销售；其二是工作室必须内部空间高大，有厂房的空间，才能够形成氛围。至于如何装修，一般是工作方便，生活在附近就行了，我看了好多美国大师的工作室，其实都仅仅是大且方便，装修没有什么特别的地方，真正特别的工作室，都是设计师的，因为他们的工作室，其实是公司业务所在地，拿来谈生意的，要表现自己的品位，还有员工上班，一般在城市内部，和艺术家的工作室就不是一类了。

所谓 studio，其实有几种功能不同的，一种是艺术家纯粹拿来做创作空间的，就是一个大库房，不对外，不请人来，作品创作好了，拿出去画廊展销；好像抽象表现主义的大师杰克逊·波洛克（Jackson Pollock）的纽约长岛的工作室就属于这类，在住宅旁边的车库里面，随便怎么乱都无所谓，反正不接待任何人。第二种是具有工作室和起居室两个功能，因此一边是创作的空间，一边是生活的空间，马谢·杜尚（Marcel Duchamp）在纽约索霍旁边的格林威治村（Greenwich Village）就是这种类型的，他就是在自己的公寓中隔出一个大房间做工作室，这样比较方便。这类工作室比较适合画家，因为画家要求的空间比较有限，一间大房间就差不多了，要印

纽约 SOHO

刷，拿到外面的专业工厂做，无需在自己家里进行，好像抽象表现主义的另外一个大师巴涅特·纽曼（Barnett Newman）、波普的贾斯伯·琼斯（Jasper Johns）等都是这类，我去过琼斯的工作室，在南卡罗莱纳州的埃迪斯托海滩（Edisto Beach, South Carolina），从外面看，就是一座很普通的住宅而已，里面也是住家的样子，就是旁边隔开一个独立的画室空间，他的很多作品就是在那个房间完成的。波普的一个大师肯尼斯·诺兰（Kenneth Noland）虽然是北卡罗莱纳人，但是工作室和家都在新英格兰的佛蒙特州，也是一栋貌不惊人的民房，里面隔出一个大空间画画；这个人的画室干干净净，井井有条，我特别喜欢，因为我从来不认为大艺术家的画室必须是肮脏、杂乱无章的。波普的另外一个大师罗伊·里亨斯坦（Roy Lichtenstein）是纽约人，他的画室就在住宅里面，我去看过，是车库改的，就是一间大约100平方米的大房间，净空高约5米，墙上钉了木头的架子，画可以挂在上面，因为他的画都很大，因此画室里面很空，就是要腾出工作的空间来。他去世之后，整个住宅和工作室还保留原样，我去看的时候，他用过的颜色、画笔、画架完全保持原样，好像他还在那里一样。佛兰克·斯提拉（Frank Stella）的工作室也是这种净空特别高的公寓建筑，纽约这类房子很多，原来价格很便宜，现在才贵起来的。

波普运动最著名的画家就是安迪·沃霍尔（Andy Warhol）了，他和其他几个波普大师主要靠索霍附近的卡斯特里画廊（Leo Castelli Gallery）卖画，因此自己的工作室也离那里很近，就是现在的索霍里面。他的工作室叫做"工厂"（factory），除了做画室之外，还有各种活动，晚上通宵达旦的狂欢，抽大麻，酗酒，性行为，无所不有，很乱的一个窝，因此也特别大，到处都是破烂家具，凳子都是缺腿的，到处都涂了油漆，连天花板都好像打过仗一样，很前卫，我想国内的艺术家或许就羡慕这样的乱。

虽然说美国自由，但是在住宅公寓里面如果太吵而影响到邻居，还是会有人报警的。波普大师安迪·沃霍尔曾经在自己那个

"工厂"开晚会，通宵达旦，邻居觉得太闹了直接报警，于是纽约的警察就来强行结束了这个晚会，很没趣。

需要单独设立自己工作室的艺术家，主要是做装置、概念艺术、现代雕塑的那些，比如波普的克利斯·奥登堡（Claes Thure Oldenburg）是个做大型雕塑的艺术家，作品尺寸巨大，并且全是金属焊接、翻铸的，因此工作室也特别大，并且远离居民区，当他没有出名的时候，还是在纽约现在很牛的切尔希（Chelsea）租房子住和做工作室，后来出名了，就在工厂区租大车间，创作就得心应手了。这类的人不少，他们的工作室就是工厂，可以翻砂、浇铸、焊接，机械设备也很多。这类艺术家都往往接尺寸大的公共艺术项目，要考虑工作的空间，当然，如果不是有太多收入，也可以租工场用的。

美国的艺术家工作室是以群落形成的，著名的艺术家往往把工作室放在一起，便于往来，也方便经纪人来看作品。我知道现在的群落，以纽约和周边地区最集中，其他大城市，比如芝加哥、洛杉矶、旧金山、波士顿等也有类似的群落，但是还是纽约地区最集中。除了纽约市内的索霍、切尔希这些地方，还有最近刚刚冒出来的诺霍（Noho），这几个在纽约下城和中城交界地方之外，主要围绕在纽约的外围，有如下几个比较重要的。

纽约外围的艺术家工作室群落，也可以称为"艺术家村"，主要在纽约州苏佛克县（Suffolk Country and New York State）几个小镇，其中一个叫做南汉普顿（Southampton）和水磨（Water Mill）这两个地方周围，那里集中的艺术家有已故的里亨斯坦（Lichtenstain）、拉里·里维斯（Larry Rivers）、罗伯特·威尔逊（Robert Wilson）、亨利·科勒（Henry Koehler）、珍·佛莱里奇（Jane Freilicher）、艾利克·佛里曼（Eric Freeman）、珍·威尔逊（Jane Wilson）和约翰·格鲁恩（John Jonas Gruen）等人。这里离纽约不远，但是完全是一派自然景观，空气清新，交通也方便，因此好长时期以来都是纽约的成功艺术家的群居中心地点。

第二个是在上面这个南汉普顿里面的一个居民点，叫做布里奇汉普顿（Bridgehampton）和附近的萨加波纳克（Sagaponack），那里住的艺术家有乔治·康杜（Geroge Condo）、美国照片写实主义大师查克·格罗斯（Chuck Close）、杰克·杨曼（Jack Youngerman）、罗斯·布莱克纳（Ross Bleckner）、罗伯特·达什（Robert Dash）、斯提夫·米勒（Steve Miller）、特利·艾金斯（Terry Elkins）、戴维·萨勒（David Salle）；

第三个集中点也是在纽约州苏佛克县的另外一个地方，是三个小区组成的，分别是萨克港（Sag Harbor）、北海文（North Haven）、谢尔特岛（Shelter Island）。在这里的大师有约翰·张伯伦（John Chamberlain）、艾普里尔·哥尼克（April Gornik）、佛兰克·温伯利（Frank Wimberley）、辛蒂·谢尔曼（Cindy Sherman）、尼德·史密斯（Ned Smyth）、利马·玛洛杨（Rima Marolloyan）等。

第四个地点，在纽约的纽约州苏佛克县南部，叫做东汉普顿，附近还有一个更小的镇，叫做温斯格特（Wainscott），这里加起来人口2万，却住了不少大艺术家，包括斯特罗姆·曲瓦斯（Strong Cuievas）、比利·沙里文（Billy Sullivan）、克劳斯·科列特斯（Klaus Kertess）威廉·雷涅（William Rayner）、麦克·所罗门（Mike Solomon）、朱迪·哈德逊（Judy Hudson）、布莱恩·汉特（Bryan Hunt）、里奇蒙·布顿（Richmond Burton）、波利·克拉福特（Poly Kraft）、萨利·艾格伯特（Sally Egbert）等。

第五个中心工作室区在纽约附近的斯普林（Spring），全名叫做萨拉托加的斯普林（Saratoga Springs），在纽约州的萨拉托加县内，这里也是大师群集，其中有大名鼎鼎的威廉·德库宁（Willem de Kooning），他已经去世了，但是工作室还是保留原样，这里还有彼得·戴顿（Peter Dayton）、李·克拉斯奈（Lee Krasner）、贝奇·彼得逊（Paige Peterson）、依布拉姆·拉索（Ibram Lassaw）等。

第六个中心也在纽约附近，叫做阿玛冈谢特（Amagansett），附近一个小镇叫做纳帕圭（Napeague），那里的名家有多纳德·巴切勒

（Donald Baechler）、罗伯特·哈姆斯（Robert Harms）、康斯坦丁诺·尼沃拉（Constantino Nivola）、约翰·亚历山大（John Alexander）等。

纽约外围还有一个地方，叫做蒙陶克（Montauk），那里的艺术家有爱德华·阿比（Edward Albee）、前面提到过的波普运动大师安迪·沃霍尔、保罗·莫里斯（Paul Morrisey）、朱利安·什纳伯（Julian Schnabel）和彼得·比尔德（Peter Beard）等。

21世纪以来，有名的画家的市场运作日益纯熟，因此收入也高，工作室面积也大了，但是基本还是保持一种工场的形式，自然宽大得多。我去看罗伯特·威尔逊（Robert Wilson）的工作室，长约150米，宽25米，可以说是巨大，正好适合他做各种装置用。纽约外围蒙陶克租金原来很便宜，我在1980年代去那边看里亨斯坦、沃霍尔的工作室，附近很大的农舍，连谷仓、车房在一起，也就十几万美元，现在因为大艺术家趋之若鹜，房价水涨船高，过百万的有的是，已经不是刚刚出道的艺术家可以住的了。城里的索霍，甚至切尔希就更不用提了。1990年代，陈丹青陪我去索霍，对于把索霍这个原来是纽约屠宰场、仓库的便宜的艺术家村弄得价格如此高昂，艺术家进不去，有些咬牙切齿的痛恨呢！

工作室是工作用的，以后我再专门谈谈设计师的那种兼做办公室的工作室，那是另外一回事了。既然是工作的空间，自然是宽敞为主，无需弄虚作假的扮"酷"，随意而做，舒服、自由、宽敞，比矫揉做作的装修好得多。如果不得已要住在里面，注意起居和工作分开，不要弄得配偶好像整天在跟你上班一样。

前几年看见上海人民出版社出版的《上海艺术家工作室》丛书中提到：根据保守的估计，中国的艺术家的工作室已经在10万个以上。仅北京、上海、广州、深圳四个城市的工作室数量，就占了总量的80%。我看了有点吃惊，不过一个13亿人口的国家，这个数目也是合理的。这些工作室当然有艺术家、设计师、建筑师、室内设计师、时装设计师的工作室，并非全部是艺术家的工作室。

文字之谜

2009 年 8 月曾经因公事去宁夏的首府银川，完全是一个崭新的感觉，崭新的印象。因为我曾经在二十多年前来过一次，但是那次来没有什么目的，也不知道要看什么，印象淡漠，这次来则是有任务而来，了解情况，密集的访问和讨论，给我留下完全不同的印象。

对大部分人来说，宁夏的银川是一个比较远的地方，在地图上看看，位置完全是"插"在内蒙古里面的一个自治区，特别是银川市，这里属于宁夏的部分宽度仅仅 70 公里左右，从银川往西走，是高大的贺兰山脉，如果穿过山谷罅缝，过去就是内蒙古的阿拉善左旗，如果朝东走，跨过清冽的黄河，就是银川的河东机场，而从机场再往东走十公里，就进入内蒙古的鄂托克前旗，宽大的、清澈的、平缓的黄河从南而北，穿越宁夏北部，从中卫到石嘴山，完全不像我印象中的黄河，这里水网纵横，杨柳青青，几乎像是江南的水乡景色。在中国对干旱的大西北来说，恐怕是绝无仅有的一颗明珠！银川市内湖泊很多，并且水面都很大，水质也非常好，清澈见底，芦苇如幛，雁鸭低飞，请我去的"民生公司"让我去那里的北塔寺附近看工地，寺庙前面就是一个宽阔的湖泊，白色的塔倒映在湖面上，那种感觉，简直难以想像是在内蒙古附近的一个地方呢！北面的西滩湖、南面的七十二联湖，都是很大的湖面。这里在河套里，地下水位高，加上无数的从秦汉以来就建造的引黄灌溉渠道，银川真可以称为我们西北的"水乡"了。

西夏首都"兴庆府"就是现在的银川，位置在河套平原上，贺兰山之下，据说那个城市曾经是宏伟的、金碧辉煌的，那城曾经在那里屹立了接近二百年，在那个时代中，兴庆府可以说是整个西北部地区最绚丽的城市了。不过，这个城最后被蒙古人的铁骑践踏，灰飞烟灭，留下的仅仅是西夏和党项人的记忆了。这个城市的位置非常特别，如果从地图上看，是在宁夏省的最北端，东边是黄河，因为是河套平原一带，黄河是从南往北流的，黄河的东面是内蒙古；而城市西面不远，就是高高的贺兰山，把这个地方和内蒙古隔开了。因而看看银川的位置，是嵌入内蒙古的一个"半岛"型的尖端。从历史上来看，两边都是蒙古人，中间这块土地上却生活着党项人，的确是很奇特的生活状态。

我长期生活在中原和华南地区，直到 1984 年才有机会去西北走走，去西安、甘肃、宁夏，当时有公务在身，但是对我来说，则完全是一个学习之旅，我的生活经历，使得我早年对于西夏、党项这些名称一直是很陌生，兴庆府则因为和宋代并存，只有朦朦胧胧的印象，整个西夏、宁夏的文化，对我来说也有一种神秘的色彩。后来看金庸的章回小说《天龙八部》中，见那个痴心的西夏公主，觉得很特别，反正和汉族女孩性格不同，小说中的西夏与历史中的西夏交织在一起，因而我当时就对西夏有一种强烈的了解欲望。

我在 1970 年代进入武汉大学历史系读研究生，是在美国史研究所，跟随刘绪贻、吴于廑、韩德培先生学习，而历史系里面有几个同学跟唐长孺先生研究敦煌学的，记得那时候有一个从西北某大学历史系来跟唐先生进修的研究生，原本是研究西夏历史和文化的，和我成了很好的朋友。我在跟他聊天的时候，表示对西夏的好奇和兴趣，他就把自己正在做研究的文献资料给我看，一方面也希望我帮他解释一些用语记录的考古内容。记得第一次看到那些好像天书一样的文献，约是1979年，同学把那些文献拿到我在武汉大学当时的研究生宿舍区"桂园"的宿舍给我看的，惊叹之余，我看到那些文献包括两种，一种是早期外国研究者去西域探险的时候有关西夏文化历史遗址的考古记录，包括俄文、法文和英文翻译本，都是几十年前的外国出版物，另一种就是复印或者拓片，都是一种我根本无法释读的古文字，他说这是西夏文。

那些文字看似像汉字的形状，我所看到的书写方式似乎是宋体的变体，但是字形偏长方形，形式像汉字，我第一次看到的时候，估计更类似韩文，是一种拼音文字而已，无法阅读。那个同学解释说，还是象形文字，不过更多形声而已，这种西夏文是西夏仿汉字创制的。他们曾经汇编字书12卷，定为《国书》，上自佛经诏令，下至民间书信，均用西夏文书写。为方便人们学习西夏文，还印行了字典。我们知道，西夏于1227年亡于蒙古帝国，而西夏文也随之逐渐湮灭无闻。据说最近这些字典以及一批佛教经卷和手书作品，在内蒙古西部地区有发现。当时手头已经有新发现的西夏文文献一批，包括有法律著作《天盛年改定新律》、历史著作《太祖继迁文》、辞典字书《文海》、《番汉合时掌中珠》等。西夏文的创立虽然字形与汉字相仿，但避免与汉字的雷同，也就避免了汉字及本身文字的混乱。西夏文属汉藏语系的羌语支，西夏人的语言已失传，跟现代的羌语和木雅语关系最密切。

西夏文字的创立历史上有多种说法，相传为景佑三年（1036年）十二月，大夏国主李元昊命大臣野利仁荣创制，费时三年而成。西夏文字是记录党项族语言的文字，又称蕃书或蕃文，目前总计共六千余字。其结构多仿汉字，行体方整，但笔划繁冗，用点、横、竖、撇、拐、钩等组字，多斜笔，无竖钩。单纯字较少，由两个字甚至三四个字合成一字者居多数。其中大多数会意合成字和音意合

西夏文残片

王宏之 2015. 7. 2. LA
西夏文残片

成字，分别类似汉字的会意字和形声字，一些译音字由其反切上下字的一个部分组成，类似拼音字；象形字和指事字极少。其书体有楷、行、草、篆，分别用于雕刻、手写和金石。

西夏文字创制后即尊为西夏国字，下令推行，用于书写各种文书诰牒，应用范围甚广。西夏国灭亡后，西夏文仍在继续使用。到了元代时（公元1227年）另称河西字，且其文化并未完全消失，元代人用它刻印了大批佛经；明初时期亦曾刻印西夏文之经卷，到了明朝中叶，还有人以西夏文刻于经幢。此时距创造文字之时已历时约五百年。

西夏文字的这种特殊的设计，有学者认为表明了文字本身的三个意义，第一，说明这在当时是一种贵族文明，世界上很多文明形态只有贵族和从事宗教活动的人员能够掌握；第二，西夏文字很可能有创建密码的含义，有好多法律条文、命令不希望懂汉文的人破解。在当时连年征战，甚至全民皆兵的时代背景下，军事情报的传递和保密是很重要的工作，假设一名传递情报的士兵被捕，用西夏文字书写的情报也不至于泄密。第三，西夏文字是一个族群心理自立的标志，有自己的话语系统。自然，这三个特点，也仅仅是学者推断，还没有确实的证据。不过，西夏文字这种奇怪的设计，的确给我们带来很丰富的想象空间。

对于消失的西夏和西夏文字的兴趣，使得我有一段时间经常找有关史料来查看。研究生毕业之后，只要有机会我都会留意这方面的资料，其中民国初年中国学者对西夏文化的考古记录，已经不少，而外国考古学者、探险家的文字记录，也很珍贵。我从那一批最早进入到中国西域地区的外国探险家的记载中查到了好些很有意义的文字，而特别让我感兴趣的是关于西夏城市情况的资料。那一批我接触到的关西夏的外国考古文献，绝大部分是很旧的原著，记得包括了聂历山、石滨纯太郎合著的《西夏语译大藏经考》（1932）、聂历山的《西夏语文学》（莫斯科，1960），还有这么几本原文的著作：A. Wylie《*On an ancient buddhist inscription at Keu-yung-kwan*》（1870）、《*Deveria L'Ecriture du royaume de Si-hia ou Tangut*》（1898）、布舍尔（S. W. Bushel）的《*The Hsi-Hsia dynasty of Tangut，their money and peculiar script*》（1896）、法国考古学家莫里斯（M. G. Morisse）的《*Contribution preliminaire a l'etude de l'ecriture et de la lange Si-hia*》（1904），俄国人伊凡诺夫（Ivanov）的《*Zur Kenntnis der Hsi-hsia Sprache*》（1909），都是很旧的史料。这些史料中记载的一个重要的西夏城市的痕迹和情况，就是关于西夏古城黑水城的。我们当时很吃力地看不同的语言记录，慢慢凸显出一个西夏古城的形象来。而最近二十年，宁夏和西北一些大学中成立了西夏学研究中心，对这段历史、文化、文字的研究就变得有条有理起来，历年来发表的各种专著、论文也越来越多，西夏文化的神秘面纱也慢慢地被学者们掀起来了。

说到西夏文字，我联想起后来在几个文物单位和外国博物馆看到的西夏留存下来的书法，一般自己创造文字，特别是东亚这种拼音文字的民族，书法艺术不发达，是众所周知的，而西夏人的书法却有惊人的成就，我想这主要是在当时和宋朝交流频繁，受宋朝对书法绘画影响的结果了。接触到西夏文文献的专家们，常为它那秀美的字体、精湛的书法而赞不绝口。西夏使用的西夏文和汉文字性质相近，它们的书写方法如执笔、用笔、点划、结构、分布等方面也基本相同、西夏文化教育发达，书法也很受重视。特别是佛经的抄写和刻印，融书法的修养和对佛教的虔诚于一体，产生了不少精美的书法艺术品。

传世的西夏书法作品以楷书、行书为最多。前文提到的西夏文泥金字《金光明最胜王经》，小字楷书，书写工整，字体娟秀，配以光彩夺目的金色，确可称为写本佛经的上乘之作。柏林图书馆所藏《妙法莲华经》字体遒劲有力，气韵隽秀，刚柔相济，也是西夏文书法的精品。列宁格勒所藏《佛说宝雨经》，墨书小楷，书法婉丽俊逸，工整秀美。西夏刻印的佛经和书籍都是正楷，而在不少日常应用的文字和部分佛经中行书使用较多。行书大多表现了随意自然的特点，如《黑水城守将告近禀帖》、写本《大般若波罗蜜多经》等皆是。

在西夏，草书也很流行，如草书《孝经》笔划简约流畅，结构均匀自然，是传世的西夏草书代表作。篆书可分成两种，一种类似汉文的小篆，如西夏陵园的寿陵碑额，竖刻四行，每行四字，共十六字，笔画匀称畅达，结构严谨整齐，字形方正典雅。《凉州感应塔碑》的篆额与此相类。另一种是西夏官印用篆字，类似汉文九叠篆文，笔画屈曲折叠，填满印面，疏密得中，变化多端，庄重美观。

此外，西夏还有用竹笔书写的作品。武威小西沟岘的山洞中，与西夏文文献同时被发现的就有两支竹笔。如前所述一种《孟子》的写本，字体粗黑整齐，刚健有力，显示出竹笔书写平直工整的特点。

保存至今的西夏文书法作品不少，书法家的名字流存至今的却不多。张政思和浑嵬名遇分别是书写《重修凉州感应塔碑》汉文和西夏文的书法家，都有很高的造诣。宋仁宗时的翰林学士刘志直工于书法，他利用黄羊尾毫做成笔，质量很高，国内有很多人仿效他的做法。曾考中进士的西夏神宗李遵顼不仅博览群书，而且也是一个善于写隶书和篆书的书法家。智妙酩布是元朝党项族书法家，他书写了居庸关过街塔门洞内的西夏文字，字体浑厚凝重，保持了西夏书法的优良传统。

我和艺术家徐冰是朋友，他好多年前就创作过数千个无中生有的汉字形，称之为"天书"，在国内外艺术界引起很强烈的反响，我在银川也曾经试图用西夏文字的基本造型手绘导识系统文字，感觉就好像是在创作一种艺术形式一样好看，也具有强烈的宁夏、银川色彩，这种设计应该具有平面设计中蕴藏的潜力。

精粹汉口

　　我对汉口的第一个强烈的印象，就是那些租界里高大的新古典主义建筑了。广州的长堤一带也有海关大楼、爱群大厦这样的大楼，但是从数量的庞大、建筑质量的优秀、气势恢弘来看，我看全国除了上海还没有哪座城市能够和汉口媲美。

　　新古典建筑是十九世纪随着租界的建立而进入中国的，和租界规模密切相关，上海、武汉都是比较早就有规划地建造这类建筑的城市。在汉口，租界从江汉关（现在叫做武汉关）一直向下游延伸数公里，依次是英租界、法租界、德租界、俄租界、日租界，节奏大概是从江汉路到中山大道一线是大型商业建筑为主，沿长江而下的滨江路则是使领馆为主，中山大道和滨江路并行的这个长方形城区内，则是公寓住宅和商业建筑、公共建筑区，逐次有武汉形式的里弄，是给职业阶层的华人居住的，水平并不在上海的石库门之下。虽然现在这些建筑看起来有些凋敝，但是总体气派还是很扎实，在国内极少见如此密度的建筑群体。

　　芝加哥的建筑是很精彩的，而汉口也有很多精彩的建筑物，并且都是在一个很接近的时期内完成的。

　　从汉口发展的历史来看，租界建设的时候正是西方新古典主义流行的时期，因此很多建筑都具有强烈的新古典主义建筑特征，由于大部分都是外国建筑设计师设计的，因此"保真"水平很高，不少都具有和西方同时期建筑同样高的水准。

1920—1930 年间，外国银行和外商在汉口兴建了汇丰银行大楼、花旗银行大楼、亚细亚大楼、景明大楼、保安大楼、立兴洋行大楼、中华基督教信义大楼、新泰大楼、日清洋行大楼、横滨正金大楼、台湾银行大楼、怡和洋行大楼与太古洋行大楼等，江汉关大楼是英人总税务司监修的。

从武昌坐轮渡过长江，到了汉口，走上码头，首先看到的是江汉关大楼，那楼实在是非常巍峨壮观的，高四十六米，建成于 1924年。楼的造型是新古典主义风格中一个分支：新文艺复兴风格（New Renaissance style），结合英国新哥特式钟楼，四周立柱，外墙、柱全部用大件花岗岩构造，石作精细。楼顶钟楼四面装有直径4 米的自鸣钟，按时奏乐，声传三镇。

江汉关大楼为汉口的标志性建筑。

这座楼很大，占地面积 1499 平方米，建筑面积 4009 平方米。大楼由主楼和钟楼两部分组成，塔式钟楼位于楼顶。主楼、钟楼均为四层。在汉口租界时期建造的众多大楼中，武汉关（原来叫做江汉关）是形制比较特殊的一栋，尤其是位置特殊：此楼矗立在江边码头对面，隔江便可以看到，它的钟声更是三镇的人都可以听到的。我记忆中，小时候晚上在家里做功课，到了 10 点，听见隔江传来的悠扬钟声，母亲就会过来对我说："睡觉去！江汉关的钟都响了。"

做钟楼需要特殊位置，又因为这栋建筑是海关大楼，海关的地位也需要一个彰显气势的大楼。因此这座楼设计得气宇轩昂，与众不同。严格来说，大楼是两个不同的部分组成的，第一个是楼的本身，模仿古典柱式分解而成的三段式：底层花岗岩基石墙，有一种直布罗陀岩石的感觉，牢不可破，第二层以上用古典柱式一冲到

江汉关   王蕊·2015·7·4·LA

顶，这就是柱身的部分，柱式挺拔而简洁，立面没有多少装饰，到了顶部，用柱头顶起的出檐，宽阔而张扬，气势磅礴，这就构成了柱础、柱身、柱顶三段，交待得清清楚楚。而在顶部之上，才是一座巍峨的英国式的钟楼，钟楼本身也接近4层高，从下部的方形楼逐步转向圆形的上部，上有四面大钟，顶上则有风向标和东南西北的方形指示。插队的时候我从洪湖坐船回武汉，远远望见江汉关大楼，或者半夜听到那悠扬的钟声，便知道快要到家了。

这个钟楼的钟声曾随风回响在三镇夜空达半个世纪之久。原来顶上的风向标是一个古典的黄铜做的五桅帆船，挺好看的。那钟每一个小时自动敲一次，特别是半夜时分，在好远好远的武昌也能够听见穿越长江飘送过来的悠扬钟声，那钟声，我可是从1953年到1966年，从不间断地听了13年的。1966年7月，愤怒的红卫兵和海关工作人员合作，把那艘黄铜帆船从顶楼扔到地上，我正好走过那里，看见一大群人用锤子在打烂那艘帆船。这以后，钟声也改成扩音器播放的"东方红"了。

江汉关旁边有条小巷子，那条小巷子在我印象中很深，就在对着码头的地方有一家小吃店，热干面、烧饼、锅贴，香气飘满整条街。旁边还有个卖臭豆腐的老人，挑着担子，一头是油锅，一头是码得整整齐齐的黝黑的臭豆腐，5分钱一块，炸得脆脆的蘸上辣椒酱，好吃得不得了，每次路过，总要吃上两三块的。从这里穿出去就是江汉路，也就是英国租界中大型企业、大银行的总部最集中的那条路了。江汉路很长，两旁一字排开各种欧洲建筑：哥特风格、罗马风格、拜占庭风格、文艺复兴式、新古典主义、现代派……差不多西方建筑各个时期的作品都齐全了。在小时候的我看来，那些楼都很是威严，灰色的花岗岩立面上，岁月留下了深深的痕迹。

江汉路与江边垂直，从江汉关旁边的小巷折过去就到了。这条路从东南方起于沿江大道的江汉关大楼，向西北延伸，穿过汉口市中心，跨过中山大道，越过铁路，一直接上新中国成立后修建的解

江汉路   王寿工 .2015. 7.8. LA

放大道。沿路与黄陂街、洞庭街、鄱阳街、花楼街、江汉一、二、三、四路、铭新街、吉庆街等垂直相交，全长 1550 米。新中国成立前，江汉路是华洋分界线，路的东边(即长江下游)是租界，西面(也就是靠近汉水和长江交接的上游)，则是华区了。

江汉路自沿江大道至花楼街段，曾是清末英租界的"洋街"，近代历史地理学家杨守敬先生曾于 1890 年绘制了一张《武汉城镇合图》，上面就有这一段路的当年情景。清末，随着商业和对外贸易的发展，这里兴建了不少银行大楼，街道也拓宽至 12 米，主权属英租界并改名为太平街。江汉路西面的花楼街、黄陂街以及毗邻的大兴路一带是民族工商业者开设的店铺、作坊、前店后厂型的食品店，加上江汉关轮渡码头迎来送往的客源，营造出江汉路浓厚的商业氛围。2000 年 2 月底，武汉市政府决定将江汉路改建为步行街，将这条百年商业老街改造成一条集精品购物、休闲旅游于一体的新型商业步行街。江汉路步行街于 2000 年 9 月 22 日正式开街，全长 1210 米，号称是目前中国最长的步行街，成为汉口最繁华的区域之一。

江汉路上大楼林立，尽管新中国成立后名称全改了，不过从相关的武汉文史资料中还是可以寻出些脉络来。在江汉关对街的建筑是日清洋行大楼和日信洋行，是文艺复兴式风格。日清洋行大楼建于 1913 年，拐角处角塔为拜占庭风格。日信洋行则壁柱分格、线条丰富。往前走，是永利银行(现为民生银行)，建于 1946 年，是武汉新中国成立前最后一栋大型现代派建筑。

对面的台湾银行大楼则交融东西古典主义，由武汉第一个建筑设计事务所景明洋行设计，建筑商是新中国成立前本地最大的汉协盛营造。楼顶两侧各有四个裸女用背部托起地球仪的大雕塑，风姿绰约。

分别建成于 1935 年、1936 年的中国实业银行大楼和四明银行大楼，皆出自建筑大师卢镛标之手。它是武汉现代派建筑典范，具里程碑意义。中国实业银行大楼底层黑色大理石外墙、中上层褚红色外墙直通尖顶，楼高 48.5 米，数十年内都是这一带最高的建筑。因为整条江汉路上，多是新古典风格的作品，只有这两栋大楼是现代主义的，因此非常显眼。中国实业银行大楼后来改做了湖北日报和长江日报的编辑部大楼，"文化大革命"时期，这里多次爆发武斗和冲突。红卫兵那时把大楼改名成了"红旗大楼"，整条路都因为两派冲突而瘫痪了。1967 年夏天，我曾经应当时两家报纸的美术编辑区辉、杨奠安之邀，在报社里做过短时间的美术编辑，每天晚上去上班，给报纸画边角插图，所以对那栋建筑颇为熟悉。

有时候大家讲建筑体量的时候，会开玩笑说"堆头"很大，指的是这个建筑的体量感觉大。如果以"堆头"而论的话，我看汇丰银行大楼应该算很大了。汇丰银行大楼位于现在沿江大道 143-144 号，是上海汇丰总行派工程师来设计的，建造单位是当时汉口的汉协盛营造厂。整个建筑采用坚固的钢筋混凝土框架结构，有一层地下室，主楼地上三层，附楼地上四层。第一期工程始于 1913 年，先建附楼，1917 年完成；第二期是主楼工程，1914 年动工，因欧洲战争中间停了几年，到 1920 年才完成。全部建筑占地 3591 平方米，总建筑面积 10244 平方米。大楼前段以两个营业大厅为主体，后段为办公用房，中间夹有四座大银库，布局十分紧凑。建筑临江立面造型平稳，比例严谨。基座、房身、屋檐采用三段构图，左右则五段划分，以中央一段凸出为主入口使立面具有明确的垂直轴线。外墙用麻石直砌到顶，正面是十根麻石拼接的大柱，显得坚固威严，楼顶加有特别精细的纹饰，非常耐看。内廊镶嵌大理石墙裙，室内装修精致华贵，一走进首层的大厅，贵胄之气扑面而来，堂皇得很。汇丰银行大楼的新古典风格极为突出，和江汉关一样，是汉口新古典建筑的精华作品。

20 世纪初期，现代建筑诞生的前夜，西方国家绝大部分公共建筑的设计，主要还是围绕着新古典主义这个风格圈子。我们在谈 20

世纪以前的建筑史的时候，很大程度是在谈公共建筑形式的发展，教堂、宫殿、豪宅占了绝大部分。与一般民用建筑或商业建筑相比，这些建筑数量有限，因此建筑风格容易追寻和研究。18世纪中期到19世纪中期的这段时间，欧美这类建筑的主要风格可以用"新古典"做一个比较笼统的归纳，但并不是很准确的，因为各个国家和地区在演绎新古典风格上都有差异。为什么在这里特别要提到公共建筑呢？这是因为当时大部分民居建筑基本是按各地的传统格局来修建，造价低，不太可能使用，或者只能少部分采用古典风格装饰，所以在很长一个时间内，公共建筑和民居住宅属于很不一样的类型。我们在建筑史上谈的新古典主义建筑，绝大部分是公共建筑（政府投资的建筑、商业性质的建筑和其他公共用途的建筑）。"新古典"出现在18世纪中期前后，产生的原因主要有两个：一是反对奢华繁琐的"洛可可"（Rococo）风格，主要是针对这个风格中反建构的自然主义装饰风气（anti-tectonic naturalistic ornament），二是对晚期巴洛克（Late Baroque）风格程序化古典手法的批判。

汉口另外一栋很精彩的新古典主义风格建筑，是原来的花旗银行大楼，现为武汉市公安局办公楼，地址在青岛路1号。这是一栋钢筋混凝土框架结构的多层建筑，地上五层，地下一层，建成时间在1921年。此楼完全采用芝加哥派的新古典主义三段结构，第一段中间四根圆柱，门斗有三个半圆形入口；第二段三层，中间设八根廊柱；第三段檐口上有一层，顶部为平台。圆柱的山花和檐口的装饰与台湾银行相似。这个建筑重复出现的最主要结构和装饰动机就是古典柱式了，三段式底层是方形的框架柱子，二层以上一直到顶层，是一条条笔直上升的高大的罗马柱式，三层办公楼的走廊外面都是立柱，非常宏伟。每次我走过这栋建筑的门口，都禁不住停下脚细细看看，可惜无法进入观看室内设计了。

交通银行大楼的建筑也相当精彩，这栋建筑现在是建设银行武汉长江支行，位置在胜利街2号。设计单位是当时的景明洋行，施工单位是汉合顺营造厂。大楼采用钢筋混凝土框架结构，地上四层，地下一层，建成时间是 1921 年。因为现在依然是银行，所以有机会进去看看建筑内部。它的首层中部为营业大厅，设三个采光井，两侧为业务用房，二、三、四层为办公用房，还设有地下库房。门廊五间四柱，楼前踏步皆为石砌，并辅以铁制栏杆加固。楼内的平面呈长方形，通道明确便捷，风格庄重。大楼采用三段式古典手法，作对称处理。底部的基座，中部高大的廊柱，顶部厚重的檐口及大尺度构件，均突出了庞大的体积感和内部的宽敞感。若以气派而言，这栋建筑算得上是最为恢宏的了。原因除了建筑体量够大之外，还在于建筑物本身设计的精巧，设计师懂得把握新古典的基本要素，并且在具体建筑上发挥得很好。大楼两边立面平整，中部则用高大的立柱挑起了顶部的门楣，这样减少了大部分新古典建筑不得不在底部突出柱础形式的束缚，直接用真正的柱式来表现了建筑本身的宏伟。

说到立面和周边环境营造的综合气势，我想最引人瞩目的就是现在的武汉美术馆大楼了，这里原来是金城银行大楼，后来曾改为武汉儿童图书馆。汉口金城银行大楼于 1928 年选址，1930 年动工，1931 年落成，1957 年出租给武汉图书馆设立武汉市少年儿童图书馆直到 2003 年迁出。大楼用古典柱式构成的高大立面，加上位置在一个三角形街区上，形成入口花园，很有气势，与周遭环境结合得非常贴切。每次看到它我都会暗暗祈祷：千万不要给拆了或者改造了！

其他一些旧租界内的精彩建筑作品，比如安利英洋行，这个建筑原名伟瑞记洋行，现在是胜利饭店，位置在四维路 10 号，设计单位也是景明洋行，施工单位则是李丽记营造厂建底层，钟恒记营造厂续建完成。也是一栋钢筋混凝土框架结构的作品，高六层，建成时间是 1935 年。那时候新古典主义风气已经在西方完全退出了，现代主义开始流行和普及，这栋建筑属于中国国内最早的现代主义大型建筑之一。为了保证质量，这栋建筑的几乎全部建筑材料都是进口的，其中的五金材料，目前还在使用。外墙用优质红砖中间浇灌水泥，再嵌上上海泰山砖瓦厂新制的面砖，各层都在钢筋混凝土楼板上加铺柚木地板，建造比较坚实。内部设备卫生、水电、暖气均齐全，并置有电梯上下。这栋建筑大概可以反映抗战前夕中国现代建筑的最高水平。

当年英国资本的保安保险大楼，也是很精彩的作品。现在好像成了武汉市公安局的办公与住宅楼，地点在青岛路8号。景明洋行设计，汉协盛营造厂施工，也是钢筋混凝土框架结构建筑，五层高，建成于1914年，比较早，算是最先从新古典主义走出的建筑设计之一，标志着现代主义的来临，应该说是新古典主义转型期的代表作了。从建筑史角度去看，很有意义。立面取消了古典柱式，但仍表现出三段构图特征，三段式是芝加哥派的手法，柱式的取消表明设计者已经开始转向现代的方向了。这个建筑好看的原因之一，是它处于道路的拐角上，因此，朝两边道路的建筑立面是平整的，而拐角的地方则用圆形，在突出圆形的弧线上开出三列纵向的窗。而在两个侧面各安排了两列"芝加哥窗"，向前飘出。远看整个立面似乎是平整的，近观则可领略到其中的变化。在底层入口的上面做一个雨棚，雨棚上面有很立体的雕塑装饰，这样，虽然没有用柱式，但是整栋建筑的三段式排列依然很清晰，而三段式是从柱式演变来的建筑立面装饰，现代感中也就依然保持着新古典主义的特点。

说到转角位置的建筑，我立刻会想起当时的汉口电报局大楼来，这里现在是武汉电信局天津路营业处，地址在中山大道1004号。这栋建筑也是汉协盛营造厂施工的。大楼钢筋混凝土框架结构，四层楼高，建成时间是在1920年。这栋建筑外墙使用汉阳产的铁砂砖砌筑，青灰色墙面，辅以砖砌花饰，装饰十分朴实。主楼两翼沿街，营业大厅位于主楼内，采用中庭式采光天窗布局，内部

生活记忆　王寿之 Wang shouzhi

功能十分紧凑。

这个时期，武汉的大楼中，有好多都要对位于街转角位置的入口做些特别的处理。这栋电报大楼就是又一个例子，如果说上面提到的保安保险大楼转角用的是弧线、用一个突出的半圆形，在半圆形上分布三条纵向的窗户，形成"芝加哥窗"的方法的话，这个电报大楼转角入口则用的是方正的三面窗形成一个六面体的三个面来解决这个问题。这样的做法，使得整个建筑的形式都走方正的统一方式，加上建筑本身就很整洁，色彩也用统一的淡灰白色，洗练而清爽，也是一种做法。这个屋顶部分是平台，对街部分用了胸墙栏杆做装饰，相比一般采用比较厚重的女儿墙做顶层装饰的新古典建筑来说，这种做法显得要轻松一些。

当年英资的汉口电灯公司大楼也很好，原本是栋办公楼建筑，现在是市供电局修试厂，在天津路16号。建筑设计是景明洋行，仍是由汉协盛营造厂施工，建成时间是1905年，这栋建筑比较古老，因此结构是传统的和现代框架结构相结合的，钢筋混凝土板楼，红瓦屋面，外墙仿麻石粉刷，转角部位建有钟塔，三层高，建筑面积2983平方米，当时拥有直流柴油发电机7台，发电功率5750千瓦。

这幢建筑不是很高，只有三层，但依然用了三段式的新古典形式，底层基座感强，二层以上强调纵向，三层顶楼是出檐板，仿罗马风格。这栋建筑也在街道转角位置，但是没有像上述的电报大楼、保安保险大楼那样在转角位置做突出窗的设计，而是就着街道自然转了过去。不同的是在街转角的部位三层之上，添加了一个接近两层楼高的钟楼，钟楼底部用四面的罗马山花墙簇拥立柱，而钟楼顶部则转成圆顶，这样，整个钟楼从底部的方形转向顶部的圆形穹顶，过渡得很自然。虽然整体构造不大，但布局自然，还有古典纹样环绕，立在街上还是很好看、很显眼的。

当时的汉口电话局大楼，是现在的市供电信局汉口管理所局修试厂，位置在汉口的合作路 51 号，是英商通用何有限公司设计的，由魏清记营造厂施工。结构为钢筋混凝土框架，四层高，建成时间在 1915 年，属于比较早的作品。此楼外墙为仿麻石墙面，墙面线角装饰及檐口女儿墙富有变化。

汉口电话局大楼是很平整的一片沿街的建筑物，这样的建筑若要有装饰，也只能在立面上做，因为建筑没有立面纵深，也缺乏转角的这样富于戏剧化处理的潜力位置。这栋建筑在立面用了出檐小阳台、在整栋建筑三分之二上端设有檐线、顶部正中有一个比较陡峭的装饰山花墙，底层入口突出采用了高至二楼的门拱，整个建筑立面显得丰富而有变化，很是不俗。

蹉跎岁月

说起来，惠州算是我的祖籍，但从我父亲起，一家人就一直生活在广州，所以我始终认为自己是广州人，"惠州"不过是按照中国户口的惯例，写在户口本上的"原籍"。我对惠州最早的憧憬，要追溯到 1970 年代，那是"文化大革命"还没有结束的时候，有机会看到一个不知名的画家画的一批惠州的水墨画，牵动了我对惠州的好奇心。之后我有机会去惠州走走，感触颇深，因此，惠州在我心目中，是一个文脉深沉、缠绵悱恻的精致去处，总有一种水墨的感觉。2010 年去惠州看"御湾"这个项目，是在晚春的时节，走在绿草青青的河岸上，回想起好多年前看过的那批惠州的山水画来了。

那是在很多年以前，我结识了一位寓居在广州西关上下九的画家，笔名叫"九如"，他那时过着完全退隐的生活，在上下九那条狭窄的小巷中培育自己的水墨山水。对于那时的我，他这个人、他的这些画都近乎超现实主义。而我自己第一次去惠州，居然是先从他画上看到这座小城，生出好奇，带着画境而去的。

我出生在广州，后来因父母工作调动而迁到武昌，但在广州还是有一些朋友。年轻时但凡出差广州，工作之余，我基本都是和朋友们在一起的，结交面广。因老朋友，而结识新朋友，再而又朋友的朋友，结交的人不少。三教九流中，时有意外的人和事，这个九如就是其中很特别的一位。

我是在一个住在广中路的朋友家里偶然听老人家说起他的画来的。我那位朋友姓区，中央音乐学院钢琴系毕业，"文化大革命"前期受到冲击，后期则"逍遥"在广州家里，和我是多年的好友。当时我们虽然都对"文革"的没完没了很是惆怅，却也在那个动荡中学会浮生偷闲的技巧，自得其乐。平日里诗书琴画，无所不谈，好在大家都以此为业余爱好，倒少了那种专业的挑剔和讲究。他的老父亲长居香港，间中回来广州看看他们兄弟和家人，这个老人是位文人，有点类似后来的蔡澜，美食书画无所不爱，并且功力很深。据说新中国成立前曾经在广州的惠爱路自开一家茶居，叫做"半区记"，茶点水准超常的好，可惜老人家喜欢交接朋友，往往不收分文，结果生意做垮了。新中国成立后他寓居香港，也是中环、西环茶居的常客，在荷里活道看古董，也看出水平来了。他耳背，但是眼界特别宽，也准得很，见识过几次他指点的书画之后，我对这位老人推荐的画总是很认同的。

1966—1976年这十年的"无产阶级文化大革命"，真是天翻地覆的十年，整个国家几乎颠倒过来了。学校关门、工厂停产、交通混乱，连政府机关也都被极端派"夺权"，纷纷改换门庭，叫做"革命委员会"了。台上的头面人物十之八九成了坏人，而且是一茬接一茬地折腾不已。我当过知青，在乡下务农，后来被抽调到一家县城的工艺美术厂做设计，苟且偷生，我居然还学得了绘画、历史、文物、外语，也算是动荡时代中很幸运的一个人了。

我的经历总是很奇特的，小时候梦想长大了能做个画家，刚刚从高中毕业，因为"文化大革命"爆发，反倒去下乡做了农民，在农田里辛苦了四年。同学们给城里的工厂招工招走了，自己却一直走不了，心里真是郁闷。冬天里屋外大雪纷飞，破旧的小屋里面也下着小雪，那是1972年的春节，只有一只小黄狗陪我在乡下过年。

看着门外那纷纷扬扬的雪花，觉得自己想透彻了，安心务农吧。没想到年后却给招到县城一家做外销贝雕的工艺美术工厂当设计员，因而可以天天画画了。我在那家工艺厂做了六年的设计，"文化大革命"才姗姗结束，再回头考大学、读研究生。自己想做的事情最后竟然都做成了，不过时序上却是颠三倒四的。

那个工艺美术厂，主要生产外销贝壳画，我的工作，就是要在纸上画出设计图来，并且要考虑用哪一种贝壳、如何打磨成型、如何拼贴，才能成画。因为这类工艺品画当时全部是出口的，反而在题材上倒不受"文化大革命"时期所谓"封资修"标准的影响，山水花鸟、琴棋书画、才子佳人皆可入画。这个厂当时受湖北省轻工业局管辖，顶头上司是轻工局下属的工艺美术公司，而出口销售则由省轻工品进出口公司经管。设计室只有两个人，张连培师傅和我，分工是我出画稿(也就是现在的创意设计了)，张师傅将整幅画面分解为一件件贝壳单体，再用透明的拷贝纸勾勒出来，成为逐块的部件图，再标明每种单体的件数，所用贝壳的种类，就可以发到车间里用贝壳打磨加工，成型之后，再在喷有国画背景的背板上粘贴成画，还要在贝壳上补色、上光油、装框、加挂钩、包装，很复杂的一套工序。我们算是技术人员，在设计室里画画，所以厂里上上下下都叫张师傅、王师傅。这类工艺美术工厂，多是阴盛阳衰的地方，除了我们设计室两个，木工房、机械车间几位男性之外，全厂百多号人，从厂长、党支部书记，到会计、出纳，连厨房里的工人，清一色是女的。因为受"文化大革命"停课"闹革命"的影响，厂里的女工文化水平都比较低，高中毕业的没有几个人，闲下来的时候，最多可以聊聊人事八卦，其他的没有什么可以说的。这样给我们腾出一个非常适宜画画的环境，安静得很，每天上班做完计划的设计数量之后，还有好多时间可以看历史、文物、考古之类的书，有好多时间可以画画，那六年反而成了我走向职业艺术、设计的起点了。轻工业局有时候组织我们去外省写生，而进出口公司则要我一年去两次广州参加出口商品交易会，配合总公司销售自己设计的产品，还要我参与展台的设计和布置。

1974 年的秋天，我如常从湖北的洪湖县城南下广州，参加当年的秋季出口商品交易会。作为工艺厂的代表，我要在交易会开幕之前先到广州，帮助进出口公司布置展台，为我所在的工厂争取好一点的展览位置。在为期一个月的交易会期间，我每日按时去交易会，了解销售进度，和县城工厂联系，到交易会结束之后，还要帮手打包装箱，把销售出去的产品运到海关，把余下的展品则发运回工厂。每年去广交会成了我的一个固定的工作，从 1973 年春季交易会开始，每年两次，直到 1978 年我上大学为止，我每年都要在广州住上约三个月。交易会之后，我还要帮工厂在沿海地区收购制作贝雕画的贝壳，从海南到大连，在那些年里，我差不多把中国的沿海城市完完整整地走了一遍。

这段奇特的经历，让我连续六年在广州过每年两段"游神"似的生活，虽然"文革"惨烈，但是台风中也时有"风眼"的寂静。自己喜欢文史艺术，在那时有点附庸风雅，却也有点积极向上的意思。见九如的画，认识九如这个人，也是这个时期一件很值得记取的事情了。

九如这笔名，倒不费解，一听便知道是来自《诗经》。之所以我会熟悉"九如"这个典故，是因为在工艺美术厂里做设计时，常会采用一个"三多九如"的传统图案，画得多了，所以记得很清楚。画面上或是蝙蝠，或是佛手柑、桃、石榴，外加九个"如意"。意思也很明确：蝙蝠寓福，是根据谐音而取的图形，佛手柑则形如人手，谓佛之手。因"佛"与"福"音似，佛手柑在传统图案中是多福的象征。桃寓长寿，石榴寓多子。这三者组合在一起表示多福、多寿、多子孙，表达祈求家族繁荣昌盛的愿望。九个"如意"寓意"九如"。"九如"出自《诗经·小雅·天保》："天保定尔，以莫不兴，如山如阜，如岗如陵，如川之方至，以莫不增。……如月之恒，如日之升，如南山之寿，不骞不崩，如松柏之茂，无不尔或承。"大意是：老天保佑你，让你没有不兴盛的，如山、阜(土丘)、岗、陵和大川，像月之持久，太阳初升，好比南山之长寿，松柏之长青，没有人不拥护你。此为"九如"。自然，"如意"形如灵芝，灵芝又为吉祥瑞草，二者可互相混用。这个人自称"九如"，自是很在意名字后面的寓意，图个吉利，也有典出，雅俗均可，在当时的人来看，是很超然的。

那天，在广州一个朋友家里看书画。"文化大革命"初期，到处抄家，毁了不少书画文物，到 1974 年，这股风已经停下来了。劫后余生的一点书画，在我们这群喜欢艺术的年轻人手上也就流传起来，大部分都是老辈的藏品，经过动乱之后，也有点无所谓的态度，互相交流，拿出来大家看看。那一天我记得是几幅岭南派第二代宗师陈树人的字画，大家正在评头品足，却听见刚刚从香港回广州探亲的区老伯说起书画来。八十多岁的老人家说："我见一个新人，这么年轻的人，居然画出黄朴存的意境来，在这乱世之中，实在难能可贵。"我当时吓了一跳：黄朴存就是黄宾虹，可是位大家。特别是他 60 岁之后从新安画派的疏淡清逸，转而学习吴慎黑密厚重的积墨风格，从"白宾虹"逐渐向"黑宾虹"。我在"文革"前曾经看过他的一套"青城坐雨"，据说是在 1933 年的早春，黄宾虹去青城山途中遇雨，全身湿透，索性坐于雨中细赏山色变幻，从此大悟。他画出了《青城烟雨册》十余幅：焦墨、泼墨、干皴、宿墨。据说来自他的"雨淋墙头"的感觉。所谓"雨淋墙头"，就是指雨从墙头淋下来，纵横氤氲的感觉，有些地方特别湿而浓重，有些地方可能留下干处而发白，而顺墙流下的条条水道都是"屋漏痕"。我一直认为：画到这般境界，需要多年的积累和突破、变法，那种看来杂乱无章的笔法，是老练到心的出手，学不来的。

我问区老手头是否有九如的画，老人家从自己的房里拿出张画来，说是有好事者借来给他看的，这朋友知道老人家喜欢书画，并

152

王受之 .Wang shou zhi, 2016.2.6

奇遇国画家"九如"

且有眼力，拿了过来给他看看，求他给个评语。画不大，却实在很让我吃惊，功力之深，大有"力透纸背"的感觉，画面则真是很"雨淋墙头"。那画的意境走北宋全景山水的章法，笔墨攒簇，层次深厚，水墨淋漓，积墨、泼墨、渍墨、铺水，无所不用其极！我有点诧异，因为这么多年在画界之内，久不见此种老辣笔意了。听我说很喜欢，老人家再拿出一张一尺见方的浅绛山水给我看，墨色分撒，恣意纵横，初看毫无章法，细看笔笔意到，兴会淋漓、浑厚华滋；因为用墨手段丰富，那画上的山川气势磅礴，"黑、密、厚、重"，惊世骇俗。

我细看第一张画上的留款，很细密的一行小字："三山屏拥僧舍小，一溪雷转松阴凉"，落款是"上下九如"，看这段文字，是画的惠州附近博罗的一个寺院，两句诗出自苏东坡流放惠州时写的"游博罗香积寺"。这座寺院位于广东省博罗县西。始建于隋，唐代曾扩建。苏轼在这首诗中有记载："寺去县七里，三山犬牙，夹道皆美田，麦禾甚茂，寺下溪水，可作碓磨。"我寻思这个寺早已经没有了，后来去查查，的确不存，有后来重修的，也是附庸风雅而已，并非苏轼去过的那座古寺了。画家自己留名"九如"，因为寓所在上下九，将笔名"九如"和地名"上下九"连起来用，因而"上下九如"，是个很精致的用法。

朋友见我呆呆地看那两张画，说："你想认识九如吗？"我自是栽葱一样地点头。那时候没有电话，朋友说这个人神出鬼没，一向闭门谢客，他得先去约约。我拜托他联系联系，希望能够结识，更希望看看他的画。几天之后，居然允可，我们两个人就骑自行车从东山去上下九拜访九如。

上下九地处广州西关，是上九路、下九路、第十甫路的总称，是广州市三大传统商业中心之一，两三里长一条窄窄的街道，全部由骑楼相连组成，店铺二百多间，商户数千，街道交错无数横街窄巷，巷子里均是青石板铺地，三道门的"趟笼"西关青砖大屋，任凭

"文化大革命"风云突变，巷子里的平头百姓还是照过传统的西关人的生活。

九如的家在和上下九横交的一条窄巷中段，是一栋很不起眼的青砖小楼，门口一棵巨大的榕树，气根全部爬在墙面上，像是一张网。按了门铃，过了一阵，大门打开，九如就在门厅里等我们。

令我惊奇的是他的年龄，比我大不了多少，估计最多 30 岁出头，穿一身唐装，有点像电影《叶问》那个架势，很不合时宜，我寻思他可能也练咏春拳。上下九街面上依然是满街大字报、大标语，广播喇叭闹腾，可进到他家的小院，则绿树婆娑，并且有好多颇为精彩的盆景，别有洞天。这个人眉清目秀，干干净净，我报了自己的名字，他也仅仅说自己是"九如"。自我介绍之后，他简单地说他是浙江美术学院学国画的，至于是哪一届、什么时候学的，他也没有细谈。言谈之间，感觉他古文功力很深，讲话之中常常不显山不露水毫不费力地引经据典，这样的年轻人，他是我见到的第一个。

九如的画室不大，在一楼，打开窗子，是小小的天井，墙上有青苔。他的画案是一个黄花梨木的平案，一张用得很旧的画毡，墨迹缕缕，四张酸枝靠椅，酸枝茶几的云石面已有裂痕，有些年月了。他给我们泡茶，问了一句：水仙可以吗？说的是福建的乌龙茶，沸水入壶，一阵清香洋溢在画室里。

九如说："我最近在惠州住了一阵子，主要在罗浮山一个庙里住，画了一批画，刚刚拓出来，请你们二位给点意见。"

我见那个架势，哪里敢提什么意见啊，只说想看，想学习，也是真心话。九如就拿出一叠画来，放在书房的画案上头，这一批是册页，有三十来张的样子，画的都是惠州。

我记得黄宾虹曾说过学习传统应遵循的步骤："先摹元画，以其用笔用墨佳；次摹明画，以其结构平稳，不易入邪道；再摹唐画，使学能追古；最后临摹宋画，以其法备变化多。"黄宾虹所说的宋画，除了北宋的大家外，往往含五代荆浩、关仝、董源、巨然诸家在内。他在 1940 年一幅画的题词上写道："宋画多晦冥，荆关灿一灯；夜行山尽处，开朗最高层。"九如的画，特别像这个时期的黄宾虹的画。我不知道他如何受到黄宾虹影响的，但肯定有很大的影响。

对于惠州，我是有点特殊感觉的，因为我的籍贯就是惠州。虽然我父亲、我和弟弟都是在广州出生的，但是早年填表格的时候，还是在"籍贯"一栏中填"惠州"的。不过在广州，有人问我是什么地方的人，我若说籍贯是惠州，肯定会被人当做"客家人"，因为惠州和靠北面一点的梅州都是广东客家人的重要居地。其实，我却没有去过惠州，也不懂客家话。看九如的画，是我第一次对这个地方的风物有感性的认识，而那种认识，又是充满了水墨气息的。画上的山，是"雨淋墙头"的山，有几张画，更是用点染法将石色的朱砂、石青、石绿厚厚地点染到黑密的水墨之中，"丹青隐墨，墨隐丹青"，把水墨与青绿做了融合。这种手法，我在黄宾虹晚期作品中，在张大千后期作品中看见过，而在九如的这些册页中，则更加生动。山中的寺院、书院掩映在浓墨的丛林里，罗浮山的传奇色彩，透过画可就融融地传出来了。

九如画了很多瀑布，气势很磅礴，也有清流小溪穿越丛林的，我当时还没有上过罗浮山，因此并不知道究竟，只是觉得好看。我看他的用笔，有种紧张感在内，皴擦内敛，密不透风，因此张扬起来的时候，可以很舒展，因为紧的功夫做足了，松就松得有理。宽松的笔墨中，用笔法非常精密小屋的点缀，小村、寺院、舟桥、亭台楼阁，一旦精细起来，整个画面的尺度反而显得特别大。其实九如的画都不大，这个方法，宋人山水册页中见得比较多，他演绎得很精彩。

九如问我："对这些画看法如何啊?"我回答说："好笔墨，宋人味道很重啊!"他说："是了是了，我就是在追求那种意境呢!"

用这种方法处理惠州的山水，我觉得很合适，因为那里的山水最早见之于众，就是经宋朝的苏东坡之手。苏东坡曾经写过两篇有关白水山的散文，白水山就在广东博罗东北，惠州境内。第一篇写于绍圣元年，即 1094 年。苏东坡这次游山，在农历的十月十二日，"游白水佛迹院。浴于汤池，热甚，其源殆几乎可熟物。循山而东，少北，有悬水百仞，山八九折，折处辄为潭，深者缒石五丈，不得其所止；雪溅雷怒，可喜可畏。至江，山月出，击汰中流，掬弄珠璧"。深潭飞瀑，佛寺温泉，在九如的画上均有所表现。画境非常接近我想象中的诗境。

那批作品中有几张画的是惠州西湖，九如都是用皮纸画的，造纸的植物纤维很突出。这种纸原来仅是做包装纸用的，拿来画画，有出其不意的效果。墨在纸上，会按照植物纤维的走向留下一些刻意画不出来的痕迹来，很有"纸感"。"文化大革命"前，我曾经看过李可染先生画的一张杭州西湖的作品，叫做"雨亦奇"，画的是孤山，也是用的这种纸。九如这几张画中，都有六如亭，是苏东坡的红颜知己如夫人王朝云的墓亭。王朝云是苏东坡的侍妾，东坡贬居惠州，她是苏东坡几个老婆中唯一相随从谪惠州的。王朝云学佛，识大体。宋绍圣三年（公元，1096 年）病故，去世之际她诵《金刚经·应化非真分》里的："一切有为法，如梦、幻、泡、影，如露亦如电，应作如是观"的偈语，而绝。时年才三十四岁。六如就出自这里。佛教以梦、幻、泡、影、露、电，喻世事之空幻无常。王朝云去世的时间苏东坡在《悼朝云》里面有很准确的记载："绍圣三年七月五日，朝云病亡于惠州，葬于栖禅寺松林中，东南直大圣塔。"苏东坡失去王朝云极为悲痛，遵从朝云生前遗愿，把她葬在孤山栖禅寺旁，后寺僧筑亭覆盖，取四句偈意为"六如亭"，周植梅花。次年东坡又逐海南。这段故事，清人宋湘有诗提到："一骨何难共北归，东坡心事太深微。"苏东坡流放惠州的时候，曾经写过这样的诗句："梦想平生消未尽，满林烟月到西湖。"得朝云相伴患难与共，又得西湖明月相随，心胸豁然开朗。他在《王朝云墓志铭》中写道：

"浮屠是瞻，伽蓝是依，如汝宿心，惟佛之归。"后有清朝道光年间的学者林兆龙，为六如亭作一联：上联是"不增、不减、不生、不灭、不垢、不净"，下联是："如梦、如幻、如泡、如影、如露、如电。"清嘉庆六年（1801年），太守伊秉绶修王朝云墓，补书苏轼所写的墓志铭，刻石征文。不过，到我看九如画的时候，那座当年的孤山栖禅寺已不在了，亭和墓在"文化大革命"初期已被破坏得不堪入目，九如的画，更多的是一种联想、一种寄托。因此画得虚得很，意到而已，点到即止。

水墨画的妙处，可能就在这种可以意到笔不到的水墨意境了。这个意境，需要画家的水平，也需要看画的人能有所体会才行。

九如请我们坐下聊聊。他对惠州了解很多，特别是对苏轼在那里的一段经历特别有研究。他说去惠州，一般都是由西湖平湖大门前往孤山的，也有一道"苏堤"，堤两边广种相思树、垂柳，和杭州的苏堤有很相似的地方。据说此堤始建于宋绍圣三年，由苏东坡资助栖禅寺僧人希固所筑。堤上有桥，叫"西新桥"，站在桥上可以看到整个西湖的景色。

那天下午，我感觉有点虚幻，一个九如，画得出神入化，画的是六如，这六如，出自偈语，也是唐伯虎的笔名，唐伯虎自称"六如居士"，佛意禅悟，人与自然，融为一体，居然是在"文革"的疾风暴雨中得来的感悟，我记得很清楚呢！

九如喜欢讲画，这在画家中不多见，好多画家习惯用笔墨表达自己的思想，但是不擅长语言表达。我问他："中国画的书画相通，写字和画画有差异吗？"他说，元初赵孟頫提出绘画是"写"而非"画"，这说明起码在元代，写和画还是两码事，元以前画家仍用笔去画而不是去写。经赵孟頫的"写"法提倡，才导致笔墨形式大变。赵孟頫因此是笔墨发展的一个重要人物，书画同源，写自然是核心的。我问他怎么看清代的四王，他说我们总是批判四王画得程式化、缺乏个人感情，我看四王倒也有自己的道理，就是摆脱了水墨的虚，走实实在在的笔墨之路。赵孟頫之后，元明两代文人画家极力强调笔墨的性情表现，谓之"逸气"。而董其昌又以南北分宗，扬南抑北，把笔墨的"气韵"吹得玄而又玄，神乎其神。只有到了清代的四王，忽然一下子停止对这种虚玄的渲染，反其道而行之，以极平和客观的心境去"仿"以往的大师，仿的不是性情，而是笔墨。四王去除了笔墨的性情化或它的乌托邦因素，其用意在于告诉人们，笔墨就是笔墨，不是别的。笔墨可以被程序化，变为某种物质化的形式。人人可以用此程序去作画，所以笔墨的神秘性亦即随之消失，传统笔墨完全轻易地为民众接受了。

九如的这段话，很让我吃惊，因为他基本是肯定四王笔墨程式化的。我当时虽然绘画功力够不上谈笔墨，但骨子里是轻视四王的，九如是我见到的第一个肯定四王积极作用的人。这个事情，到2004年我在深圳的水墨大展上，看到高名潞的文章和讲座，观点基本与九如的相同。

回想起来，那天我们看到的画应该有30张，斗方为多。其中画惠州西湖的有五六张，画的是湖面、湖中亭台楼阁依稀、烟雨朦胧。其他大部分是画罗浮山的，水墨画在山水中最能发挥笔墨和墨气、烟笼雾锁、飞瀑奔腾。还有几张则是画苏东坡意境的，估计是应酬之作了。这批画有一种很特别的含蓄气质，用笔不张扬，很内敛，那时候我们见到的水墨画，大多沾染了"文革"以来极为张扬的风气，这么年轻的一个画家，却修炼好像黄宾虹老年时的内敛，用笔随意，虽恣意纵横，却不事张扬，极为难能可贵。

那一天，我们聊到下午五点多钟，眼看晚饭时间要到了（"文革"时期，物资匮乏，一般不请人吃饭的），我们就告辞了。九如也很高兴，送我们到门口，嘱咐我："你一个惠州人，要回去看看啊！"

那是我第一次，也是最后一次见到他，记得那是1974年的秋天。

1977 年以后，中国"冒"出了几个长期隐姓埋名、不为人知的画家。例如江西的黄秋原，一直默默在银行里面做职员，却画了一大批好作品。我真期待九如也能够冒出来，但是一直没有等到。

　　1982 年秋天，我从武大毕业，到广州美术学院工作，再想找他，却找不到了。问美术学院的人，居然都说没有听说过这个人。我找到同去看画的老朋友，才听说九如在我们那次拜访后没有多久就移民出国了，到底人在哪里，谁也不知道。

　　那批画，给我留下了惠州的第一个总体印象。在那之前，其实我曾有过几次去惠州的机会，都因为忙碌而忽略了，这次看画之后，我才下决心要去看看惠州，看看西湖，看看罗浮山，体会一下画境。后来，我几次去惠州，面对着青山绿水，风中竹林，依然会想起九如和他画的六如亭。九如六如，一段很奇特的记忆，说起惠州，我就很自然的会想起这个人和他的那些画来。

秋雨夜读看惠州

我曾读到过学者刘小枫 1991 年 8 月在巴塞尔做研究的时候写的一篇文章，提到德国汉学家顾彬（Wolfgang Kubin，1945 年）对中国人悲秋情结的评论，他说悲秋意识的出现是中国文学中的一个类型学上的恒长主题。顾彬是从研究中国人的自然意识来选择悲秋意识做切入点的。2012 年以后，我在汕头大学长江艺术与设计学院担任院长，顾彬在文学院兼课，时常遇到，谈到悲秋这件事，他很肯定地说这是中国文学对他影响最大的一点。

记得那是 1974 年秋天，快 11 月了，广州的天气凉下来，晚上可以听到阵阵秋风中落叶的沙沙声。人为秋悲，这种情感极为中国，因为在西方很少听说他们会悲秋的，就好像他们看到樱花盛开绝对不会像日本人那样感觉生命的短暂一样。

认识九如是那年交易会开幕前，在 10 月份。闭幕之后，11 月份，工艺美术厂发了一个电报给我："交易会后速去海陆丰，需红口贝"。让我去海陆丰收购制作贝雕画的一种内部是橙红色的贝壳。从广州去海陆丰、汕尾一带，要坐车东行，经过惠州、惠东，我以前几次去汕尾，都没有在惠州停留，这一次我则有心去看看这座城市，特别想去看看西湖。那时候从广州去惠州，需要很长的时间，早上在广州北站旁边的省长途汽车站坐车，晚上才能到，途中需要几次下车，坐摆渡船过河，珠江三角洲水网纵横交错，那时桥梁又少，动辄便要过渡。一路上舟车劳顿，寂寞异常，幸而手上还带了一本书可以看，如果下车过渡，就拿速写本画画，消遣时间。那个秋天，给我最强烈的感触是悲秋。

"文革"从 1966 年开始，转眼已经 8 年，起起伏伏一直拖延到那时候还结束不了，自己都 28 岁了，还过着听凭别人安排不由自主的生活，真是前途茫茫。这种茫茫感，被九如的水墨画更激化，加上在一片茫茫秋雨之中，坐上一辆几乎要散架的长途汽车，东行去惠州，一路摇晃，过山过水，更觉得无边无际的茫然。一路上读手抄本的文学评论，特别是宋玉的《九辩》，也都是一些悲情因素，亦是一种很超现实的意境。

现代的人很少看得到手抄本的书了，一本书那么厚，怎么可以手抄啊！但是，在"文化大革命"时期，因为什么都禁了，因而刺激了好多人用手抄的方法来转载稀有的书刊，其中包括一些青年人自己创作的文学书。当时在下乡的知识青年中间，流传得比较多的是一些反特故事为主的手抄本文学，流传最甚的时候是 1974 年、1975 年。据说当时社会上广为流传的手抄本有 300 多种，其中比较有名的是《第二次握手》、《一只绣花鞋》、《少女之心》、《曼娜回忆录》等，其中《少女之心》是有关性的小说。那些作品算不上有什么特别的文学价值，只是在特殊情况下，为适应特殊人群的阅读需求而产生。但是，还有一些手抄本，则基本是转抄名人文学作品或者名人文学评论的，因为没有印刷本，用手抄，僧多粥少，这些手抄本在学生群中流传，起到一点刺激我们学习文学、哲学的作用。

我在高中的一位女同学姓谭，她父亲是一所工程技术大学的老师，喜欢古典文学和文论，因为苦于没有读物，因此借了一些中国古典文论，用公正的小楷字手抄写在几个很厚的笔记本上。小谭跟我们一起下乡，分配在我们隔壁的一个生产队里。那时候我们各自

秋雨夜读看惠州

王爱之
2016.1.9

带了一些书下去看，看完后大家交换，小谭的这几个笔记本就成了我们最喜欢看的。下乡的第二年，也就是 1969 年，我自己也在油灯下花了一些时间抄了一遍，这次出差就带着在路上看。

那一天，苦雨凄凄，汽车在狭窄的公路上摇摇晃晃的，车上的人都晕晕地睡着，我在看那本手抄本上宋玉《九辩》的评论，"悲哉秋之为气也，萧瑟兮草木摇落而变衰"，一开始就是感伤、忧患和失落，"皇天平分四时兮，窃独悲此廪秋"，自然界的秋天是一个百卉俱腓、众芳摇落的季节，在文学上，萧瑟肃杀的秋天可以视作具有隐喻意义的意象。我在当时会有那么浓厚的悲秋感，应该是和自己的失落感有关系的。那时候，我一直在县城工作，虽然是从事设计工作，但是好像从此与大城市无缘，与大学也无缘了，很是惆怅。秋天在秋雨中去惠州，看宋玉的《九辩》，更是浓浓的哀愁。

颠簸一日，接近傍晚的时候，看见北面一片灰蓝色的大山，一层一层的，烟笼雾锁，烟雨朦胧，正是"潇洒傍回汀，依微过短亭。气凉先动竹，点细未开萍。稍促高高燕，微疏点点萤……"的山雨景象，车上的惠州人说是那就是罗浮山了。远处望得见的城垣，就是惠州，周边都是清澈的河流，还有好多平静的湖泊，被罗浮山托着，好精彩的一座城！

罗浮山上一片茫茫林海，诸峰矗立，林壑重叠，蔚然深秀。我们那辆破旧的长途汽车，摇摇摆摆地驶过山下公路，窗外细雨已经停下来了，只有风穿透丛林的呜咽和山涧流水的潺潺。只见薄雾雨霏在森林里缭绕，一层烟雾一层云。

到了江边，司机要大家下车，汽车排队等待摆渡，看看江的两边，已有上十辆汽车在待渡，看来等候的时间短不了。大家站在江边闲聊，我则坐在一个水泥墩子上，看那本手抄本。其中一首苏东坡的《卜算子·黄州定慧院寓居作》，是和惠州有关的：

　　　　缺月挂疏桐，漏断人初静。时见幽人独往来，缥缈孤鸿影。

　　惊起却回头，有恨无人省。拣尽寒枝不肯栖，寂寞沙洲冷。

　　据《宋六十名家词·东坡词》载，这首词的一序是：惠州有温都监女，颇有色。年十六不肯嫁人。闻坡至，甚喜。每夜闻坡讽咏，徘徊窗下，坡觉而推窗，则其女逾墙而去。坡从而物色之曰：吾当呼王郎与之子为姻。未几，而坡过海，女遂卒，葬於沙滩侧。坡回惠，为赋此词。

　　这个美貌多才的青年女子，崇拜被放逐到惠州的苏东坡到如此痴迷的地步，每晚都到苏东坡住所旁边听他朗诵诗歌，苏东坡发觉，出门找她，她却悄然而离去，苏东坡离开惠州没有多久，她郁郁而逝，苏东坡再回惠州感伤得很，写了这首词来纪念她。

　　我看这段词的时候，身边就是宽阔的西枝江，水很静，流速不快，一面是葱茏的罗浮山的轮廓，一面是江对面朦胧的惠州城廓，飘渺孤鸿、寂寞沙洲，幽人独来独往，拣尽寒枝不肯栖，我怎么看都不像是写一个少女，更像是隐喻苏东坡当时的心态。这种忧伤感，也的确有道理。

惠州变迁

上文提到我第一次在 1974 年回到我的祖籍惠州，当时的记忆依然历历在目。

那一天是傍晚我才到惠州。从惠州长途汽车站走出来，早有一位画家朋友在等我，这位朋友姓李，原是广州美术学院毕业的，他是惠州人，毕业之后分配在新华书店画宣传画，工作就是美工。我是经人介绍，提前写信告诉他我那天会到，计划在惠州住两三天，希望他能够带我看看惠州。

那天整天下着雨，走出车站，老李迎上来帮我拿行李，放到他的自行车车架上，说就到他家里挤一挤住下。那个年月，旅馆是金贵的地方，还要按级别才能报销。我们级别低，出行时除非万不得已，都是到朋友家借住的。谢过他，我就跟着他走上惠州的街头。

一日秋雨，沿街榕树好像洗过一样，在夜晚的灯光下显得特别的干净，简直有点熠熠生辉。老李的家在新华书店楼上，是职工宿舍，各家各户在走廊里煮饭，一家三口就一间房，那种居住情况，在当时比比皆是。好在那间房还算大，给我在一个角落开了张小床，拿了毛巾肥皂，让我去外面的公共浴室洗澡。回来坐下闲聊，多是我问关于惠州的情况，他细细解答。街上非常安静，一夜听见细雨沙沙落到窗外的榕树上，旧时的城市没有什么夜生活，也没有什么汽车，九十点之后，全城就睡去了。陆游说"小楼一夜听春雨，深巷明朝卖杏花"，我去的时候是秋雨，是没有杏花的时节，细细的秋雨委实也有一种春雨没有的情调。我把古诗改了改："苦风凄霾斜暮日，秋雨梧桐叶落时，东西枝江多秋草，落叶满阶红不扫"，就是我当时的心绪了。

第二天早饭之后，老李请了假，带我去看惠州。他说要先去东新桥上看，原因是惠州分桥东、桥西，这个桥是中间的连带，看惠州得从这里看起。

惠州城有一千多年历史，古时候分府、县两城，惠州府城在东江和西枝江的西岸，当地人称"桥西"，县城归善夹于两江之中，人称"桥东"。因江湖纵横，限制了城池的延伸，府城突出。唐代诗人杨万里称府城"左瞰丰湖右瞰江，三山出没水中央"，而县城则长长一条，沿江而走，那座连接府、县两座旧时城池的桥就是东新桥。该桥始建于宋代，位于两江的会合口。这个桥头是看两江的好地方，站在东新桥上远望东江，东江浩浩荡荡，俯瞰西枝江，西枝江蜿蜒曲折，各有风格。惠州就在两条江之间铺陈开去，绿树婆娑，很安静的一个城市。

这个桥据说也和苏东坡有关。早年，西枝江还连成一片，浩淼大水将惠州州城和归善县城隔开，两城隔西枝江相望，百姓探亲访友、砍柴种菜，都只能靠小船过江，十分不便。"不知百年来，几人陷沙泥"（《两桥诗·东新桥》）。苏东坡到惠州不久，便开始为筹建西枝江大桥奔走。他一方面动员程正辅出面筹集资金，并捐出了朝廷赏给自己的黄金和犀带；修桥需钱"八九百千"（千钱即一贯），"若减省，即做不成，纵成，不坚久"。今"犹少四五百千"，"于法当提（点刑狱司）、转（运使使司）分认"。一方面集思广益，拟定切实可行的建桥方案。最后，采纳罗浮山道士邓守安的建议，由邓道士主持其事。于是在西枝江上，用40艘船连成20舫，上铺桥板，

"铁锁石碇，随水涨落，榜曰东新桥"（《两桥诗·引》）。从此两岸往来，安全便利："岂知涛澜上，安若堂与闺。往来无晨夜，醉病休扶携。"（《两桥诗·东新桥》）。东新桥在绍圣三年（1096年）六月建成。竣工之日，惠州百姓欢呼雀跃，扶老携幼前来庆贺："一桥何足云，欢传广东西。父老有不识，喜笑争攀跻。"（《两桥诗·东新桥》）清代，东新桥北移300米建成石桥。1938年又建成钢筋混凝土悬臂挂梁式桥，同年被日军炸毁。1943年修复，1951年加固，1973年再加固并扩宽桥面。我去的是1973年扩宽了的桥，和苏东坡没有什么关系了，他建的那条浮桥早已不在了。

"文革"中的惠州实在非常凋敝，有气无力的城市，依然是贴得到处都是的大标语口号，当时全部是批判林彪、批判孔夫子"克己复礼"的标语，惠州城里没什么汽车，就是自行车熙熙攘攘，整个城市很陈旧。我们过了桥，走过大街，依稀看到旧时惠州还有的小广州味道，骑楼茶肆，街上的人讲白话和客家话两种。东新桥码头是当时惠州的核心地，这里有两条街，叫做上、下米街，正处于东西江汇合处的东新桥码头边上。街道的位置很有点特别，这上米街和下米街两条街都处于东新桥头的大东城基下面，站在高处往下看，大东城基、上米街、下米街，这三条街形成三级台阶状，是惠州特有的"三街梯形"。从桥东整体眺望，上、下米街处于东江中游、西枝江下游，恰好处于两江汇合的位置，配以附近闻名的文笔塔，一幅府城人文长卷就从这里展开。虽然百业凋零，却依然有生气，因为整个城市就在这个位置上活跃着，给我的印象很深刻。

东新桥码头、上下米街曾经是非常热闹的地方，最近听说在这里河底发现几吨重的钱币中间，有一枚"惠州歌妓协会"的徽章，倒让人对这个地方的往昔有一个不同的认识。据说这里在明清时期是"青楼一条街"，"花艇"云集，秦淮风韵。因而有惠州千年古埠繁华胜似广州的说法，东新桥码头就是古代的繁华重埠，不过都已是眼过云烟了。

我站在东新桥上，问老李那个著名的合江楼怎么了。因为我看书知道，苏东坡被贬到惠州之后，先借住在东门城楼上的合江楼四十多天，之后也陆陆续续在这里住。老李说："早就没有了，那楼年久失修，洪水浸泡，1959 年就已经拆除。"他带我走到一处电报局，指指电报局说这里是原来的东门。

　　据记载，合江楼就在距东新桥下码头很近的地方，在两江的汇合处，我对此楼很有兴趣，后来找了地方志看看。据《惠州府志》记载：合江楼原是惠州府小东门城楼，为府城的七座城楼之一。合江楼首层的城砖是红砂土做的，呈暗红色，上面是青砖、灰瓦，风格淡雅，历史上几经兴废。《惠州西湖志》上说："合江楼，在府城东北，当东西二江合流处。……城上楼也。南宋时圮。"宋代的合江楼为广东名楼之一，与广州镇海楼、肇庆阅江楼等齐名，不仅风光秀美，而且地位显赫，不是我原先以为的简单城楼。合江楼在三司行衙之中，为"三司"按临所居。当时的"三司行衙"，是掌管国家财政的官员莅临居所，是掌管变法大权的中央机关和惠州地方联系的重地，是一座"国宾馆"。苏东坡作为一个罪臣贬官，本没有资格住在这样一个地方的，可偏偏在他刚刚踏入惠州的土地时就被奉为上宾，迎进了这里。当时信息传递慢，也不无好处呢！

　　这个城楼历经沧桑，几次倒坍，最后一次重修合江楼是在清康熙年间。1925 年 10 月，东征军攻进惠州城后拆城，合江楼被废弃，只剩下城门，上面的楼房年久失修。1935 年 12 月成立惠阳电报局，地址就设在府城小东门城楼，合江楼便成了电报局。我最近去看的合江楼，是重建的，2007 年年底完工，虽然雕龙画凤，可是并非原楼，连位置也不同，有点徒有虚名的感觉，上去看看也没有多大的感触了。

　　老李要我去水东街走走，那里是名气最大的老街。以前的惠州用"五个一"就能介绍清楚了，即"一条街、一个塔、一个湖、一路车、一座桥"，其中的"一条街"就是水东街。"没有逛过水东街，就是没有来过惠州"，从这句当年的流行语足可窥见水东街昔日的风光。他们的新华书店，就在水东街附近，也就是我们晚上住的地方，不过因为我到得晚，没有注意到那条骑楼大街而已。

骑楼是广东特有的商住混合建筑最主要的形式，始于何时？已难以考证。日本学者藤森照信认为中国近代建筑的原点是始自外廊样式，认为岭南骑楼是从东南亚传入的。也有学者认为骑楼起源于地中海的"柱廊式"建筑或者欧洲的"敞廊式"建筑。还有一些学者认为，岭南骑楼的原型源于中国，是传统民居在近代的变异和发展。广州城市规划局潘安就认为骑楼是广州竹筒屋民居的一种特殊形式，是"前店后铺"模式的变体。中山大学林琳教授提出，骑楼的西方样式是在印度初步成形以后，由殖民者以马来半岛为节点传入南洋地区，再大致分三条路径向太平洋沿岸地区的广州、海口及台北等地传播，而骑楼的东方样式则由中原地区向岭南地区传播。骑楼在不同的地区出现了不同的形态，各地骑楼各有丰富繁杂的类型和发展变化形态。我曾经在东南亚的一些地方考察过骑楼市区，从发展的年代来看，有些骑楼的确早于以广州白话区为中心的粤派骑楼。不过粤派骑楼自有与众不同之处，商业建筑中的"骑楼"部分是在楼房前半部跨人行道而建，在马路边相互联接而形成自由步行的长廊，长可达几百米乃至一两千米。广东地区气候多变，所谓"五月天，孩儿脸，说变就变"，"骑楼"正好适应这种气候特点，一时风靡整个广州城，而逐步形成广州街景的主格局。"骑楼"建筑在广州第十甫路、上下九路、解放路、人民南路、一德路等商业街道较为集中，而西濠口一带的"骑楼"气魄最大：新亚酒店、南方大厦、爱群大厦等均为广州初期"骑楼"建筑中的佼佼者。这类粤派骑楼，在整个广东都可以看见，而惠州的水东街就是城里最典型的骑楼商业街。

惠州水东街作为一条商业街，至今已有三百多年历史了。明代的吴高在《惠州修路记》中记述："耆老善士告予曰：昔水东地势低洼，宋守钱酥筑作平直，郡人便之……"意即明代惠州进士吴高听老者说，今水东街在北宋时仅是一片低洼地，行人不便；惠州太守钱酥将这些洼地填平拉直，方便行人。但须知钱酥所筑的仅是一条泥路，不是街道，更不是商业街。同时，记载明代府城大东门下的浮桥码头，不是直对西枝江对岸，而是向东南斜向对岸俗称"蒲（浮）桥头"的地方上岸，说明早期的水东路，即位于今上、下塘街。

入明后，随着农业和手工业商品化的提高，城乡商业活动的兴旺和发达，水东街很快成为一个圩市。至晚明，水东街作为东江流域商品集散地的作用更加突出，商铺林立，百业兴旺，从而正式形成一条驰名东江流域的商业街。可惜好景不长，至明清鼎革之际，惠州再次饱受战火摧残。特别是康熙十五年（1676年）正月，清朝尚之信（尚可喜之子）征潮大军退保惠州；二月，反叛清朝的刘进忠与郑经（郑成功之子）部将刘国轩、何祐纠集二十余镇兵马，围攻惠州府、县两城，日夜炮烟熏天，水东街尽毁。到康熙十六年，为害惠州长达三十余年的兵灾方才结束。后归善知县孙耀祖到任，招回避乱流亡商民，重建水东街，才又逐步恢复繁华。

其时水东街尚是泥路，乾隆五年（1740年），知县陈哲组织铺设青石板，水东街成为贯通府、县两城的一条主要街道。至清代中后期，惠州水东街的商业活动进一步发展扩大。光绪二十八年（1902年），清政府与英国签订了《中英续议通商行船条约》，规定惠州为通商口岸，外国的火水（煤油）、火柴、洋布、西药、食品等经香港大量涌进惠州，粤东所出产的海产、食盐、粮油、木材、柴炭竹木等也集中惠州，更使惠州水东街商业日益繁荣兴旺。

粤派骑楼的历史记载很散乱，若记载无误，惠州变成通商口岸之后开始建少量骑楼，到民国初年才有大规模的骑楼化改造水东街。如果"骑楼来自东南亚、南洋地区的英国殖民地"之论为实，可以从香港骑楼、广州骑楼开始调查。1878年，香港政府为改善居民拥挤的住宿情况，颁布了《骑楼规则》，并开始建造骑楼，这是我们有案可稽的最具体的骑楼建设规则。清末两广总督张之洞从香港得知骑楼的功用，开始在广州兴建类似骑楼的"铺廊"。1912年广东国民政府成立，颁布了《广东省警察厅现行取缔建筑章程及施行细则》，其中第十四条规定：在全省凡堤岸及各马路建造铺屋，均应在自置私地内建造有脚骑楼，以利交通。这是"骑楼"第一次出现在官方文献上，"有脚骑楼"十分形象地说出了骑楼的样子。

1928年，惠州国民县政府拟《惠阳呈报改良惠城建筑章程案》报省国民政府，提出成立"惠阳改良街道委员会"，对县城水东街和府城十字街等主要街道进行改良，兴建骑楼。其中水东街的改良方案拟定马路扩宽至三十英尺，两旁人行道及骑楼各八英尺（包外柱）；檐口高度从地面至骑楼底以十五英尺为限，只许增高，不许减低；店面、骑楼及人行道、马路等项建筑费用，由业主、店客各出一半。惠阳改良水东街的《惠城建筑章程案》报上之后，广东省国民政府于民国十七年九月二十日以建字第408号文下达指令："改良惠城建筑章程，经由改良街道委员会呈报东区善后公署，核准布告，依章办理。"就这样，在短短几年间，将县城水东街建成一条700多米长的骑楼街，街面铺成水泥路，街道两旁一幢幢"长了脚"的房子架在半空，上居下铺，前铺后居，好看好用，成为惠州城市街景的显著特色。水东街的骑楼，除了方便行人免遭日晒雨淋外，旧时在骑楼底下，孩子们弹波珠、拍公仔纸、跳橡筋绳，大人饮茶乘凉等，非常有趣方便。

1928年，当时的惠州地方政府成立"惠城改良街道委员会"，拆除了水东街两旁原有的数百间店铺，将路面拓宽为7米，以解决"肩挑相遇则须侧身闪过"、两旁商铺可"隔街攀谈"的窘境。同时还修建整齐划一的骑楼，以西化的骑楼取代旧时檐廊式建筑，成型的骑楼街区就在此时应运而生。据《惠州市城市建设志》记载："1928年改建的水东街保留较为完整，建有划一的骑楼，使整街两边成两条长廊。骑楼上住人，下为人行道，雨天行人不忧雨。"

抗战初期，日军侵袭惠州，一把火烧掉大半条街及 200 余间骑楼店铺。抗战胜利后，惠州的经济迅速恢复，各商号相继复业，水东街又重现了往日的繁荣景象。据《惠城文史资料》记载，当时水东街上有上百家商号，较有名的有：益生隆酱料厂（即后来的惠州市酱料厂）、宏泰布店、广寿堂药材店、怡和隆烟丝店、大德土纸店等。解放后，水东街一直是惠州重要的商业区，直到 20 世纪 70 年代末，才被新开辟的商业区取代。

我那次和老李去看水东街，是繁盛之后，正处颓败的水东街。"文革"当时已是第八个年头，哪里有人管理这些旧楼街道！一些本来很有特色的骑楼顶上加了一些铁皮房子，具有完整历史风貌的建筑所剩不多。旧时的金铺、布行、茶楼都已烟消云散，昔日水东街的风韵早无觅处。只余下几个供销合作社，给居民提供最基本的生活资料，无非是些柴米油盐酱醋茶，繁华不再。曾经喧闹一时的水东街孤寂落魄，砖木结构的建筑，多已严重老化，外墙斑驳的建筑随处可见。支撑骑楼的粗大柱子，有很多已明显开裂，一些骑楼的屋顶已经坍塌，骑楼和临时搭建的建筑混成一片，街区弄堂电线密如蛛网。

老李是惠州人，到了水东街，走几步就碰上一个熟人。我和他们聊聊水东街的过去，那些老人都感慨曾经的辉煌，说这里是水陆交通的要冲，大小木船、艇仔、竹木排等穿梭于江上运货，非常繁忙。东江和西枝江在 1920 年代已经有客运轮船，来自五华、兴宁、河源、紫金等地的货物，沿东江顺流而下，运到惠州；从惠阳、惠东等地装船的农产品、食盐、鱼鲜等物资则沿西枝江运抵惠州；从广州、东莞、博罗装船的工业化产品、消费品，也经船运，逆流而上，运来惠州。整条水东街都热闹，非同一般的繁华。从平一坊（东新桥至包公巷前）到平二坊（包公巷至西门口），从早到晚，人流不息。茶肆里也颇讲究，茶桌用云石铺面，门窗装上彩色玻璃

（叫做"满洲窗"），门帘都用的是绣花织锦，包子点心多式多样。一条水东街，竟有 20 多间酒楼、茶肆，不论早、午、晚，总是门庭若市，经常座无虚席。再加上一些小食店、糖水店、凉茶店和街边摆卖的小吃档、烟仔摊，真个是车水马龙，人声鼎沸。因为商贸发达，水东街一带的旅业（含客栈）也很兴旺。当时，南元、唐唐、广泰等酒店，装修十分华丽，客房配置雕花西式卧床，酸枝云石桌椅，壁上吊挂名家字画，古瓷花瓶插上四时鲜花，显得古香古色，入住后让人流连忘返。随后，西湖大酒店（现惠州宾馆）开张，装修豪华，设施雅致，还有黄包车接送，中西合璧，很有特色。

由于商业兴旺，客似云来，市面繁荣，治安良好，带动了其他行业和零售业的发展。那时苏杭店、金银首饰店、杂货店、火水（煤油）店、咸杂店、文具店、布店、裁缝店、酱料店、烟丝店、香烟水果店、饮食店、钟表店（含修理）、裱画店、鞋店（含量脚定布鞋、皮鞋）、纸料店、小五金店、烧腊店、缸瓦店、果栏、猪栏等遍布街上。品种齐全，直逼广州这样的大埠。因为水运发达，货源广，再加上惠州又是侨乡，从外面涌进惠州的洋货也集中在水东街，洋货店就有好几间，全是潮流货。

民国年间，惠州建造了菜园墩电厂，电灯照亮了水东街。咸鱼街（东新桥南面）的"声华"戏院银幕上播放着《火烧红莲寺》、《关东大侠》等无声电影，配有解话员，绘声绘色地把主要人物、情节解说清楚，很逗人喜爱。江边则有唱大戏（粤剧）的，有现代理发店，有茶馆，有书场，是个了不得的热闹去处。

我那次去惠州，在水东街上还可以找到一些昔日的繁华，虽然大部分商店收归国营，但依然开门，应付着城市消费的需求。水东街真正的衰败是改革开放之后。1983 年我又去过一次，那时候就非常凋敝了。惠州城里的人因为深圳特区的兴起都往深圳去开店、打工，原有的商业圈也随着城市发展和拓展渐渐向南转移。80 年代中期，水东街破烂不堪，交通不便，店门关闭，房屋颓残，人流稀少。我第三次去惠州，是在 1985 年的秋天，到水东街走走，所见已是凋敝得不成样子了。虽有几间年货纸料店、玩具批发店、家具店、花店、茶叶店、服装修补店、单车修理店、日杂店和药店撑着，但规模小得可怜，并且门可罗雀。老李请我在水东街吃饭，叫的自然是东江的客家菜，那时候人们的日子都过得窘迫，在街头的"食堂"（那时候不叫餐馆）吃饭还要给粮票，我就留下这么一个吃饭给粮票印象，至于吃了什么全忘了。

西湖忆旧

　　来惠州是要去西湖的，苏东坡被流放过六七个地方，在三处流放地修建了西湖，名气最大的是杭州西湖，惠州西湖应该是苏东坡西湖中名气第二大的了。不过在"文革"期间，古旧都成了"封资修"的东西，破坏得七七八八。当时还要把惠州西湖改造成一个工业、农业区，在湖边养猪，迁入小工厂、小作坊，我第一次去看的时候，西湖连起来的那五个湖面上尽是浮萍。几栋民国时建造的仿古建筑，基本都在"文革"开始的时候就给破坏了，原来的字画、对联上面都覆盖了红色的革命标语。那一年也不知道什么原因，苏东坡又被和孔子联系起来，也要"打倒"，印象中那么浪漫的一个地方，却如此凄惨，陪我去的老李和我都没讲什么话。

　　惠州西湖历史上曾与杭州西湖、安徽颖州(阜阳)西湖齐名。宋朝诗人杨万里曾有诗："左瞰丰湖右瞰江，五峰出没水中央。峰头寺寺楼楼月，清杀东坡锦绣肠。三处西湖一色秋，钱塘颖水更罗浮。东坡元是西湖长，不到罗浮便得休。"文人夸大其词、牵强附会的说法很多，说"海内奇观，称西湖者三，惠州其一也"，说"大中国西湖三十六，唯惠州足并杭州"，难以取信，不过苏东坡被贬到这三地，修过三个西湖，"东坡到处有西湖"，倒是真事。惠州西湖因苏东坡而起，也是苏轼为惠州做的一件大事。

惠州西湖原是几条河流形成的水洼，旁边有横槎、天螺、水帘、榜山这些山川水，在惠州附近流入西枝江，形成水洼数个，后来西枝江改道后，河床遂成为湖。其西面和南面群山环抱，北依东江。景区面积不大，估计也就在四平方公里范围之内，有五个被长堤分开来的水面，因而叫做五湖，分别是平湖、丰湖、南湖、菱湖和鳄湖，长堤上有六座桥，是拱北桥、西新桥、明胜桥、圆通桥、迎仙桥、烟霞桥。传说中有十六景，我去的时候却是什么景都不是景。我后来查查书，才知道原来这十六景分别是：玉塔微澜、苏堤玩月、象岭云飞、榜岭春霖、留丹点翠、花洲话雨、红棉春醉、荔浦风清、新西避暑、孤山苏迹、花港观鱼、飞鹅揽胜、芳华秋艳、丰山浩气、南苑绿絮、准堤远眺。

那时候游惠州西湖需要极为丰富的想像力，因为破坏得太厉害，好在惠州的这个湖周边是山，湖也自然得很，可以想象在苏东坡的时代，这里称得上是山川透邃，幽胜曲折，浮洲四起，青山似黛的地方。见清朝雍正初年惠州知府吴骞写的《诗西湖》诗："西湖西子比相当，浓抹杭州惠淡妆，惠是苎萝邨里质，杭教歌舞媚君王。"拿杭州西湖比惠州西湖是最常见的渲染方法，我属于那种很平凡的人，没有这等想象力，但还是很喜欢在城市里面有个这么大的水体，有这么多长堤和桥梁，也希望有一天能够整治好，给惠州一个真正漂亮的园林。

现在，但凡说到惠州，肯定要说苏东坡，就好像说潮州一定说韩愈一样。苏东坡是在北宋绍圣元年（1094）十月二日，因"贬官"被发配到惠州，在东新桥下船，当地因他的名气接待住到合江楼里。到惠州后，开始了他在浙江杭州、湖北黄州、安徽颖州之后的另外一次流放。他在这四个地方中，留下了三个西湖：杭州西湖、颖州西湖、惠州西湖。

中国古代能够像苏东坡这样在政治、经济、城市建设、文学、书画艺术都有建树的人实在不多见。这个四川才子在北宋嘉佑元年首次从四川出川赴京，参加朝廷的科举考试。翌年，他参加了礼部的考试，以一篇《刑赏忠厚之至论》获得主考官欧阳修的赏识，高中进士，才二十一岁。嘉佑六年（1061年），苏轼应中制科考试，即通常所谓"三年京察"，入第三等，授大理评事、签书凤翔府判官。后逢其母于汴京病故，丁忧服丧归里。熙宁二年（1069年）服满还朝，仍授本职。苏轼几年不在京城，朝里已发生天大的变化。神宗即位后，任用王安石支持变法。苏轼的许多师友，包括当初赏识他的恩师欧阳修在内，因在新法的施行上与王安石意见不合，被迫离京。朝野旧友凋零，苏轼眼中所见的已不是他二十岁时所见的"平和世界"。

苏轼在返京途中见到新法对普通老百姓的损害，不同意宰相王安石的做法，认为新法不能便民，便上书反对。这样做的结果是不容于朝廷。于是苏轼自求外放，调任杭州通判。苏轼在杭州待了三年，任满后，被调往密州、徐州、湖州等地，任知州。这样持续了大概十年，苏轼遇到大祸。当时有人故意把他的诗句扭曲，大做文章。元丰二年（1079年），苏轼到任湖州还不到三个月，就因为作诗讽刺新法，以"文字毁谤君相"的罪名被捕下狱，史称"乌台诗案"。

苏轼坐牢103天，几濒临被砍头的境地。幸亏北宋在太祖赵匡胤年间即定下不杀士大夫的国策，苏轼才算免于一死。出狱以后，苏轼被降职为黄州团练副使（相当于现代民间的自卫队副队长）。这个职位相当低微，而此时苏轼经此一狱已变得心灰意冷，于公之余带领家人开垦荒地，种田帮补生计。"东坡居士"的别号便是他在这时为自己起的。在黄州写出了著名《念奴娇·赤壁怀古》、《前赤壁赋》和《后赤壁赋》，一词二赋，成了千古经典。

宋神宗元丰七年（1086年），苏轼离开黄州，奉诏赴汝州就任。由于长途跋涉，旅途劳顿，苏轼的幼儿不幸夭折。汝州路途遥远，

苏东坡泰州
王受之 . WangShouZhi
2016. 7. LA

且路费已尽，再加上丧子之痛，苏轼便上书朝廷，请求暂时不去汝州，先到常州居住，后被批准。当他准备南返常州时，神宗驾崩。哲宗即位，高太后听政，王安石一派势力倒台，司马光重新被启用为相。苏轼于是年以礼部郎中被召还朝。在朝半月，升起居舍人，三个月后，升中书舍人，不久又升翰林学士。

苏轼看到当朝的新势力拼命压制王安石集团的人物及尽废新法后，认为其与所谓"王党"不过一丘之貉，再次向皇帝提出谏议。苏轼至此是既不能容于新党，又不能见谅于旧党，因而再度自求外调。他以龙图阁学士的身份，再次到阔别了十六年的杭州当太守。苏轼在杭州完成了一项重大的水利建设——疏浚西湖，用挖出的泥在西湖旁边筑了一道堤坝，即著名的"苏堤"。苏轼在杭州过得很惬意，自比唐代的白居易。但元祐六年（1091年），他又被召回朝。但不久又因为政见不合，被外放颍州。元祐八年（1093年）新党再度执政，他因"讥刺先朝"罪名，贬为惠州安置、再贬为儋州（今海南省儋县）别驾、昌化军安置。徽宗即位，调廉州安置、舒州团练副使、永州安置。元符三年（1101年）大赦，复任朝奉郎，北归途中，卒于常州，谥号文忠，享年66岁。

宋朝时的惠州还是蛮夷之地，之所以把苏东坡发配到惠州，不是因为这里山清水秀，而是京官觉得这里是外化之地，足以惩罚这么大胆谏言的苏东坡了。他带着小儿子苏过、侍妾王朝云以及两个老女仆南下。因为心情、身体都不好，忧悸成疾，苏轼便上书宋哲宗，要求从水路乘船赴贬所。于是，苏东坡就沿着东江进入惠州，从东新桥码头上岸，在惠州待了两年零七个月。

苏东坡位卑未敢忘忧民，在惠州这段时间内，做了许多工作，他请建军营，解决了军队占用民房、滋事扰民的问题；请准改税赋为"钱米两便"，解决了老百姓缺钱的困难；协助做好博罗大火的善后工作；向广州太守王古建议用竹筒引蒲涧水入城，并亲自参加总体规划，解决了广州城居民的饮水卫生问题，广州也因此成为全国最早有"自来水"的城市；推广农业先进技术，教惠州人民使用"秧马""水碓"；经常施医赠药，解除百姓的疾病痛苦；资助修建东新、西新二桥——东新桥是联结惠州县城和府城的重要纽带，对惠州城的繁荣和发展至关重要；西新桥位于苏堤中段，不仅为百姓的生产生活提供了方便，还对西湖风景区的形成起了关键作用。

虽然苏东坡是被发配到惠州，但是当地依然有好多人欣赏他，有官员爱护他。惠州知州詹范，把苏东坡一个罪臣奉为"上宾"，"公（苏东坡）到日，有司（知州詹范）待以殊礼，暂请之。"一下船就请他在合江楼住了一个多月，第二年又把他请到合江楼住了一年零一个月，其间他还经常给苏东坡送来生活用品，帮他解决困难。詹范还"时携酒相就唱和"。东坡寓惠诗文中有多篇记载此事，他在给友人信中更是感叹道："詹使君（使君即指地方长官），仁厚君子也，极蒙他照管……"

周彦质在担任循州知州的两年里，几乎每天都写信来问候他，罢官回乡时还特地路过惠州，"为余留半月"。北宋时曾将今龙川、河源一带辟为"循州"。惠州继任知州方子容于绍圣三年（1096年），也就是苏东坡来惠州的第三年接替詹范主政惠州。史书上说他"厚待苏轼如（詹）范时"，称他与苏东坡"相处甚欢"。他也是经常提着酒来与这位落难的"罪臣"诗文唱和，他家有座"万卷楼"，所收东坡遗墨就有四百余张。正是因为有了这样三个好知州，惠州有一个很好的"政治小气候"，绝望中的苏东坡才有了心情，才能够"悠哉游哉"地活下去。苏东坡的心情在这里转变了，在合江楼上写下："海上葱昽气佳哉，二江合处朱楼开。蓬莱方丈应不远，肯为苏子浮江来……"，重新找到尊严感。他在惠州写出一百多篇诗词，能有这么多创作，和这个政治小环境有密切的关系。在他的惠州诗词中，是一片乐观的感觉：他说惠州是"处处野梅开，家家腊酒香"，"罗浮山下四时新"，"岭南万户皆春色"；"玉粉轻黄千岁药，雪花浮动万家春"；"花曾识面香仍好，鸟不知名声自呼"；"人间何者非梦幻，南来万里真良图"。这些诗词不但有本身的魅力，也通过苏东坡的声望，使得中原人知道惠州并非他们想象中的蛮夷之地，而是教化程度很高的地方。

不过，苏东坡在惠州仍有不少烦心事。第一自然是消化系统毛病多，这大概和他在饮食上的不习惯有关系。他在书信中提到"近苦痔疾逾月，牢落可知。今渐安矣，不烦深念。荔枝正熟，就林恣食，亦一快也，恨不同尝。"痔疮严重，还不忌口，吃火气特别大的荔枝，在惠州不足三年的时间里，竟是常带病身痛。第二个不顺心的地方，就是很长时间都是做寓公，在合江楼、嘉祐寺两头搬来搬去，最后决定还是要自己修栋房子住才行。绍圣二年（1095 年）六月，他在给友人王巩信中就有"明年买田筑室，作惠州人矣！"这是他最早流露出在惠州建房安家的打算。绍圣三年（1096 年），寻得白鹤观旧址的数亩地，"已买白鹤峰，规作终老计"。开始建房的时候，他写了一篇很美的文字《上梁文》，其中说到"儿郎伟，抛梁东。乔木参天梵释宫，尽道先生春睡美，道人轻打五更钟"，"儿郎伟，抛梁西，袅袅红桥跨碧溪。时有使君来问道，夜深灯火乱长堤"。东西南北都拜了之后，再说："伏愿上梁之后，山有宿麦，海无飓风。气爽人安，陈公之药不散；年丰米贱，林婆之酒可赊"。新居落成的时候，惠州、循州的两位知州方子容、周彦质也双双赶来庆贺。这个事情被朝廷里的宰相章惇知道了，忌恨苏东坡太自在，立即将循州知州周彦质罢免还乡；责令苏东坡调任"琼州别驾，昌化军安置"，再次发配到天涯海角的海南岛。

苏东坡在惠州有一段很悲切的感情，就是和王朝云的生死离别。苏东坡和王姓素有关系，原配夫人叫王弗，和苏东坡感情很好，可惜在 27 岁便去世了。王弗去世 10 年后，苏东坡为她写下了一首词《江城子·记梦》：

　　　　十年生死两茫茫，不思量，自难忘。千里孤坟，无处话凄凉。纵使相逢应不识，尘满面，鬓如霜。

夜来幽梦忽还乡，小轩窗，正梳妆。相顾无言，惟有泪千行。料得年年肠断处，明月夜，短松冈。

王弗去世了3年后，苏东坡续娶了王闰之，是前妻的二堂妹，她性情温顺，是一位贤妻良母，也深得苏东坡敬重。苏东坡发配惠州，跟着他流亡的是第三位王姓女性，就是王朝云。王朝云因家境清寒，自幼沦落青楼，苏东坡看见她，感触良多，写下了这首名作：

水光潋滟晴方好，山色空蒙雨亦奇。
欲把西湖比西子，淡妆浓抹总相宜。

苏东坡把她收作妾。发配惠州时，就是王朝云一个人跟着他。

如果说王弗在苏轼的仕宦生活与处理人际关系工作中，曾给予苏轼深切的关注和帮助；王闰之在苏轼经历大起大落的人生沉浮中，认同了苏轼的人生价值观，让他感到家庭的温暖与和谐；那么，王朝云则以其艺术气质，能歌善舞，对佛教的兴趣和对苏轼内心的了解，而与苏轼相知投契。据毛晋所辑的《东坡笔记》记载：东坡一日退朝，食罢，扪腹徐行，顾谓侍儿曰："汝辈且道是中何物？"一婢遽曰："都是文章"。东坡不以为然。又一人曰："满腹都是见识。"坡亦未以为当。至朝云曰："学士一肚皮不合时宜。"坡捧腹大笑。赞道："知我者，唯有朝云也。"

苏东坡在杭州三年，之后又官迁密州、徐州、湖州，颠沛不已，甚至因"乌台诗案"被贬为黄州副使，这期间，王朝云始终紧紧相随，无怨无悔。在黄州时，他们的生活十分清苦。苏东坡诗中记述："今年刈草盖雪堂，日炙风吹面如墨。"王朝云甘愿与苏东坡共度患难，布衣荆钗，悉心为苏东坡打理生活起居，她用黄州廉价的肥猪肉，微火慢炖，烹出香糯滑软，肥而不腻的肉块，作为苏东坡常食的佐餐妙品，这就是后来闻名遐迩的"东坡肉"。

被贬往南蛮之地的惠州(今广东省惠阳县)，这时苏东坡已经年近花甲了。眼看运势转下，难得再有起复之望，身边众多的姬妾侍儿都陆续散去，只有王朝云始终如一，追随着苏东坡长途跋涉，翻山越岭到了惠州。对此，东坡深有感叹，曾作一诗《朝云诗》：

> 不似杨枝别乐天，恰如通德伴伶玄；
> 阿奴络秀不同老，天女维摩总解禅。
> 经卷药炉新活计，舞衫歌扇旧因缘；
> 丹成逐我三山去，不作巫山云雨仙。

此诗有序云："予家有数妾，四五年间相继辞去，独朝云随予南迁，因读乐天诗，戏作此赠之。"当初白居易年老体衰时，深受其宠的美妾樊素便溜走了，白居易因而有诗句"春随樊子一时归。"王朝云与樊素同为舞妓出身，然而性情迥然相异，朝云的坚贞相随、患难与共，怎不令垂暮之年的苏东坡感激涕零呢?

王朝云在惠州时遇瘟疫，身体十分虚弱，终日与药为伍，总难康复。"经卷药炉新活计，舞衫歌扇旧因缘"，苏东坡拜佛念经，寻医煎药，乞求她康复。但从小生长山水胜地杭州的朝云，最终耐不住岭南闷热恶劣的气候，不久便带着不舍与无奈溘然长逝，年仅三十四岁。

朝云一生向佛，颇有悟性和灵性，这也是她能和苏东坡心灵一致的缘由。早在苏东坡为徐州太守时，朝云曾跟着泗上比丘尼义冲学《金刚经》，后来在惠州又拜当地名僧为俗家弟子。临终前她执着东坡的手诵《金刚经》四偈："一切有为法，如梦幻泡影，如露亦如电，应作如是观"，即"世上一切都为命定，人生就像梦幻泡影，又像露水和闪电,一瞬即逝,不必太在意。"这番话并不只是她皈依佛门后悟出的禅道,其中寓藏着她对苏东坡无尽的关切和牵挂,生前如此,临终亦如此。东坡尊重朝云的遗愿,于绍圣三年(1096年)八月三日,将她葬在惠州西湖南畔栖禅寺的松林里,亲笔为她写下《墓志铭》,铭文也像四句禅谒:

> 浮屠是瞻,伽蓝是依。
> 如汝宿心,唯佛是归。

朝云的死也带着些佛教神秘色彩。朝云葬后第三天,惠州突起暴风骤雨。次日早晨,东坡带着小儿子苏过,前来探墓,发现墓的东南侧有五个巨人脚印,于是再设道场,为之祭奠,并因此写下《惠州荐朝云疏》,其中说道:

"轼以罪责,迁于炎荒。有侍妾朝云,一生辛勤,万里随从。遭时之疫,遘病而亡。念其忍死之言,欲托栖禅之下。故营幽室,以掩微躯。方负浣渎精蓝之愆,又虞惊触神祇之罪。而既葬三日,风雨之余,灵迹五显,道路皆见。是知佛慈之广大,不择众生之细微。敢荐丹诚,躬修法会。伏愿山中一草一木,皆被佛光;今夜少香少花,遍周法界。湖山安吉,坟墓永坚……"

在朝云逝去的日子里,苏轼不胜哀伤,除写了《朝云墓志铭》、《惠州荐朝云疏》,还写了《西江月·梅花》、《雨中花慢》和《题栖禅院》等许多诗、词、文章来悼念这位红颜知己。其中,著名的《西江月·梅花》一词,更是着力写出了朝云的精神风貌和高尚情操:

> 玉骨那愁瘴雾?冰肌自有仙风。海仙时遣探芳丛,倒挂绿毛幺凤。
>
> 素面反嫌粉涴,洗妆不褪唇红。高情已逐晓云空,不与梨

花同梦。

苏东坡还在墓上筑六如亭以纪念她，并亲手写下楹联：

> 不合时宜，惟有朝云能识我；
> 独弹古调，每逢暮雨倍思卿。

亭联不仅透射出苏东坡对一生坎坷际遇的感叹，更饱含着他对一位红颜知己的无限深情。我 1974 年去西湖的时候，载有这些诗词的楹联、匾额、墓碑都尽数被毁，留下来的仅仅是记忆中的诗词。

2010 年，我再去惠州，旧地重游，上面提到的那些地方，都有很大的改变。合江楼已经建成了，合江楼在历史上几经兴废，此次重建，选址桥东，在东新桥桥头，东江、西枝江交汇处，离原址不远，楼相当巍峨，高 48 米，清代官式风格，灰瓦白墙，铁红色柱子，彩画斗拱梁枋，整体建筑逐步向上收窄。顶部采用重檐攒尖顶，造型俊秀，二层以上每层均有挑台环绕。主体建筑八层加基座共九层，占地面积 1058 平方米，建筑面积 3200 平方米。

1991 年 12 月，惠州市政府就决定将下、上米街改造为滨江西路，现在去看，就只见车水马龙的滨江西路了。

西湖也得到整治，分成几个风景区。其中丰湖景区突出了堤桥纵横，北有苏堤、西新桥，中有陈公堤、明圣桥，南有圆通桥、黄塘半岛(花岛，旧时为丰湖书院)、泌园等；平湖景区最典型的自然景观是洲岛景观，其中，孤山是体现东坡文化的重点区域。元妙观是惠州市重点文物保护单位，南湖景区旧时主要名迹有唐代的开元寺，宋代李氏山园、唐庚故居、清代今是园，均废败已久。目前主要景点只有飞鹅揽胜和南苑绿絮。不过惠州西湖周边尽是民宅、建筑，完全把湖包裹起来了，历史遗迹被淹没，大量陆域被挤占，游赏性较差。这些年来看杭州西湖的确付出了巨大的努力，把环湖的违章建筑物尽数拆除，留出一个精彩的西湖，无论是西湖的整治、古迹的保护改造，成果都相当惊人，杭州才有今日的繁荣，惠州想追赶杭州，恐怕还要下好大的决心呢！

杭州记忆

　　不知道受什么影响，我自小就怕人多的景点，无论多么好的地方，如果有好多人挤着去看，我情愿走开，因为我总觉得要和自然接触，最好是自己和自然面对面，周边如果尽是人的话，是没有自然感的。不过这些年国内的景点都是常年人满为患，结果是我少去了很多地方。

　　杭州就是这样一个让我矛盾的城市。2011 年我曾经到杭州开过两个会，一个会在杭州西湖边上的君悦酒店开，另外一个会在象山新建的中国美术学院。君悦酒店的位置是最佳的，窗外就是西湖；就在杭州老城和西湖交界的湖边，但是从房间看出去，整个西湖游人如织，远远看见苏堤、白堤上面的人是黑压压的一条链，湖面上也全是游艇渡舟，靠近酒店这边一直到"柳浪闻莺"，则全是杭州的老年人在运动，看见这种人头涌涌的气势，自己心里倒有点落落寡欢，就目前这个人气，我想许仙和白娘子肯定会给成千上万的旅游团员们簇拥而过不了断桥，断无机会见面，济公也肯定给城管带回拘留所等待遣送回老家了，如果人像现在这样多，《济公传》、《白蛇传》都不会出现，西湖绝大部分的故事都不会有，这个城市的文化应该是那种慢悠悠的、空灵清净的。

王寿之. Wangshouzhi. 2016. 2. 24.

对一个城市、一个地方的观感，我总以为第一印象非常重要。第一次留下的印象，要改变很难。好像我对北京的印象，老是定格在 1950 年代那个慢悠悠、清净净的古城，而对杭州的印象，也是一个落英缤纷而人口稀疏的西湖，是"文化大革命"中的那个城，也是俞平伯先生散文中的那个城。之后无论去多少次，回忆起那个城市，总是有第一次的影子在那里。

我第一次去杭州是 1974 年，因为去富春江写生而路过杭州小住了几天。那时候我在一个县城的工艺美术工厂当设计员，省工艺美术公司组织写生，搜集素材，那一次是走江浙一线，一行十一个人，由画家庄寿红担任我们的导师和领队，趁着春风拂面、桃红柳绿时节，在江南山水园林中浸淫了一个月。时值"文化大革命"，即便是西湖胜景，也是路断人稀、游人绝迹。那一次江南行，画是画了一批，真正的收获，却是对江南有了一个很动人的认识。

当年从苏州到杭州并不方便，汽车贵且不说，还要走很久，最经济的走法，是坐大运河的航船从苏州去杭州，傍晚时分在苏州的阊门码头上船，是木船，吃水很浅，我们走下船舱，只能坐着或者躺下，躺下睡的时候，头就在船舷边，舱外是一尺宽的船舷走道，再外就是带腥味的运河水了。天黑之后，我们的船点起马灯，水手吆喝着什么，撑开木船。很快，雾气中的苏州消失在黑暗中，仅仅听见水声和慢腾腾的马达轰鸣声。一夜水声在头边激荡，半明半暗、摇摇晃晃，沉沉睡去。清晨时分，被水手大声叫醒，看出窗去，抬头就看见了拱宸桥，已经到了杭州码头了。

拱宸桥建于明朝崇祯四年（1631 年），是杭城古桥中最高最长的石拱桥。桥长百米，高 16 米，是座三孔薄墩联拱驼峰桥，中间的桥拱约有 16 米高，两边小拱券也有 11 米。拱宸桥东西横跨大运河，是京杭大运河到杭州的终点标志。透过薄雾望着拱宸桥，我们就下船到了杭州老城。

据说，杭州的历史文化有一半是京杭大运河造就的。我第一次去杭州的那几天，拿着先找好的资料去看旧城，去拱墅区的小河直街，因为这条小巷的历史可以上溯到南宋时期。河畔现存的民居，其建筑基础在明代之前就奠定了，明末清初时这里可是商船如梭，富贾云集之地，被称为杭州十八景中的"北关夜市"，盛极一时。由于是大运河的支流，小河直街理所当然地成了南北货物的集散地。当地的老人说，那时的店铺种类数不胜数，报得上名堂的就有：炮仗店、茶馆、酱坊、铁匠铺、蜡烛坊等，还有一种专门孵小鸡、小鸭的店，叫做"哺坊"，可见当时商业形态之繁多。这种盛况直到二十世纪三四十年代方告结束，原来的打铁铺、茶馆、蜡烛坊、碾米店，现大多已成了民居，只留下了木门板上依稀可辨的字迹和同样模糊的记忆。

那时候的杭州还没有大规模建设，站在吴山上看杭州城，鳞次栉比几十万家粉墙黛瓦，破败不堪，中间突兀地矗立着一些简陋的预制板的筒子楼，高耸的马头墙所剩无几，原来深宅大屋的那些精美的木雕砖雕，在前几年的"破四旧"中被砸得七零八碎，老房子只有皇城根儿下凋零的民居，还算平淡和闲适。青石板的巷道依然有邻里的亲和，对外部惊天动地的争斗显得特别与世无争。走到大井巷，依稀看见巷口"胡庆余堂"四个褪色的金字，如果不是先做功课，完全无法想象这里是南宋的皇城根儿，走近巷里，几口井的井水依然甘冽，当地人在夏天把西瓜放进竹篮浸在井里，等晚饭后全家人享用，特别清凉。井旁石碑上有五个字———"钱塘第一井"，有一种遥远的历史自豪感，到我去时，它已经落魄到没有气力了。

那时候的杭州中山中路还毕竟现代，这段城区是民国时期杭州的豪华之地，富人豪宅，那里有十几幢二三十年代的西式小楼，看似西洋小楼，其实也很"杭州"，那些洋楼是用石灰、水泥加上糯米(江米)砌成的，坚固无比，时当"文革"，这里的洋场喧哗早已褪去，那些夕日洋场老板的豪宅，或是变成拥挤的居民楼，或是成了政府部门的办公室，底层是简陋的小吃店、杂货店，走进去任何一间，都是狭窄昏暗走廊过道，走道里是炉灶、煤球、油漆斑驳的自行车、关不拢的水龙头、麻绳一样纠缠不清的电线，院子里有人见缝插针种着牵牛花、丝瓜，新中国成立前留下了的老葡萄藤缠上了屋顶。

有人会问：你那个时候去杭州，能够有什么书参考呢？"文化大革命"是灭文化的大革命，因此书是革命的对象，要找到相关的书，几乎没有可能。虽然我出门总是带几本书，但是要找到关于杭州的书则很困难，我去苏州、杭州之前先到上海，在淮海中路那间小小的国营旧书店花了二毛钱买一本旧书，是俞平伯先生写的《杂拌儿》，这可是"漏网"的杂文，估计是"文革"初期抄家没收再拿出来贱卖的，或者是怕事的主人忍痛割爱当废纸卖给旧书店的，在我就是捡了个大漏了。俞平伯和江浙关系很深，这本散文集的名字只是"取他杂的意思"，很合我自己随意、散漫的习惯。周作人为这本书写了题跋，钱玄同为这本书题封面，还帮这本书写了"一名梅什儿"。我买的这本《杂拌儿》由上海开明书店于1928年8月初版，集内共收文章32篇。其中少数是考据性的，如《雷峰塔考略》，还有几篇是文言的，如《北河沿畔跋》，更多的则是序跋和游记，如与朱自清同名的散文《桨声灯影里的秦淮河》。当年两位散文家同游秦淮，各写了一篇游记，为研究"五四"时期现代散文的后人留下可记的一笔。

在杭州的几天，白天在西湖边画画，晚上回湖边的"招待所"（那时候我还没有资格住旅店）看书，因而对这本书有很特别的记忆。俞平伯第一次就是1920年4月从英国返抵杭州，到1920年9月经蒋梦麟推荐来杭州作了"一师风潮"后重振复课的首批国文教师。到1922年7月9日，他作为浙江省视学受浙江教育厅委派出行美国。7月抵旧金山，10月9日回国。出国匆匆，我看他心里很有点郁结，所幸，他归来的"相熏"之地恰是杭州。朱自清在《〈燕知草〉序》中曾为他辨析："西湖这地方，春夏秋冬，阴晴雨雪，风晨月夜，各有各的样子，各有各的味儿，取之不竭，受用不穷；加上绵延起伏的群山，错落隐现的胜迹，足够教你流连忘返。难怪平伯会在大洋里想着，会在睡梦里惦着!"仅止如此，自然是不够的。所以朱自清笔锋转过："不错，他惦着杭州；但为什么与众不同地那样粘着地惦着?""这正因杭州而外，他意中还有几个人在——大半因了这几个人，杭州才觉可爱的。好风景固然可以打动人心，但若得几个情投意合的人，相与徜徉其间，那才真有味；这时候风景觉得更好。"俞平伯先后几次住杭州，第一次是去从英国回来时，第二次是从旧金山回国时，1924 年底他迁居北京，在 1925 年作文追忆杭州："在杭州小住，便忽忽六年矣。城市的喧阗，湖山的清丽，或可以说尽情领略过了。其间也有无数的悲欢离合，如微尘一般的在跳跃着。于这一意义上，可以称我为杭州人了。"(《芝田留梦记》)研究文学的人说：俞平伯是吟着新诗踱入新文坛的，而其新诗与诗歌理论的大部分亦正是写于杭州，这内里的起、转、落、合历程，外部有 1920 至 1925 年间的居杭作息相印证。最早的白话文作品，是被称为新文学白话诗之先驱的《冬夜》。自然有人说这篇文章有的是卓荦古雅，白话的不够新，不够"白"。当时的文人都尖刻、挑剔，百年中给政治运动磨了又磨，现在怕挑拣不起来了。

俞平伯说"杭州的清暇甜适的梦境悠悠然幻现于眼前"，却实实在在地打动了我，我喜欢俞平伯的文章，也正是因为这个原因了。那时候看的这本书，就慢慢形成另外对于杭州的一种情绪，先入为主，到现在也依然能够很清楚地记得那次纪行。

我还没有见过中国有其他城市能够像杭州一样让历代诗人留下如此多的清雅诗文来。像唐代张若虚、宋代苏轼，都有好多精彩的诗句颂扬杭州和西湖的。不过比较起来，我还是喜欢宋代隐居西湖孤山的林逋，可能他的诗有一种退隐、静谧的情感在内，和我对西湖的感受比较接近吧。比如他写西湖的梅花，说"众芳摇落独暄妍，占尽风情向小园。疏影横斜水清浅，暗香浮动月黄昏"。另一首写梅花的诗，"小园烟景正凄迷，阵阵寒香压麝脐。湖水倒窥疏影动，屋檐斜入一枝低"。

跟杭州有关的文人就实在太多了，这些人都写过杭州，写过西湖。像朱自清，有好多散文写杭州，徐志摩和郁达夫在1911年春双双考入杭州府中学堂（杭高的前身），两人同学了半年。后来分赴国外留学，回国后，徐参加了新月社，郁参加了创造社，都成为中国近代文学史上的大师。他们两人的文字中，有关杭州的也不少。早年无知，我以为鲁迅似乎不怎么写杭州，后来才知道那时候他和许广平在杭州有情愫，因为是师生恋，怕多事，所以避而不提，看来不是不喜欢，是喜欢而不得的特别状态。胡乱想想，跟杭州有缘分的文人、政客有如王国维、章太炎、戴季陶、周作人、梁实秋、李叔同、马一浮、沙孟海、郁达夫、夏衍、陶行知、马寅初、蒋梦麟、蔡元培、周建人、丰子恺、沈尹默、沈钧儒、沈兼士、夏沔尊、张元济、张宗祥、钱玄同、范文澜、戴望舒、柔石、周信芳、柯灵、吴世昌、徐迟、穆旦、艾青、南怀瑾、金庸、黄宾虹、潘天寿、叶浅予、朱生豪、张乐平、吴昌硕、钱君陶等，燕京大学校长司徒雷登也是杭州人，讲一口漂亮的杭州官话。一部中国新文化史，多半和杭州沾上关系，这个城市就太特别了。

前年我再来杭州，还是住在君悦酒店，那是初春，还下点细雨，下午五点多钟，游西湖的人开始从景区回城了，我和两个朋友走到景点"柳浪闻莺"的湖边，有船家来招揽生意，我看湖上只有回来的船，没有出去的船，就让船家送我们去"三潭映月"。小船慢慢划出水面，湖水很宁静、阴郁，铅灰色的水天一色，只有我们这只小船在划破静寂，我们在船上随意说点什么，在波澜不兴的水面上飘荡而去。两位朋友，一位是文化创意产业园的老总，另一位则是时尚杂志的总编，都是时尚圈子里的领军人物，在湖面上，忽然变得很沉默，因为离开了时尚，才发现更加时尚吧。后来我们在苏堤一段登岸，路断人稀，内湖去年的残荷好像一张大水墨画一样，笔墨苍劲、恣意纵横，灯光黯淡，泛出团锦一样的湿润的梅花、桃花葱茏来。那真是一个梦中的西湖，也是我在文学作品中看到的西湖。

那一夜随风飘散的话居然一点也记不起来了，但是对西湖的这个眷恋情结，则是永远打不开、解不脱的。一个城，能够给人这样的依恋，该有多么精彩啊！

中学时代

　　我很少回忆自己中学和中学以前的事情，不是不记得，而是不愉快的占多数，回忆起来很苦涩。

　　我是在 1962 年上高中的，就读的学校是当时的武汉师范学院附中，离我家比较远，因此住读。我本来应该是 1965 年高中毕业，期间因为患上黄疸性肝炎，病得很厉害，需要隔离治疗，因此我被迫停了两个月的课休息。这个病现在好像很少听说，在 1960 年代"三年灾害"的时候很常见，开始我以为只是感冒，因为住校，也就没有跟父母说，发烧、畏寒，我在中学的校医那里看，给了一点点感冒药，仍不见好，上课精神恍惚，两个星期之后发现皮肤、眼白都变成黄色的，小便也是黄色的，我才回家，母亲立即带我到学院的卫生所检查，结果是黄疸，要在家里隔离，这样一个多月我没有上课，病好之后没有跟上班级的教学进度，结果留了一级，是因病耽误了学习，家里也没有责怪我什么，父亲很开明，说既然跟不上班，就多读一年吧，这样就拖到 1966 年夏天毕业，66 届算是"老三届"中最老的一届了。有时候我想如果我不病那一场，1965 年毕业了，那么我人生的道路可能和现在完全不同了呢！

　　我就读的学校在武昌的郊区徐家棚，当时国内在区下面是街道办事处，徐家棚是武昌区的一个街道办事处，新中国成立前，属武昌市挹江区公所管辖。新中国成立后，1949年年底城郊分治，沿江铁路一线划入武昌办事处第四区公所管辖，其余地区划归郊区，1952年7月武昌区人民政府成立，徐家棚属武昌区管辖。1958年与堤街办事处合并，称徐家棚街道办事处。现在那里是武汉长江二桥的引桥。徐家棚也成了一个很热闹的都市区了。当年我们去读书的时候，那里是很安静的。在1957年长江大桥通车之前，所有从南方去北方的火车，都要在徐家棚的武昌北站拖上轮渡，从那里过江，再拖上汉口的江岸火车站，所以那里曾经很繁忙，到我们去的时候，长江大桥通车几年了，徐家棚也就冷清下来。

武汉师范学院后来改成了"湖北大学"。武汉师范学院是1958年成立的，还建立了这个附中，离开武师校园不远，在徐家棚的边上。我们学校主要有三栋楼，前面一栋是教学楼，所有年级的教室、办公室、图书馆都在那栋楼里面，三层，每层楼的两端是办公室、图书馆、教研组，其他的全部是教室，那时候学校的人没有现在的学校这么多，一个班三十个人，一个年级三个班，高中初中加起来就是六百多人；最后面一栋楼是宿舍，原来可能是设计给教员做宿舍的，也是三层，后来拿其中一部分做学生宿舍，因此我们的宿舍是居家的布局，二房一厅，放满了双人床，住了十几个人，很拥挤，每间房中央吊一个没有灯罩的灯泡，为节约用电，灯泡都是25瓦的，晚上的灯光有点惨淡，我们下了晚自习之后，拿脸盆去洗脸洗脚，一下子就关灯了，想上床看书是不可能的。因为蚊子多，大家都用蚊帐，宿舍里连桌子也没有，除了睡觉就是去教室看书了。学校的第三栋房子是一个健身房，大概是一个篮球场的面积，下雨的时候在里面上体育课，平时放置乒乓球桌子，桌少人多，我好像从来没有机会在那里打过球。

学校有一个运动场，是一个足球场，周边有400米跑道，还是很正规的，跑道四周种了树木，树木外面是一条水沟，水沟外面就是农田了，那里是郊区，农民种植蔬菜，因此我们叫他们"菜农"，学校里有一部分同学就是菜农子弟。学校附近的徐家棚是武昌北站，是个货运站，还有铁路机械厂，因此又有一部分同学是铁路系统子弟，再远一点有武汉师范学院、武汉河运学院，因此又有一部分人是院校子弟，还有一些更远的人，比如我，家在武昌城里，还有一些同学的家在汉口，估计市民比较多。那时候汉口是发达的地方，汉口学生自然有一种无形的优越感，我自己是院校的人，没有这种感觉，但是菜农子弟就感觉很强烈了。

我当时在附中的食堂吃饭，食堂里是没有椅子的，就几十张木桌，吃饭的时候去窗口打饭，饭是用脸盆蒸的，师傅用竹刀划开，每人分到四分之一脸盆的饭，每人一个搪瓷饭碗，一个铝调羹，饭就打在饭盆里，大约是四两，青菜萝卜为主，没有肉，站在那里吃，到星期六，有时候会加点肉在青菜里，如果那一餐有肉，大家会早早奔走相告，高兴得不得了。接近"五一"、"国庆"前，食堂也加餐，就是一勺土豆红烧肉，几百名学生喜逐颜开，欢天喜地的。晚饭之后，我们有两个小时才上晚自习，因此大家多半利用这一点点时间，结伴到学校旁边的徐家棚"街上"走走，那是一条很脏的街道，没有铺沥青，下雨的时候满地泥泞，一二十家小店，卖面条、烧饼什么的，有一个在公路边的徐家棚百货公司，是这附近最大的商场，一栋两层楼的很简陋的砖瓦房，里面昏暗得很，毫无吸引力，供应一些需要票证买的百货、文具而已，我们通常走到那座跨越铁路的钢铁构架的人行天桥上看看下面行驶的蒸气机车，也很满足了。

我从小学读到高中，全国统一的课本有几次大改动，第一次是我在小学的时候，那是 1956 年，突然那一年的课本全部从繁体字改简体字，可把我们为难了一年。好在年龄小，很快学会简体字，老师们就吃亏了，我看他们经常在黑板上写出繁体字，之后发现了，很窘迫地改过来。第二次大改动是 1957 年后，课本里面增加了很多政治内容，到1963年后，内容里的政治成分日益加重，不过古文、"五四"之后的几位大家的文章则没有多大的变化，还有相当多的内容是孔孟老庄、唐诗宋词元曲，柳宗元、范仲淹、苏东坡的文章我们都是要背诵的。但是和新中国成立前的一代人相比，我们的国学是没有系统的、零碎的，经、史、子、集都没有系统学过，这是我一辈子最大的遗憾，说"国学不深"，是一个中国知识分子的缺陷，我虽然在美国大学工作了这么多年，心里始终有这个深深的遗憾。自然，我们当时的教材中，不受政治影响的数理化则是不变的，该学的都学了，高中教育并没有耽误。

我所在的师范学院附中有两个优势，一个是我们学校的图书馆里有好多从师范学院图书馆调过来的书，特别是经典文学著作，量比其他中学要多。第二就是我们有好多老师，是师范学院毕业的高材生，他们是年轻、思想敏锐的一批好老师，这两方面对我影响都很大。

图书馆在教学楼三楼右边尽头的两个房间里，好像只有一个管理员，当时感觉藏书好多好多，那是因为我年龄小，现在想想，也就是十几个书架的书，我自己也有这么多藏书了。这个图书馆在我刚去附中的时候有好多书不给学生看，是以老师用的为主，学生能看的很有限。后来稍微宽松一点点，仍旧很有限。我到高二的时候，有个同学叫高虹，在图书馆做义工，是我同班的同学，因此我求他通融一下，他自然网开一面，我就等于是开通了图书馆的大门了，在读高二、高三的两年内，我所有业余时间都用来读书，什么都看。我现在的一点点文化基础，恐怕跟那段读书有很大的关系。

当时我还是对这个高虹很有感激之情，因为他我才得以看到好多书，但是没想到的是这个人在"文化大革命"期间，因为他受不住批斗、审查，居然胡乱交代，把我们一批朋友全部圈进了一个莫须有的小集团中，所有的人都因此受到折磨、审查、关押，这是我在当时无论如何都想不到的结果。

当时我读过的、对自己后来有影响的书主要分为三类，一类是比较容易借到的俄罗斯、苏联文学作品，比如早期的普希金、莱蒙托夫、托尔斯泰、屠格涅夫、果戈里、托斯陀耶夫斯基、克雷洛夫、别林斯基、奥斯特洛夫斯基、巴拉丁斯基、巴丘什科夫、涅克拉索夫、丘特切夫、契诃夫等人的小说、诗歌、剧作，以及小托尔斯泰这类人的作品，那是很自然的，因为当时流行这些东西。列夫·托尔斯泰三部重要小说《安娜·卡列尼娜》、《战争与和平》以及《复活》我都看了，但是当时我仅仅看故事，真正看懂了他的思想，则是在几年以后我下放到农村去劳动时的事情了。我对诗歌兴趣比较小，那时候可以接触到安德烈·别雷、亚历山大·布洛克、瓦雷里·布鲁索夫、叶赛宁（当时翻译为"叶遂宁"）、尼古拉·古米寥夫、丹尼尔·卡尔姆斯、曼德尔斯塔姆、马雅可夫斯基等人的诗集，我恐怕是一直觉得诗歌需要原文才有韵味，而我的俄文不好，读不了原文，也就不太注意翻译的文本了，这个习惯我到现在依然如此。我很喜欢的作家有阿·托尔斯泰，他的《苦难的历程》三部曲（1922—1941年），用史诗式气魄，描写了卡嘉与达莎两姐妹与她们各自所爱的人罗欣、捷列金在1913—1919年所经历的彷徨、苦闷、求索，在大时代血与火的考验中逐步走向革命的历程。语言朴素，心理描写细腻深刻，让我很震撼。我当时隐隐约约地感觉到自己在文学上对大时代知识分子的动荡有强烈的兴趣，大概是因为父亲的政治遭遇，使我产生了共鸣的原因。比如肖洛霍夫，当时根据他的文学作品改编的电影《静静的顿河》放映了，我看了电影之后有很多感触，因此再找这本小说细细看一次。

第二类是西方作家的文学作品，法国文学方面，我比较集中地看浪漫主义和现实主义两个部分的作品。包括维克多·雨果、大仲马的《三个火枪手》、普罗斯佩·梅里美的短篇小说。女作家乔治·桑的作品则是我在音乐学院的一个朋友借给我看的。司汤达（1783—1842年）的《红与黑》接近禁书，但是我还是找到了，巴尔扎克的《人间喜剧》也是这个时候看的。福楼拜的长篇小说《包法利夫人》在当时绝对是色情小说的代表，我费了很大的周折才找到新中国成立前的版本看，看了居伊·德·莫泊桑的短篇小说，埃米尔·左拉的小说。而当时最喜欢的却是法国科幻作家儒勒·凡尔纳的作品，简直放不下手；英国文学是看莎士比亚的作品，弥尔顿的《失乐园》，笛福的《鲁滨孙飘流记》，华兹华斯的诗集也看，拜伦、雪莱、济慈三个人对我影响很大，狄更斯《匹克威克外传》、《董贝父子》(1848年)尤为深刻；《大卫·科波菲尔》、《荒凉山庄》、《艰难时世》、《小杜丽》、《双城记》和《远大前程》也都花了很多时间，后来读大学学英语的时候，还找了英文版再看一次。还有萨克雷的《名利场》、夏洛蒂·勃朗特的《简·爱》，埃米莉·勃朗特的《呼啸山庄》，盖斯凯尔夫人的《玛丽·巴顿》、艾略特的《荒原》，也都是我记忆犹新的作品。阿拉贡的《共产党员》是一本我感觉有强烈的构成主义创作色彩的作品，往往和马雅可夫斯基的诗歌放在一起看，我喜欢那种文字的节奏感。

新中国成立后，出版的美国文学作品不多，我的视野也因此有限制，看过霍桑的《红字》、赫尔曼·梅尔维尔的《白鲸》、亨利·大卫·梭罗的《瓦尔登湖》，马克·吐温一系列作品，沃尔特·惠特曼的诗集《草叶集》，西奥多·德莱赛(1871—1945年)的小说《嘉丽妹妹》，艾兹拉·庞德的诗集《荒原》，我对他那首"地铁站里"就那么两行的诗特别感到文学的力量："这几张脸在人群中幻景般闪现；湿漉漉的黑树枝上花瓣数点"。自然，我作为一个年轻人，我还是喜欢杰克·伦敦和海明威的作品。

第三类作品是中国自己的文学著作，我当时对中国文学的感觉是很混乱的，喜欢"五四"之后的一些作品，巴金、茅盾、鲁迅，但是当时是看不到胡适、周作人这些人的著作的，连鸳鸯蝴蝶派、张恨水、沈从文这些人的作品也很难找到，因此面很窄，解放后的小说虽然很普及，有些作品我充其量把他们看做政治文学来看，没有真正喜欢过，这样的立场自然不敢说，但是自己的这个立场造成看中国作品少的情况。要看也是古典文学而已，但是因为没有系统国学的功底，看的也是最普通的《水浒传》、《西游记》、《红楼梦》、《拍案惊奇》、《儒林外传》、《老残游记》这类小说而已。一本刘羽生的《宋词笔记》都传了一个学期才轮到我。

我们的几个老师都是从师范学院分配来的高材生，师范学院自然把最好的毕业生留校，或者放到附中去，数学老师江志、卞丽珊，物理老师方定忠，语文老师刘哲夫、周怡厚都对我们有很深的影响。语文老师喜欢古文和"五四"时期的文章，他教这部分课程的时候有特别多的自我发挥，讲到精彩的地方，有些得意忘形，我们也深受感染。我现在对古典散文(比如《小石潭记》、前后《赤壁赋》、《石钟山记》、《岳阳楼记》这类作品)，还有对早期白话散文的兴趣，是他们影响而形成的。比如朱自清的《背影》、闻一多的《旅客式的学生》、鲁迅的《从百草园到三味书屋》、《野草》等几篇小说，还有政治杂文，都是我当时印象很深刻的。老师也很推崇一些新中国成立后的诗人，比如郭小川、贺敬之，我对这些诗歌兴趣始终不大，可见自己很早就有选择地学习。

我们读高中的时候也就十六七岁，师范学院分配来这批老师大概是 1963 年来的，也就是 25 岁，比我们大不到 10 岁，因此很容易和学生交流。语文老师刘哲夫是最有趣的一个人。他实际上有好多性格和我相似，理一个平头，脸老是红红的，穿一双翻皮的靴子，他这个人喜欢幻想，思维天马行空，他很喜欢现代文学，兴趣也广泛，我们很合得来，仅仅是因为我们是师生，大家有些话不好说而已。我记得高二的时候，就在 1965 年，他在作文课上出了一个题目，叫做《五十年后的我》，这一下给我们极大的想象空间，我记得我把作文简直写成科幻小说了，他给了我一个 5+，这给我很大的鼓舞，我这种不求上进的人也有人肯定啊！因为我父亲在 1957 年在音乐学院给打成"右派分子"，我在学校始终抬不起头来，全班同学几乎都入了共青团，我连入团申请书都没有递过，因为觉得自己毫无入团的可能。我是个游离在组织、在进步团体之外的人，也习惯这种"自甘堕落"的心态，看书、画画、做功课，开心得很。与人无争，与功利无争，我一辈子都养成了这个习惯。

我的文化生活和其他同学不同，是截然不同，每个星期六下午我回到音乐学院的家里，父亲的音乐世界是绚丽多彩的。父亲给我听很多唱片，解释很多作曲家作品给我听，也带我们去汉口交通路的外文书店买书，每个月有《苏联画报》，是苏联政府出版的对华宣传的月刊，介绍苏联的经济、文化生活，也介绍苏联的艺术，还有俄文原版的《星火》（Oganuk），类似美国的《生活》周刊，照片多，而黑白插图简直精美绝伦，好多年后我才知道好多中国青年艺术家都把《星火》当作学黑白画的教材，像陈丹青、陈逸飞、何多苓、程丛林都提到过临摹这本周刊的插图。我父亲的书和学校的书不同，他买了好多旅游随笔，也有大量的科学幻想小说，母亲给我买连环画，虽然家庭经济条件不好，阅读则是他们很重视的，我到现在都很感谢父母在我最能够吸收知识的时候给我充足的精神食粮。音乐学院每晚都有排练、音乐会，母亲总让我去听，这样逐步形成了我对表演艺术、对音乐的特殊感觉。另一个开心的事情是看电影，音乐学院隔壁就是"人民电影院"，几乎每个星期母亲都会让我去看电影，那些年看了好多苏联电影、东欧电影，也偶尔看少数西方电影，国产片也看，这样的视觉经验，现在想来对我的文化滋养来说是太重要了。因此，我的文化结构实际上是双重的，比同学们都多一个方面，这一点我在学校的时候从来不敢张扬，就在同学们还在热衷唱"刘三姐"的时候，我其实已经在倾听拉威尔、德彪西、普罗科菲耶夫、肖斯塔科维奇了。与我的国学修养不系统比较，我的古典音乐修养则最系统，这是因为父亲把自己的经验传授给我的原因吧。

现在回忆那个时代，我还是很有感触，虽然生活条件艰苦，我居然还可以找到和看了那么多书，还看了好多画册，听了大量的音乐作品，因此我觉得自己的努力还是很关键的。谋事在人、成事在天，的确如此。

看书需要时间，我的时间是少之又少。我那时候在学校，早上6:30就要起床集中点名，集体跑步，寒暑不分，天天如此。冬天滴水成冰的时候也要跑，我有些反感，我不喜欢起早床，但集体活动不得不去。跑步之后早餐，就是稀饭馒头。7:30上课，每堂课是45分钟，中间有10分钟课间休息，上午的课全是数理化和语文，中午12点吃中饭，有午休，下午2:00开始上课，下午是历史、地理、体育之类的课了。我看书一方面是用课间、午间休息时间，另外就是晚自习的时候，找同学借作业抄了之后，有一点点时间看。后来发展到在宿舍熄灯以后，我到路灯下看。现在想起来真是很辛苦，但想想我看了那么多书，也很值得啊！

高中生活事实上还是比较平静的，同学之间也很和谐，鲜有吵架的事情，大家都很贫困，生活很简单，一套衣服从高一穿到高三是很正常的，没有人有手表，也没有任何奢侈品，女同学不打扮，也好像没有什么人谈恋爱，清教徒式的生活和学校，学校就像个修道院一样，平稳、节俭、安静、刻苦，这个平静保持到1966年5月，从此以后发生了翻天覆地的改变，也改变了我们原来的人生道路。

关于苏州

苏州和成都是我最喜欢的两个中国城市。无论是它们的文化历史积淀，还是现在存在的城市文脉结构，还是它们的园林和民居，甚至苏州和成都的饮食，都那么令我喜欢，如果有一天我面临从美国退休，选择在中国城市居住，我肯定是选择苏州和成都的。

我每每说起想去苏州和成都退隐的时候，朋友都有两个反应，一个是不相信我能真的退隐，因为我的性格不是退隐型的，这倒可能有点对；不过凭心而说，我是真喜欢这两个城市的，现在成都越来越庞大，我感觉就越来越淡了，苏州的感觉依然非常纯粹，因此在两城之间，苏州反而越来越突出地吸引我。

十多年前，我在一本叫做《骨子里的中国情结》的书里面这样描述过江南小镇给我的印象：

早春二月，江南是迷朦的。浅红色的桃花好像一层轻云一样，烘托着那片白墙灰瓦的乡村，一条弯弯曲曲的小河穿镇而过，摇摇晃晃的乌篷船划过水面，留下一线波纹。薄薄的雨雾好像薄纱一样笼罩着油菜花刚刚开始绽放的田野。走进镇子里，那青石坂的小巷上有层光亮的水雾，曲折的瓦檐错落，雨水从瓦上落到石板上，轻轻有声。一个穿着蓝花布大襟衫的女孩，打着雨伞走过小桥，嫣然一笑。淡淡的，静静的，淳厚的春意就那样弥漫着。

好多年前，我看柔石的《早春二月》，觉得江南好像很渺远。多年后，我在江南游走，再看《早春二月》，江南很近。那不是物理距离上的远近，而是一种心理上的感受。喜欢那里的环境，更加喜欢那里的居所，那种江南的民居和景物造成的感觉，好像有点揪心，特别远在他乡，想起来就有点悸动，有点悲伤。

那种感觉，我原来是没有的，因为我早年并没有去过苏州，对苏州的感觉是朦胧的，看叶圣陶的散文，有非常美好的氛围，但是没有见过。1963年，柔石的《早春二月》拍成电影，孙道临和谢芳在早春温馨的阳光下在苏州的小河边走着，桃花绽放，那种感觉，好像不是"震撼"，而是伤感和缠绵，因此开始对苏州有向往。孙道临是很适合苏州的气质的，那种俊秀，那种清雅，日本式的学生装，大羊毛围巾，"五四"青年的神韵，当时迷倒不少女同学。谢芳是从武汉话剧院调到北京电影厂去的，我在武汉见过她，因此有种先入之见，觉得她并不苏州，后来我去苏州，看到那里的女孩子的确秀美，和谢芳的不太一样。

后来我有机会去苏州了，当然是从上海坐火车过去的。真实的苏州与感觉中的确实不同，那运河窄窄的水道，那些曲折的小巷，那些高低的小桥，那些幽深的园林，那些变化多端的民居，无一不挠着我的精神末梢，喜欢也感伤。苏州是个很感伤的城市，这是在中国城市中我体会到的第一个，优雅自然，但是总有一丝轻微的忧郁在那里漂浮，像日本人看风雨中的落樱缤纷一样，苏州的春雨朦朦，也总能够勾引起你同样的感伤情绪来。而那感伤同时又是十分可贵的，因为在其他粗俗的城市，像粗犷的沈阳、炫耀的北京、张

苏州拙政园远香堂荷池

扬的上海、艳俗的广州、粗俗的武汉之类，绝对没有这种吴侬软语的雅，也没有小巷幽幽的深邃，建筑的讲究而不是张扬，是民居的精彩之处，这一切，好像就只能在这里看到，感觉到。

我对苏州的感觉，当然首先是从三十年前开始，一次一次来这里逐渐形成的，虽然我没有在苏州定居过，但是来来往往次数多了，感觉也就日益深厚起来。而文学作品中的苏州，却也是另外一个感受形成的原因。

我记得第一次来苏州是 1973 年，那时候我在一个工艺美术厂做设计，来苏州写生，目的是设计出口工艺品作参考。从上海到苏州的火车到城里的时候是下午 2 点多钟了，那个时候没有私营饭馆，全部是国营的，2 点钟的时候，所有的饭馆都打烊了，没有饭吃，我肚子咕咕叫，可以说是饥肠辘辘，在平江路里面钻，就想找到什么吃的，先填填肚子。我们看见一个老太太在卖甜酒酿，这东西在整个长江流域地区都有，用糯米发酵，酒味香醇。在四川叫做"醪糟"，加上汤圆就是成都的"醪糟汤圆"了；在湖北叫做"伏汁酒"，下的是小汤圆；到了苏州，就是"酒酿"，冲淡了煮着吃，是早餐；也有人就小口地吃酿好的糯米，酒力就增强了。那天我们饥肠辘辘，不知深浅，一个人吃了一大碗酒酿，就是一碗饭那么多啦！酒力上来之后，几个画画的人好像关公一样，在苏州观前街跟跄，好多行人侧目而视，都说我们是外地人，出丑了。那次的记忆很深刻，以后反而很喜欢吃酒酿汤圆。

我很喜欢这里的民居形式，觉得是中国民居中最精彩的。苏州的民居是园林院落交织的，是白色和灰色的，低调而不低俗，高雅而不张扬，分寸把握得恰到好处，难也就难在这里。苏州那种灰色和白色，不仅仅是色调的协调，也是一种心理的协调。日本有些现代建筑师推崇日本茶道宗师千利休喜欢的灰色，称之为"利休灰"，其实苏州这里的灰色更加沉稳，更加凝重，我何不称之为"苏州灰"呢？

苏州古街

苏州城里最经典的民居群是划为"平江历史街区"，这里连片的民居建筑，集中体现了苏州民居的格局。那里一排排高低错落的枕河民居，一座座粉墙黛瓦的庭院，一条条依河临水的幽静街巷，斑驳的围墙内庇荫着不少深宅大院，这些规模宏大、装饰精美、布局严谨的住宅花园，有的原系官僚富商宅第，有的曾是文化名人故居，各有千秋，各具特色。其中最有代表性的当数闻名的"富""贵"潘氏两宅。到苏州，找本旅游书看看，都会讲到这两个豪门的住宅的。

江南的园林住宅中的浪漫故事许许多多，与建筑营造的气氛有很密切的关系。这里出了好多著名的文化人，也是经济富裕和建筑氛围所形成的。

我在苏州，就喜欢下小雨的时候去老街上走走，不是要去什么地方，而是去领略苏州旧居老街的浪漫。那些石板铺设的小街，那些滴滴答答落水的瓦檐，深色发黑的街角石，长满了滋润的青苔，游客一少，旧姑苏的感觉就油然而生了。

这个地方的旧居老街上，曾经出过多少风流才子，多少学者大家啊！国学大师钱穆曾寄寓耦园，在那里潜心撰写学术名著；著名教育家和翻译家叶圣陶、历史学家顾颉刚、古籍版本书家顾廷龙、化学家顾翼东等名人，都是从这里出来的。晚清状元洪钧的外交生涯，他的博学广闻、浪漫韵事更为人津津乐道，被人写入小说《孽海花》，更是名噪一时，成为地地道道的风流状元，他与名妓赛金花"男状元偷娶女状元"的爱情故事，就发生在悬桥巷当年的"状元府"。走在苏州的小街上，种种历史的故事、种种思绪会不断地涌现出来。

多年前因为帮万科公司策划"第五园"这个项目，我提议做成具有中国传统风格的现代建筑，万科接受了这个概念，一边在设计、施工，另一方面则嘱我写本书谈谈传统住宅，就是因为我的这个设计提议，让我获得一个用来集中研究中国民居形态的机会，我集中

了解我们的传统住宅，从北方的四合院，到江南的"四水归堂"，从上海的石库门，到广州西关的深宅大院，一一梳理，因此对苏州的民居有了一点点了解。那一点点认识，基本都反映在后来出的那本《骨子里的中国情结》书里。其实那认识还是很肤浅的，苏州园林和民居博大深厚，不是我能够在短时间内完全把握和认识清楚的。但是，我对于苏州传统建筑的兴趣却一直没有减退，反而越来越浓烈了。

2006年，贝聿铭设计的"苏州博物馆"终于在几年的流言蜚语中建成了，这个博物馆的设计，我一直很注意，主要是因为喜欢苏州建筑，喜欢苏州这个城市，也喜欢贝先生的设计。这个博物馆争议延续了好久，主要问题是贝先生设计的这个博物馆的选址是否合适，因为馆址恰在"拙政园"和太平天国的"忠王府"之间，地段十分敏感，好像网上有说叫停的，有说继续修的，各种说法都有，大家还在看争议，博物馆就建成了。好像贝先生的另外一个博物馆"罗浮宫"的加建、改造计划一样，法国人还在狂热地争论，作品已经完成并且投入使用了。对整个争议，无论是苏州的或者巴黎的，他都很低调，并没有出来为自己抗辩。

苏州博物馆刚刚完工我就去看了，事出有因，2006年12月份，突然接到上海来的一个电话，是中国建筑工业出版社的责编打来的，她是我的《世界现代建筑史》的责编，我们之间工作关系很好，她在电话中说有个很不错的上海建筑事务所希望我去看看苏州一个旧建筑的改造，并且希望我就这个项目写点什么。徐纺在建工出版社北京总社的时候就找我组稿，帮我编书，那些书都出得很好，在工作过程中，她也很了解我的做事为人的方式，因此大家比较默契，她发出了邀请，我一般是会去的。

那个建筑事务所是上海中房集团建筑设计事务所，他们邀请我参观他们在博物馆旁边的苏州平江路31号的一栋旧宅子改造和修复，在苏州，这宅子虽然算不上古老，就一百多年吧，但是这样的老宅，在西方绝对是文物了，我对所有的保护古代的建筑和文物有非常积极的态度，因为眼见国内的古迹已经在轰轰烈烈的"现代化"旗帜下给破坏得所剩不多了，但凡有保护的项目，我总是尽量参与，希望给子孙留下点老祖宗的东西。中房集团建筑事务所租下那栋古老的、甚至有点破烂的民宅，进行彻底的调查，了解了这栋住宅的底蕴，然后逐步改造，以保护为主，把这栋住宅建成一个建筑师的会所，我去看的时候是 12 月，初冬时分，看完这栋他们称为"平江路 31 号"的建筑"筑园"的会所之后，我沿着平江路去看了贝先生的博物馆，好像一首奏鸣曲一样，从头到尾，起承转合，流畅而自然，我很开心。

记得我去看苏州博物馆时，工地的围墙还没拆除，当时心里还有他在美国设计的辛辛那提的"摇滚乐名人堂"建筑的阴影——那栋大楼实在有些牵强，因此有点担心苏州博物馆会弄成那样就糟糕了。等到 2006 年末我去看博物馆低调、优美、恬静、和谐，心里的那个结就自然打开了。

上海中房建筑设计事务所之所以找到我，大概是因为我这些年在建筑方面做的一些工作有关系。这两年来，我被国内一些房地产公司请做顾问，因此参与了好多开发、重建、改建的项目，从骨子里说，我是很中国的，因此，大凡有机会和可能，我都会努力劝说客户接受中国形式和感觉的建筑。像深圳万科公司的"第五园"、河南郑州建业公司的联盟新城现代中式区都是这类努力的成果，自然住宅区，首先是实用的商品，文化内涵弱，总比艳俗的"欧陆"风格自然。因此，对于凡是和传统建筑有可能建立关系的项目，我都很注意。

帮助城市保护历史，是我一直在努力做到的一个方向。很典型的一个例子就是在 2006 年 12 月，当时的重庆有一个大开发商，邀请我去看一个仅有四十亩的一个小开发用地，在重庆嘉陵江边，地势崎岖，那里原来是个政府机关，现在只剩一栋孤零零的大楼和几栋小房子在那里，这块地，开发商已经收购过来，准备拆毁这些旧建筑，打造一个高层塔楼建筑群。我在地上踏勘的时候，开发商集中介绍江景给我看，我却突然留意到茂密的树丛中有两栋小小的青砖楼，看看细节，知道是抗战时候的建筑，直觉不同凡响，因此要求开发商咨询文物单位，了解这几栋相当破败的建筑的历史，文物单位的答复是：这些建筑不属于文物建筑范围，可以拆。我却不满足，直觉驱使，依然叫他们弄清楚在抗战中是谁的宅子，答复是陈诚等政府要人住过的。我立即提出对这个抗战时期的罕有的建筑群做整体保护的建议，后来这个项目在重庆颇有点名气，叫做"陈公馆"，那并不是我取的，因为那个楼不是陈诚公馆，而是当年国民政府的一个接待所，曾经接待过抗战期间美国来华人员，但无论怎么说，我这个建议也真正保留了城市的一段历史。

这些年我更加注意如何通过具体的行动来保护历史，而不仅仅停留在理论的层面上，因为中国建设发展得太快，如果不加紧保护，等到理论成熟之日，余下的历史建筑就不多了。虽然有些人说我参与房地产的策划是商业的，反而我觉得如果有更多的理论工作者能够直接参与到开发性的保护过程中，对国家的文化和历史的贡献会更大。

写这本书，上海建筑设计事务所是很下功夫的，他们自己先做了很多的工作，我去苏州的时候，他们给我提供了好多非常珍贵的关于苏州平江街和平江区的历史资料，后来再约我到上海，一个晚上在茂名路的一个古色古香的书店茶座里喝茶，再给我一套苏州档案馆做的平江路的档案资料看，厚厚的几大册，这样的对研究的尊重，是我在一般发展商那里见不到的。的确是建筑家的群体，就是不同，因此写起书来就比较顺手。无论是中房方面，还是我这方面，对这本书都有一个比较共同的看法，就是要写出一本对一个具体的古老建筑保护性的改造的案例来，对于中国未来的古建筑维护和改造，提出一些启示性的思路来。我觉得像上海"新天地"那样的

这是中国古建筑上唤做□的中国园院建筑画，杭州现代住宅区
有许多，国家经济□大家大足福□，若能用□为一诸之用的，但努力是正确的。

图160-4 中式现代（注单园林图）

项目，虽然有保护文化的功劳，但是并不是保护传统建筑文化的唯一的、必然的方向，更加准确地保护传统，同时赋予传统新的功能，其实还是需要更加牢固坚实的研究和探索的。能够通过这个项目的阐述，对中国传统建筑现代化第一阶段的那种内部拆光，仅留立面的初级阶段(好像上海"新天地"的手法)往前发展是会有一点的启示的。

　　和我近年写的一批有关房地产的书比较，这本书更多地讲古迹、古建筑的保护，因此我就更喜欢这本书的内涵，一方面为他们的工作做一点点记录，让国人和世人知道：中国人不仅仅会拆(不仅仅是"拆啦"—China)，而也会保护，也会维养，也尊重自己的历史，并且不仅仅是文物专家如是，建筑家，包括现代建筑家也会如此。毕竟中国是个文化古国，不是几个张扬的开发商、政府官员大张旗鼓地拆毁历史而已，而也有好多好多的人希望我们的传统、我们的建筑、我们的城市更加中国，更加具有国际尊重的文化价值沉淀，有这个使命感，我也就开心了。希望能够给大家一个了解古建筑保护的心得和体会，对促进中国城市的传统建筑、传统城市区域的保护起到一点点启发作用。

水上生活

　　给期刊杂志写专栏有几种不同的情况，一种是似乎随便写，天马行空，但是有个内定的范围，好像生活、美食、文化、圈子，这种写法看似容易，其实比较难，因为你得斟酌范围和议题；另外一种则是先给一个题目，按照题目来写，有点像命题作文，好像难，其实反而比较容易，这一次的题目则有点难，就是讲讲"海洋、生活、家"。

　　接触这个题目很容易想到国人现在趋之若鹜的马尔代夫，或者东马来西亚的海上架屋的居民，其实这类居住形态极为少见，只是在特殊情况下才有可能，比如马尔代夫这个岛链整个在沉下去，或者说海水越来越高，要淹没陆地，不得已的选择，变成时尚，马尔代夫几十个岛礁平均海拔1.8米，基本有点浪就给淹没了，因此只有在水上搭建建筑居住；而东马来西亚沙捞越近海，则是居民要躲避热带雨林中的瘴气、野兽，在水上是相对安全的选择，两种都属于常规，难以作为一种生活方式来推介。

　　居住面积日益缩小，而居住成本越来越高，城市污染日益严重，是人们开始设想在海上生活的动力。这也非现在的时尚，因为土地原因，从古以来就有些人不得不在水上过日子，在海洋上居家是古而有之，广东的水上居民蜑户就是一个典型。蜑民这个字下面随"虫"，从开始就是歧视，以船为家，从事捕鱼、运输、采珠，不许陆居，不列户籍，按照人头交税，到明朝洪武年间才开始被编列为户，我小时候的广州是有几十万叫做"蜑户"的水上居民的，在现在沙面外面的白鹅潭边上的西关一带则是广州商贸中心，商业发达，需要应酬和娱乐的地方。从海珠广场到沙面这一带，岸边建起了好多大酒店、餐厅，而水上也热闹得很。据说到清道光年的时候，白鹅潭这里尽是吃饭的、游河观光的小木船，还有数千妓船聚集。这些花船极华丽，对列成行，用板排钉连成路如平地，皆用洋锦毡铺垫。船上海鲜美食，乐曲戏班，莺歌燕舞，风情万种。每当明月初升，晚潮乍起，人潮涌涌，笙歌彻夜。有个几次大火，花船遭火灾，损失惨重，白鹅潭的热闹程度就差远了。到我去的时候，基本没有这类大花船，只有小小的花艇，主要也是吃饭游河用的。

广州沿江都有好多好多的居民住在上面为家的小艇，排列层层，从水边数出去，有时候有十几层之多，珠江航道大约就剩一半，小艇都有固定的停泊位置，白天出去做事，晚上回到自己的泊位，这种情况在香港也如此。水上做了栈桥，可以上岸办事，我记得广州天字码头附近的那些艇社区，岸边还有门牌号码，邮政局是按照他们的位置送信的。这些小艇，有些是晚上在水面做服务、娱乐的花艇，只占一部分，还有一些是白天去打鱼的鱼艇，还有做运输的，或者什么不做，就当房子住的，相当于我在加拿大温哥华见到的船户（boat house）。在离开中心城市远一点点的地方，也有人干脆在水上搭棚子住，做水上居民。水上人家其实很可怜，他们一直要住在水上，陆地上没有家，在社会上给人瞧不起，好像贱民一样，在粤语中将这类人叫做"蜑户"，或者"蜑家"，也有写为"疍家"的。

蜑户其实有两类，一类是在水上建造房子，这类我在马来西亚看见现在还有，另外一类就是住在船上的。据说广东的蜑家三千多

長堤艇家. 即世代水上人家
王覺之. 2011 9

水上生活

年前就出现了，这个说法出自在广东的高要市金利镇茅岗村发现的遗址，那里现存有广东最古老的水上木结构建筑遗址。该遗址总面积近五万平方米，为长方形，依山临水，靠山一端略高，作居住用，临水一段稍低，作捕捞用。遗址建筑为棚架结构，棚架四壁和上盖，均用古树皮和茅草搭盖。据说当时这些水上人家不是汉人，是南越人。最早看到"疍家"的描述，是宋代周去非的《岭外代鉴·延蛮》，里面说，"浮生江海者，疍也。钦之疍有三：一为鱼疍，善举网垂纶；二为蚝疍，善没水取蚝；三为木疍，善山取材。"又有考古发现，又有宋代的记载，因此学界都肯定疍家文化源自高要，据说目前高要境内依然在南岸、金渡、金利、新桥、禄步、小湘、大湾等镇存在二万多名以打鱼为生的水上居民。疍家以打鱼、运输为主，我们在白鹅潭见到的那些则是做旅游的服务性行业的。

"蜑户"，在广东也称为"疍民"、"疍族"、"疍人"，我听说在广东"疍家"还有"白水郎"等别称，其实不仅仅在广东，在福建、广西沿江滨海一带也有分布，就是在海南岛也有他们的居住地点。我曾经沿粤东海边走，在海丰、陆风、潮汕地区都见到有疍家，分布相当广。有点像客家人，分散在南方各地。

蜑户这种栖水而居的生活方式是我们说的"船民"，以前是不得已而为之，现在则成了另类波西米亚生活的追求者的方式，在荷兰的运河中、在温哥华的海湾里，总是可以看见一些很大的居家驳船，不但居室宽大，并且还在船顶上种花种草，是一种让人心旷神怡的生活。阿姆斯特丹是这种船屋比较集中的城市，他们叫做"bout house"，住在上面的当代荷兰蜑户叫做"woon boot Bewoner"，这些人原来也都是住在城市公寓里的白领，厌倦了公寓生活，就搬到船上来了。住在船上可以按照自己的要求装修得一应俱全，并且还可以顺着运河开行，停靠在不同的地方。生活就有了流动性、趣味性。船屋多半没有自己的动力系统，就是一个驳船而已，要移动的时候用拖船，他们叫做"rondvaarts"，船上房间通过装修可以做到冬暖夏凉，一般不装天窗。船民喜欢形成自己的社区，因为大家都是这类追逐自由自在生活的白领，趣味往往比较接近，也有共同的语言，是很开心的。船屋需要定期到船厂检查和维修，保证处于很好的状态。

前面说到马尔代夫的水上住宅，原来是不得已的做法，现在倒成了很多人追求的生活方式。不过马尔代夫的方式难以复制，是因为住宅建造在珊瑚礁上，而世界上绝大部分的珊瑚礁都处于被保护状态，不可能让人类在珊瑚礁上面大规模开发住宅。

那么，如何生活在水上、生活在大洋里面呢？我看日本有过一个很特别的设计，值得提提。

日本是个地震频发的国家，人口多，领土狭小，常有"日本岛沉没"的说法，忧患意识很强，日本位于三个地壳板块交汇点上，全球地震高危带刚好把日本从中部一切为二，因此日本是全球最容易发生地震的国家之一。几代日本建筑师、城市规划师都在考虑解决居住拥挤、抗震防灾的问题。日本现代建筑开创人之一的丹下健三早在20世纪60年代就提出的"新陈代谢"派的主张，虽然丹下健三提交给国际现代建筑师联盟（The Congrès internationaux d'architecture moderne，简称为 CIAM）的海洋城市（Marine City）方案并没有最后建成，但是他在1966年完成的都城（Miyakonojo）市政厅府是他的"新陈代谢"思想集中的体现，用构件方式建造大型建筑，解决空间拥挤、抗震的综合问题，在这个建筑上有初步的体现。日本现代建筑的一个重要的转折点是以大阪世博会为开始的，在大阪世博会以后，日本建筑设计的领导权基本就从丹下健三这一代先驱交到第二代建筑师的手里了，矶崎新（Arata Isozaki）、筱原和夫（Kazuo Shinohara）、黑川纪章（Kisho Kurukawa）这批人逐渐成了日本现代建筑的第二代主流。他们提出建立空中城市的构想，具体为东京设计新的空中城市，提出用树干、树枝概念，或者插头概念建造新型城市区。他们的思想影响了英国前卫设计小组建筑电讯派

"Archigram"，而丹下健三提出建造好像插头一样插入基座结构的单元建筑概念，被 Archigram 小组在很多方案中反复使用。

东京是全球人口密度最大的城市之一，为了解决未来人口居住问题，斯坦福大学的意大利建筑师丹特·比尼（Dante N. Bini）提出要在东京湾建一座史无前例的"超级金字塔"——可容纳约 100 万人同时居住。东京湾长期以来就是日本建筑师考虑城市发展的方向，其实这个海湾条件不好，底部全是非常厚的淤泥，却是东京唯一可以发展的空间。早年新陈代谢派就提出建造模块城市，城市好像一棵棵树一样屹立在东京湾上，住宅、商铺都吊在钢筋混凝土构架上，这些构架内部就是人行道、"树干"内是电梯。这个概念没有做成，却启发了日本建筑师的发展思路，而斯坦福大学的比尼提出的金字塔城则进一步激发了日本建筑师将概念发展，最终形成一个要真正实施建造的试验性城市概念。

这个方案是由日本清水工程公司（Takenaka Corporation）根据比尼的概念，在 1989 年提交出来的，他们的方案是在东京湾上面修建一座金字塔形的透明建筑——叫做"金字塔城"，这是一座自给自足的人工智能型生态城。这座史无前例的"超级金字塔"建造在东京湾，其外观呈金字塔形状，高度达到 2004 米，总占地面积约 8 平方公里，基底周长为 2800 米。整个"大金字塔"中一共包含了 55 个"小金字塔"，每个"小金字塔"的体积足以与埃及的一些较小型的金字塔相当。从清水公司提出的设计图看，这座"超级金字塔"矗立在东京湾上，完全不占用宝贵的土地资源。按照规划，"超级金字塔"总共为八层，一至四层商住两用，五至八层为娱乐和公共设施，在金字塔中总建筑面积达到 50 平方公里，将建造 24 万套公寓、商业中心、广场、学校和医院，堪称一座功能齐全的"万能金字塔城"。建造在海洋和陆地交界的位置上，构架里面由数十幢 100 多层的摩天大厦组成城市建筑群，设计时提出人口是 75 万，后来估计可以最高可容纳 100 万名居民和工作人员。东京的金字塔城高达

蜑户人家

1. 25 里，因此这个"金字塔城"的总高为埃及的吉萨金字塔高度的12 倍，它覆盖 8 ~ 10 平方公里的地面及海面，金字塔城外身为玻璃，其中住宅部分面积大概是 1. 2 万亩，6000 亩作商业用途，而4000 亩用作酒店、休闲及学校建筑，而每座建筑物亦设有独立的能源供应。就像其他超级大楼一样，建造金字塔城的目的就是为了解决东京拥挤和环境破坏等问题。城内的气候将由太阳能和风力控制，从概念来看，是一个尽量做到低碳、低能耗的新城市。金字塔城是建立在东京湾上的一个中型城市，居民人口是 75 万人，而全部交通采用公共交通方式，整个城市里没有一部汽车。

　　在建筑规划上，需要更多研究的是一个如此庞大的城市的组织结构，东京金字塔城这个项目参考了美国规划家、建筑师保罗·索列里(Paolo Soleria)的提出的生态城(Arcology)和法国大师勒·柯布西耶(Le Corbusier)早年提出的放射型城市(Ville Radieuse)的概念，进行综合评估，并且作为设计参考。

　　如果使用目前的建材来建造这个巨大的金字塔城，这座城市将其重无比，地基是承受不住的。因此清水公司提出采用超轻型、超强度的纳米碳管——一种用极细的碳纤维包裹而成的圆柱体，这座金字塔城的重量就能减轻 100 倍。不过，金字塔城的支柱仍然必须用特殊的混凝土打造，这样才能承受极限的重压。为了降低这个巨大无比的金字塔框架的重量，大部分构造用超强度的碳纤维材料制作，因为很大一部分是建造在东京湾上的，因此水下结构要特别坚实。清水公司提出的概念是采用水下础桩做支撑，水上金字塔结构框架则用中空的管道，内部 55 个小金字塔中间的摩天大楼则采用豆荚状结构形式为主。建筑材料要用强度高、重量轻、一定条件下可自我构建的复合炭素纳米管。

　　东京金字塔城有若干技术突破亮点，第一个就是金字塔构架里面的那些高达 30 层的大楼设计，他们用底座支撑，通过轻型纳米碳管与金字塔城的外壳相连。这种构想并非空穴来风，是 20 世纪

80 年代一次旨在解决城市拥挤问题的建筑竞赛中以比较成熟的设计方案作为依据的。金字塔城里面包含了 55 个小金字塔，因此，大小金字塔的构造就形成许多节点，这些节点是交通、运输的关键所在，城市内的居民可通过自动人行道、无人驾驶舱和倾斜式电梯，自如地穿梭于城市的中空管道之中。城市的 55 个节点就是交通枢纽，并为城市提供结构上的支撑。因为建筑构造是金字塔形状的，因而电梯也就不是垂直的，而是倾斜的，在城内的大多数地方都有"倾斜式电梯"在斜坡上运行。巨大的金字塔需要超强的结构支撑，因此，另外一个技术的亮点就是它的超级构架，计划是采用纳米碳管建成的超级构架，这些构架起着城市支柱的作用，其外表涂有一层光电膜，能把光能转化成电力。除了上面提到的潮汐发电技术之外，还有人考虑以海藻为能源的燃料电池获取电力，城市能源要做到完全自给自足。

这座城市没有汽车。居民可以搭乘个人快速交通舱，前往市内的大多数地方。设计中的交通舱是一种无污染的交通工具，由电脑控制，能在四通八达的中空管道里穿梭自如。

这么大一个金字塔结构怎么施工呢？美国拉斯维加斯卢克索金字塔酒店已经建成超过 10 年了，这个金字塔酒店在建造过程中积累了很多建造金字塔形建筑的经验，是东京金字塔可以借鉴的。而建筑用的智能机器人也会在建造的时候起到关键的作用，现在估计这个金字塔城的兴建期间应该是在 2039—2049 年。从日本机器人技术发展来看，那个时期的建造机器人是可以创设合适物理条件的巨型机器蜘蛛，它可以吐丝般吐出高强、轻质的复合炭素纳米管，这些复合炭素纳米管是镂空金字塔城主体建筑的结构框架。

这个城市的设计很重要的是交通系统的建造，根据清水公司提出的计划，这个城市由地铁加上快速平面电梯，另外辅助小型个人运输舱组成，全部电力驱动。因此也就排除了私人小汽车的使用，做到完全依靠公共交通体系来实现交通运输。

当代蜑户是不是从这里可以找到全新的生活呢？

设计隐士

　　因为工作，我经常四处旅行，相比来说，去得较少的是澳大利亚和非洲了，非洲是没有什么设计业务、也没有什么设计学院，而澳大利亚则是和美国基本同属于一个类型：同样的殖民历史、同样的英国移民、同样的语言、同样的干旱气候条件，建筑、设计同质化也高，没有什么事需要找那边的设计事务所。

　　前几年我参与一个在武汉的很大的住宅区的设计顾问工作，规划设计事务所在澳大利亚的黄金海岸，因为需要讨论方案，要我出席，只有从美国西海岸的洛杉矶飞到澳大利亚西海岸的布里斯班，再乘车去黄金海岸，跨越半个地球，也是非常远的一次航程。

　　我曾经在一篇文章中说：因为长期住在加利福尼亚，而加州的气候和澳洲的西海岸很相似，所以虽然飞了半个地球，到达之后感觉好像没有离开加州，碧海蓝天、棕榈摇曳，因而倒没有什么特别的感觉，反而是布里斯班的旧工业城市的改造给我很多启发。

　　澳大利亚是一个面积很大的国家，但是中间很大一部分基本是荒漠。布里斯班（Brisbane）是澳大利亚西海岸人口最多的城市，也是昆士兰州的州府，城区人口 200 万，在中国只能勉强算个中等城市，在澳大利亚就是很大的城市了。布里斯班的老城，也就是他们叫做"商业中心"（the central business district）的老区，是早期欧洲移民建立的，靠着布里斯班河，面积大概是 23 平方公里。我那一年同时还在海南岛的文昌帮助国内开发商鲁能集团设计铜鼓岭项目，与正在兴建的国家新宇航发射中心隔海相望，项目的面积是 48 平方公里。我跟澳大利亚那个建筑事务所开玩笑说，我正在做的另外一个项目比他们布里斯班老城还要大，其实说的是实话。

澳大利亚和美国一样，是移民国家，不过美国移民时间早，并且移民的构成复杂，而澳大利亚移民比较晚，移民的构成也简单得多。除了近年中国大陆涌入一批高富贵的新移民之外，整个澳大利亚移民的背景基本就是英格兰、苏格兰、爱尔兰的后代，且大多数是早年刑徒的子嗣，年代久远，他们发展出一种特殊的澳大利亚英语，口音很重，一听便知道是澳洲人。

我去黄金海岸讨论项目的时候，澳大利亚方面有一位热心的建筑师负责陪我看建筑，经常是开会之后，去黄金海岸和布里斯班看项目，也去拜访一些建筑设计事务所。布里斯班的城市中间有一条布里斯班河蜿蜒穿越，中央商务区（CBD）就顺着布里斯班河弯曲形成，因而没有世界上其他大城市商务中心那种刻板的感觉，可以步行穿越，街道的名称都是英国皇室成员的头衔，比如皇后大道（Queen Street），是这里的主要大街，而和这条街并行的街道全是皇室女性成员的名字，如阿德莱德街（Adelaide）、爱丽丝街（Alice）、安妮街（Ann）、夏洛特街（Charlotte）、伊丽莎白街（Elizabeth）、玛格丽特街（Margaret）、玛丽街（Mary），比较宽敞的中心叫做皇后中心（Queen Street Mall），是纪念维多利亚女皇的，垂直于皇后大道的街道，则都是用英国皇室男性成员名字，比如阿尔伯特街（Albert）、爱德华街（Edward）、乔治街（George）、威廉街（William）等。布里斯班老城里面还有一些早期殖民时代的建筑，最早的可以上溯到1820 年代，比如维克汉姆公园（Wickham Park）中的老磨坊（the Old Windmill）。

澳大利亚的建筑，总的来说可以用平庸来形容，没有什么特别差的，也没有什么特别好的，都可以，但是极为少见出色的。在我想主要是经济发展的长期缓慢、稳定，文化、政治、意识形态上也缺乏欧美经历过冲击的原因，缺乏重要的设计师、设计集团领导探索恐怕也是一个原因。这样说不是说澳大利亚全部建筑都是平庸的，仅仅是从总体比例来看。偶然也有一些很有意思的项目，比如我去布里斯班的时候，建筑设计事务所陪我去看了南岸公园区（The South Bank Parklands），这是布里斯班改造的一个重要的标志项目，和中央商务区隔河相望，因为多年的工业开发，河水浑浊。在河水改造得完全清澈之前，他们利用 1988 年的世博会（World Expo 1988）作为契机，先改造了这个原本很衰败的工业区，把这个区打造成为很干净的娱乐休闲中心，补充了城市核心部分的不足。之后继续改造，到 1992 年 6 月完全对公众开放。南岸公园正在中央商务区对面，河水清澈，景色很好，通过北面的维多利亚桥（the Victoria Bridge）和南面的古德维尔桥（the Goodwill Bridge），可以走进市中心。

　　南岸公园区已经形成一个文化、娱乐中心区了，这里有很不错的昆士兰博物馆（Queensland Museum），昆士兰艺术馆（Queensland Art Gallery）收藏的主要是澳大利亚艺术家的作品，比如我们不是太熟悉的澳大利亚画家悉尼·诺兰爵士（Sir Sidney Nolan）和查尔斯·布莱克曼（Charles Blackman）等，颇有特色。这里的昆士兰表演艺术中心（Queensland Performing Arts Centre）定期上演芭蕾舞、管弦乐、歌剧等丰富多彩的文艺演出。整个区有种松闲的感觉，是不错的设计。

　　我在澳大利亚的时候，和一些建筑师聊天，谈到这个平均水平比较平庸的想法，他们也都认同，但是也告诉我，有一些特立独行的建筑师，游离于澳大利亚主流设计圈之外，他们做一些很有个性的设计，倒是可以看看和研究一下。他们陪我去了布里斯班老城的一个建筑书店，指着一排书架说：那里面介绍的建筑师中不少是这种隐士型的人物。我在那个书店里待了好几个钟头，对澳大利亚设计的这一面有了新的看法。

中午吃饭的时候，几位本地建筑师建议我去一个非常老的英国酒吧去吃三明治、喝啤酒，我当然高兴。酒吧位于加冕路（Coronation Drive）和希尔瓦路（Sylvan Road）交叉的地方，叫做利加塔酒店（the Regatta Hotel），设在底层，正对着布里斯班河，起码有上百年历史了。酒店内部保持了殖民时期的风格，很有英国范，常有不少文化人、设计师来这里喝酒聊天。我的脑子里还在想着刚刚在书店里看到的澳大利亚本土隐士建筑师的设计，在酒吧桌子上翻看刚买的几本他们的作品集。一位从马来西亚移民到澳大利亚的建筑师看见我正在看一个"隐士"的作品，告诉我说："他就在你隔壁的桌子上吃饭啊！要认识一下吗?"我侧头看看，见一位中等身材、温文尔雅的绅士，稍有秃顶，戴一副细金属框的眼镜，在那里坐着和几个朋友聊天，就是我面前这本书介绍的建筑师——格林·穆卡特（Glenn Marcus Murcutt，1936—　）。此前两年他获得了普利兹克建筑奖，在澳大利亚建筑界是一个偶像人物。与我同行的建筑师中有几位和他认识，甚至有曾经跟随他工作过的，大家对他都相当尊敬，于是我们就合桌子聊天，了解到不少澳大利亚独立建筑师的情况。

格林·穆卡特是一个英国人，1936年出生于伦敦，人很客气，略有点矜持。青少年时代，穆卡特曾经在巴布亚-新几内亚生活过，对那里原创的简练的本土建筑非常欣赏。在父亲的引导下，他认真研习了现代主义大师密斯·凡·德罗的建筑作品和美国哲学家、作家亨利·戴维·梭罗的哲学著作，二者对他日后的设计理念和建筑风格的形成起到深远的作用。1961年他从新南威尔士大学建筑系毕业后，曾先后在奈威尔·格鲁兹曼（Neville Gruzman，1925—2005）等几位重要的澳大利亚建筑师的事务所工作过，前辈们对于建筑和自然关系的高度注重、对设计原创性的强调，深刻地影响了年轻的穆卡特。

澳大利亚原住民的木棚住宅，也在日后的职业生涯中给了他许多启发。之后，他用了两年时间，考察了墨西哥城、洛杉矶、美国东海岸以及西欧的建筑。1964年，他回到悉尼，于1969年成立了自己的设计事务所。2002年，成为第一位荣获普利兹克建筑奖的澳大利亚建筑师，并于2009年荣获美国建筑师协会金奖。虽然他的作品全部分布在澳大利亚各地，但其影响则远远地超越了国界，在国际建筑界享有崇高的声望。他是美国、英国、芬兰、加拿大、新加坡、苏格兰、中国台湾等多个国家和地区的建筑协会的荣誉会员，并受邀在耶鲁大学等多所国际知名的建筑学院担任客座教授，发表讲演，出版建筑评论著作。

我从心里喜欢他的建筑设计，是因为他的建筑都有一种轻盈的形式，与当代建筑多像地球面上划出的伤疤相比，他的建筑好像一阵微风。我向他谈到这个感想，他笑笑说，他的座右铭就是"轻抚地球"（touch the Earth lightly）。他说在他所有的设计中，都力求与澳大利亚特有的地理环境、气候变化和自然景观相吻合，并最大限度地保护原生态。早在"可持续性"成为众人谈论的主题之前，他已经在身体力行地实践这一原则了。他的作品总是经济实用的、多功能的。他对于风向、水流、温度和光线的变化都非常敏感，在每一个项目的设计之前，他都要将周围的这些自然因素调查得清清楚楚，并在设计中做出适当的回应。正因为他在通风、避光等方面的精密思考，即便在澳大利亚炎热的气候里，他设计的许多住宅甚至无需安装空调。他喜欢使用玻璃、石头、木料、水泥和波纹板——都是些容易生产、成本低廉的材料，他从来不使用那些昂贵的建筑材料。

我事后仔细地看了穆卡特为一对原住民艺术家夫妇设计的马里卡-阿尔德顿住宅（Marika-Alderton House, Yirrkala Community, NT,

Australia，1991—1994），应该可以视为他的"轻抚地球"座右铭的一个非常好的例子。这栋住宅位于澳大利亚的北部领地，雨季里常会受到洪水的困扰，穆卡特就将整栋住宅置于钢铁支架上，既实用又具有漂浮的美感。住宅墙上不设窗户，而是将整个木质墙面设计成可以开合的百叶窗形式，白天可以将墙面四通八达地张开，便于空气对流，晚上则可以完全关闭起来。特别加长的屋檐也能帮助阻隔强烈的阳光。穆卡特还细心地设计了回收系统，将储集的雨水用来冲洗住宅里的卫生间。当然，他也没有忘记在屋顶上安装太阳能板，利用当地丰富的日光资源为住宅提供所需的电源。他设计的类似的作品还有佛里德利克斯住宅（Fredericks House，Jamberoo，NSW，1981—1982），马格尼住宅（Magney House，Bingie Bingie，NSW，1982—1984）等私人住宅，以及亚瑟-伊旺·博伊德艺术中心（Arthur & Yvonne Boyd Art Centre，Reversdale，NSW，1996—1999）、莫斯·维尔教育中心（Moss Vale Education Center，University of Wollongong，NSW，2006—2007）等文教设施。

　　一个人做一件有意思的作品不难，但是要一辈子坚持自己的原则，不为尘世浮华而动，独自躲在澳大利亚遥远的西北部地区、默默地设计这种如一阵清风似的简单、朴素的现代建筑却不容易。想想我们国内现在建筑师千千万万，大部分是希望做炫目的、庞大的建筑，能够有这种平常心的设计师，真是少之又少啊！

　　穆卡特一直保持"个体户"的工作模式，避免承接大型的项目，因为他希望凡事亲力亲为，力求将每一个细节都做到最完美。穆卡特将他对环境、对自然、对本地特征的敏感，与创意性的建筑技术结合起来，把每一个项目都当成一件真诚的、朴实无华的艺术品来设计。在今天这种明星建筑师以奇特的造型、奢华的材料、超高超大的体量占据每日新闻头版位置的喧嚣氛围中，他是一个尤为珍贵的"异数"。

寻踪沃霍尔

前几年在上海举办据说是亚洲有史以来最大型的安迪·沃霍尔回顾展"安迪·沃霍尔：十五分钟的永恒"，是在 2013 年 4 月 29 日至 7 月 28 日期间在上海当代艺术博物馆举办的，"五一"假期期间人很多，我后来也去看了，和其他人感觉不同的是，其中很多作品我都是在沃霍尔在世的时候看的，当时买他一张签名的的丝网印也就几百、几千美元而已，我见证了他被造神的过程，也见证了纽约曼哈顿的索霍变得荣耀的过程，很有感触。

安迪·沃霍尔是波普艺术的登峰造极人物，他推动了现代艺术向当代艺术的发展，是我们那一代人心目中的明星。1962 年 11 月 6 日，沃霍尔在纽约举办第一次个展，也是他以波普面貌第一次亮相，地点在埃莉诺沃德美术展览厅展出，作品有《马里琳双联画》、《一百个坎普汤罐》、《一百个可口可乐玻璃瓶》、《一百张美元钞票》，全部是美国象征性的物品。就这个展览的作品和沃霍尔、李奇登斯坦这些波普艺术家引起的轰动，纽约现代艺术博物馆（MOMA）在 1962 年 12 月举办一场关于波普艺术的研讨会，批评家指责波普艺术是对消费主义的"谄媚"（Kitsch），但是这个运动已经启动了，针对控制现代艺术近二十年的"抽象表现主义"开火，颠覆

琅2. Wang. shouzhi. 2015.7.

安迪·沃霍尔

了现代艺术的进程，从而掀开了当代艺术的第一页，沃霍尔因此也成了奠基人物。

如果看看当年的售价，实在不高，《一百个坎普汤罐》原作价格在1964年是1500美元，而他的签名的丝网印是6美元一张。如果有人当时用6000美元买他的丝网印签名版，可以买1000张，现在每一张签名的丝网印价格都过百万美元，十分惊人。

沃霍尔换过五次工作室，他称自己的工作室为"工厂"（factory），都在纽约曼哈顿，我去纽约的时候曾经一个一个的看过，分别是：

第一个"工厂"：列克星敦大街1342号（Factory：1342 Lexington Avenue）；

第二个"工厂"：东47街231号（The Factory：231 East 47th street，这是沃霍尔1963—1967年期间工作的地方，这个建筑现在已不存在了）；

第三个"工厂"：联盟广场33号（33 Union Square），在"德克大厦"（Decker Building）里面，沃霍尔于1967—1973年在这里工作，是很关键的时代；

第四个"工厂"：离开上面那个联盟广场33号德克大赛不远的百老汇大街860号（860 Broadway），这个建筑我最近去看过，完全装修一新，一点沃霍尔时代的痕迹都看不见了；

第五个"工厂"：33街东22号（22 East 33rd Street），这是沃霍尔后期的工作室，时间在1984—1987年；这个建筑也不存在了。他最后的私人工作室还有一个，在麦迪逊大道148号（158 Madison Avenue）。在纽约他曾经有两个家，一个在列克星敦大街1342号（1342 Lexington Avenue），最后一个家在66街东57号（57 East 66th street），也就是他第一个"工厂"所在地。

1987年1月我刚刚到费城，在一个州立大学工作，艺术系有一位教授约我在2月去纽约索霍看他的画展，并且说他可能会出席，因此虽然那几天大雪，我还是和新同事们一起开车去了纽约。去的是沃霍尔成功的主要画廊——卡斯特里画廊（Leo Castelli Gallery），安迪·沃霍尔和其他几个波普大师主要靠索霍附近的卡斯特里画廊（Leo Castelli Gallery）卖画，因此他的工作室也离那里很近，后来几个工作室都在曼哈顿中城周边，围绕这个索霍的画廊，他的"工厂"除了做画室之外，还兼做各种活动，拍电影、摄影、人体表演、晚上通宵达旦的狂欢，抽大麻、酗酒、性行为无所不有，用世俗的眼光来说，是很乱的一个窝，因此也特别大，到处都是破烂家具，凳子都是缺腿的，到处都是油漆，连天花板都有，好像打过仗一样，当时国内的前卫艺术刚刚冒头，我想国内年轻艺术家会很喜欢他的这几个"工厂"的。

我们去卡斯特里画廊看画展，已经是傍晚了，人很多，展出的作品主要都是波普的，那是波普艺术已经功成名就的时代，价格开始飙升了，那天晚上出席的有好几个很重要的波普艺术家，好像罗伯特·印第安纳、詹姆斯·罗森奎斯特，但是沃霍尔没有出席，有点失望，那段时间据说他正在给为梅塞迪斯—奔驰公司绘制"汽车"系列作品，那一次他展出了几张作品，因为他当时每幅作品复制的数量很多，并且以丝网印为主，所以反而印象不深。

看见我有点失望，陪同我去的一个希腊裔的艺术家嘎斯安慰我说："下个月又有他的个展，见他容易，不过他行为怪异，交朋友难就是了。"看完画展，雪已经停了，我们住在曼哈顿，嘎斯说我们去一个沃霍尔经常去的地方吃晚饭吧，其实我们是希望看看他的作品，因此我们去了曼哈顿东河附近的一家餐厅，叫做"Serendipity 3"吃晚饭，那个餐厅同时也是兼而卖冰淇淋的店，因此人很多。那个餐厅的位置在上东城，地址是纽约曼哈顿，60 街东 225 号（Serendipity 3，225 E 60th St，New York City，NY 10022-1498，Manhattan），那个餐馆价格并不便宜，一个人吃好一点的晚餐要过百元美金，在周末还要等一个小时，服务也很差，在纽约的 8228

家餐馆中排名第 1499，很少人知道这个餐馆和沃霍尔的经历相关。

我进去脱下大衣，惊异地看见餐厅的墙上挂的全部是沃霍尔的原作，还有他签名的丝网版画出售，虽然当时要几百美元一张，却没有人想到这些丝网印到今日价格高到如此地步，因为沃霍尔那时还经常创作，也经常来这个餐厅吃饭。

吃饭的时候，有好多认得嘎斯的人说安迪·沃霍尔住的地方、他的工作室都经常因为太吵，他曾经在自己那里开晚会，通宵达旦，邻居觉得太闹，报警让纽约的警察来强行停止了晚会，经常弄得很没趣。虽然说美国自由，但是在住宅公寓里面如果太吵，还是会有人报警的。

那天晚上我很开心，因为刚刚到纽约，在挂满了沃霍尔原作的餐厅吃饭，外面下着大雪，朋友们谈笑言欢。

我没有想到的是就在这个月——1987 年 2 月 22 号，沃霍尔因为一个胆结石小手术而去世，后来传出的消息说是医疗事故：输错了血型。我想看看他的愿望也就此了结。

饮茶粤海

　　遍游天下，除了世界各地的精彩之外，其实在记忆中的天下更加奇特，况且有些场景永远都看不到了。就拿广州早上的茶市来说，现在也有饮茶之说，但是那种氛围、感觉、人声、食品都与从前大相径庭，有许多传统不复存在。因此我有时说：遍游天下始于足下！

　　我是广州人，家就在市中心的连新路，靠近中山纪念堂和市政府。抗战以后，新中国成立之前的那几年，每到星期天的早上，我祖父很喜欢陪一家人去"饮茶"。和外地人说喝茶不同，广州人饮茶的习惯，据说是起于清代。在咸丰、同治年间，广州这里有一种馆子叫"一厘馆"，设备很简陋，木桌板凳，供应糕点，门口挂一个木牌子，写着"茶话"两个字，为客人提供一个歇脚叙谈、吃东西的地方，据说就是现在规模宏大的茶楼的起源了。清朝后期，广州出现了"茶居"，"居"就是"隐"，即躲起来的意思，也是为一些有闲的人提供消磨时间的好去处，后来规模大了才改名成茶楼。当时经营茶楼的人，都买下土地建几层高的茶房，然后全栋用来经营大型茶楼，大茶楼越来越多，广州人也养成了上茶馆的习惯。还有一种叫"二厘馆"也供同样的点心，区别在于价格和设备，茶楼的茶资要三分六厘，而二厘馆的茶资只需要二厘，相差甚远，足足十八倍。老式茶楼有些分等级，楼上比楼下的贵，因楼上有电风扇，且地方较宽敞之故。

我们家在市政府旁边，是广州居中的地段，离茶居林立的西关比较远，因此去"陶陶居"比较少。但在公园前、财厅前、双门底一带，还是有好几家不错的茶居。现在出名的"北园"在小北，越秀山麓边，虽然当时偏一点点，却是祖父喜欢去的地方，那里不但好吃，园林也特别优美。这家餐馆据说始创于 20 世纪 30 年代初，1928 年由当时的商会会长邹殿邦出面集资。因地处北郊，有"山前酒肆，水尾茶寮"之称，故称为"北园"。不过北园长于正式粤菜，而饮茶则要去茶居，所有我们去得比较多的还是离家比较近的惠如楼。

惠如楼在中山五路，中山路横贯了整个广州旧市区，全长九公里，初到广州的人对那么长一条路统统叫中山路常感到困惑，因为这条路实在太长，不方便人们出行认路，因此不得已分为八段，从东端现在杨箕立交桥到西端的珠江大桥，分别以农林下路、东川路、越秀北路、北京路、解放中路、人民北路、荔湾路路口为节点依次命名为中山一路至八路，我记得在我小时候这条路不叫中山路，据说清代是叫"惠爱路"，当时也是一条通衢大道，1919 年拓延道路，定名为惠爱东、中、西路(今中山四、五、六路)。惠如楼在惠爱中路，这个以饮茶著名的惠如楼始建于清光绪元年（1875年)，是广州历史最悠久的茶楼之一，这惠如楼原是陈惠如夫妇经营的小食肆，由于陈氏多财善贾，食品味美价廉，故生意蓬勃发展，以后陆续增设了三如、多如、太如等"九如"的如字号茶楼，成为当时茶楼业的巨子。直到 1995 年，这个茶楼才因地铁建设搬迁至三元里广花路。

20 世纪 20 年代的时候，广州食坛盛行设"唱女伶"以招徕顾客，惠如楼地处闹市，生意又旺，自然成为女伶出没的地方。这些

广州骑楼

来来去去的女伶，既为惠如楼带来日益增多的食客，又使惠如楼的声名四处传扬。我小时候和祖父、父母一起去"饮茶"，见有人点女孩子到桌边唱粤曲，就是这类女伶，后面总有个拉胡琴的老头伴奏。这粤曲不像苏州评弹那么柔和，但也很优雅，唱完之后，茶客会给点钱，惠如楼早上是茶居，晚上就是饭馆，以正宗粤菜出名，在我印象里，反而是点心好吃，楼下有点心可外卖的，祖父在饮完茶走的时候，总会买一盒店里出的"榄仁萨其马"或"甘香鸡仔饼"。

祖父饮茶喜欢人多，因此总是我们家三个，伯父家四个，这样一大桌子人，大人喝茶聊天，小孩嬉闹。我小时候喜欢吃油炸的"芋角"，吃了就拉肚子，因此母亲看得很紧，不给我多吃。

我很是喜欢去茶居的那种感觉，热闹又好玩，茶居楼下入口的地方有卖报纸的，父亲后来告诉我：当时这些报贩还不是卖报纸，而是出租，茶客租一份，上去开一壶茶，两碟点心，广州人叫做"一盅两件"，一份报纸，个把钟头，很容易打发时间。我们这么多人去，自然就不能够"一盅两件"了。那时候叫卖点心的人是在胸前顶着个圆形的托盘，有玻璃盖，里面是一碟一碟点心，随叫随上，价格不同的点心碟子不同，和现在很多日本料理连锁店分价格的方式是一样的，不过让人吃惊的是堂倌的心算：纵使你们吃了几十碟，他只要过来看一眼，就高声地向账房喊出价格，我父亲说，喝了这么多年茶，他印象里几乎没有堂倌算错的情况。

广东饮茶是吃点心的同义词，从早上吃到中午，星期天就过了半天了。有点像西方人星期天的 brunch，就说把早餐（breakfast）和午餐（lunch）合起来吃了。不过点心种类就多了，我曾在畔溪酒家问过他们有多少种点心，据说有八百多种，广东人真是有口福！

说到"陶陶"居，也得说说祖父偶尔会带我去的西关"陶陶居"酒家。从连新路去上下九的西关不容易，坐三轮车去要走很久。陶陶居酒家在西关第十甫路，创建于清光绪六年（1880 年），原名葡萄居，以"乐也陶陶"而改名。黑漆金字招牌是康有为的字，我喜欢康有为的字，出国后回来，有时候我去那里饮茶，想想原因一半是冲那几个字去的。陶陶居高四层，外观为红墙绿瓦、雕梁画栋的民族建筑形式，厅房宽敞明亮，陈设雅致，古色古香，是最典型的广州茶居了，经营了一百多年，广州西关一带的文人墨客、富商巨贾、社会名流都喜欢在这里聚会，长大以后知道，鲁迅、许广平、巴金以及粤剧界好多名伶等都曾是陶陶居的座上客，名气很大。

祖父和父亲都喜欢吃西餐，而离我们家最近的西餐馆是太平馆，在财厅前，很著名的西餐馆。这个西餐馆当时名气太大了，在香港的铜锣湾还开了分店，我去香港的时候和朋友一起在那吃饭，连装修都还有我小时候去广州总店时的氛围。广州太平馆餐厅现在是在北京路北端，靠近财政局，那里原来是国民政府的财政厅，因此叫做"财厅前"。这个西餐馆创建于 1885 年，是广州最早经营西餐的餐厅。我感觉纯粹的西餐并不是太好吃，经过广东人改良的西餐，好像香港的、澳门的西餐，往往比原来的更加精彩，太平馆就是这样一个改良西餐的发源地之一。这里的名牌西菜有八百多款，其中最著名的有"德国咸猪手"、"烧肥乳鸽"、"局蟹盖"、"烟鲍鱼"、"葡国鸡"等，祖父喜欢太平馆，常常带我去，这个经历，使得我到美国之后，饮食上基本没有什么需要转变习惯的阶段。不过在我记忆中，最记得的还是太平馆附设的美利权冰室，那里的冰淇淋好吃得不得了，红豆冰入口就融，而有一种叫做"红豆棉花"的，等于是刨冰红豆，简直无法形容地好吃，所以每次跟祖父去太平馆，我是醉翁之意不在酒的，总是急不可耐地等待大人们吃完，然后拖了老人家去美利权冰室，软硬兼施地要求外带一款冰淇淋。

太平馆新中国成立后依然存在，却变成国营的，开始的时候物是人非，后来连物也非了。但是这家餐馆由广州发展到香港，百余年来仍由同一家族经营，在香港照开不误。

纪念恩师

　　1977 年初，"文化大革命"终于结束，我在农村、工厂工作了十年之后，考入大学，继而跳级进入武汉大学研究生院，研究方向是美国现代史中的中美关系，到 1982 年春天，我的研究生论文已经完成，答辩通过。作为国内第一批研究美国问题的研究生，这三年学习很不容易，导师刘绪贻、吴于廑、韩德培先生，加上一些美国教授，比如威斯康辛大学教授、美国保守主义主要学者斯坦利·库特勒(Stanley Ira Kutler)这么一批美国一流的学者的指导，完全是用美国研究院培养的方式要求我们，巨大的文献阅读量、美国现代政治的专题讨论、经典著作的中英文双向翻译、专题项目研究和论文撰写，直到答辩的时候，依然非常严格，我们这个班四个人，毕业答辩的时候仅仅我和韩铁两人通过，另外两位没有通过的不授予学位。经过这些年的训练和教育，我的确掌握了做研究的方法，具有学术上的国际视野，外文能力也大大提高了。韩铁后来到威斯康辛大学跟随库特勒继续研究美国企业史、劳工史，我则改行去从事设计史的研究、教学，导致我改行的关键人物就是高永坚老师。而这一改行，也就使得我成为国内最早从事现代设计史研究的人了。

　　在当时，国内研究美国现代政治的人奇缺，而像我这样最早系统地涉及中美关系的人就更少，读研究生时期，我临近毕业，有不少工作可以选择，在美国研究所、社会科学院、中央涉外部门、各个重点的高等学校都有工作可以做，如果不是高永坚老师的出现，我这一辈子可能就在北京外事部门做美国问题研究去了。

广州美术学院前身是在武昌的中南美术专科学校，简称"中南美专"，和中南音专在一个院子里，我父亲王义平是音专的"极右"分子，和叶惠康这批"右派份子"一起送到湖北的周矶农场劳动改造，但是还保留了公职，也就是说还有一口饭吃。"美专"对"极右分子"采用"扫地出门"的手法，开除了几个专业好的骨干，其中留日回国的油画家王道源带了一群子女流离失所，据说后来死在农村，日裔夫人和子女后来的遭遇都很悲惨。"美专"的唯一一个西方艺术史论专家王益伦，满腹经纶、精通几国语言，也被开除，流落在武汉火柴厂做包装火柴盒的计件工，靠夫人戴朝阳老师在中学教音乐维持家庭生计，苦不堪言。

1982年胡耀邦给国内被迫害的知识分子恢复名誉，也恢复工作，因此，从1957年就在火柴厂劳动了25年的王益伦被请回广州美术学院重新做史论教授。1982年春天，他往来武汉和广州之间安顿家庭和工作。因为"音专"、"美专"原来都出自1946年广州的广东省立艺术专科学校，也出于新中国成立后的华南文艺学院，我父母和这批人是老朋友，因此即便王益伦身处囹圄，两家还是常打交道。王益伦在1957年藏书颇丰，这些新中国成立前留下来的书籍全是外文的美术理论、史论书籍，用牛皮纸包上书皮，整整齐齐，寄存在戴朝阳在武汉第六中学的宿舍狭小的空间里，估计这些藏书是国内私人手头最完整的一批艺术理论书了，也是我最早读艺术史论的资源。

4月的一天，我去汉口第六中学看望王益伦，他正在收拾自己的这批书要运回广州，我一边帮忙，他一边问我毕业打算。我说多半是去北京做美国问题研究有关的工作，或是去社会科学院美国研究所这种比较学术的单位，或者是去外交部美国司、中联部这种做实事的单位，最大的可能是去院校教书，当时武汉大学要留人，广州中山大学社会学专家端木正也希望组成中山大学的美国问题研究室，也希望我们去。他说："国内现在对什么是现代设计一无所知，是一个在研究、教学上基本为零的领域，虽然广州美术学院是一个很小的学院，也没有什么研究氛围，但是这个领域对经济发展的重要性，会是你一个可以发挥的机会。"

王益伦这番话给我很深刻的印象，因为我始终对于具有挑战性的工作有很大的兴趣，也希望能够把自己各方面的才能综合起来用，我曾经在一个"大集体"性质的"洪湖工艺美术厂"做过6年设计员，对传统绘画、传统家具、包装、营销都有比较丰富的经验，当过4年的农民，能够吃苦耐劳，不怕一无所有；我自学英语，并且在1977年恢复高考的时候进入了武汉师范学院汉口分院英国文学系攻读本科，语言上有自己的泛和外语学院的精；我在武汉大学研究生院3年的工作，对处理、研究历史大命题、大项目具有比较丰富的经验，况且中英文都很好，又有美国式的学术工作训练。我小时候就跟父亲去广州光孝寺的广东省立艺专、华南文艺学院，之后随校内迁武汉进入中南音专、中南美专，见证了整个广州美术学院、武汉音乐学院的演变历程，并且认识几乎所有的主要人物和他们的孩子，对学院有感情，而对设计的兴趣，则是我那六年在工艺美术厂里培养出来的。因此对他这个建议很感兴趣，第二天又从武昌到汉口见王益伦先生，他约我过一个星期去广州见见广州美院院长，落实这个问题。

我们家和杨秋人家相识多年，并且曾经在新中国成立前是同一条街的邻居，我们家是自己的房子，在连新路81号，我打电话给杨秋人的女儿、我叫做姐姐的杨白子问他们家住连新路几号，她说是113号，那是一栋比较大的洋楼，1946—1949年期间住过好几个大艺术家，包括杨秋人他们家，阳太阳一家，还有我舅舅周令钊、

150 Years of
German Design

德国设计
150年展

BAUHAUS

Ulm

恩师高永坚先生

周令豪几个一家。杨秋人、阳太阳在1953年全国院校大调整中全部去了武昌，进入了中南美专。杨白子是我姐姐，她是1939年出生的，广州1950年解放，她11岁。周令钊则在这个时期受徐悲鸿邀请，去了北平艺专，之后就是中央美术学院的教授了，他现在已经96岁了，也在103号住过，我因此再打电话到北京给舅舅周令钊，问他当时居住情况，他思路清楚，记忆力好，准确地告诉我：阳太阳家人口多，住一楼，他们住二楼的朝连新路的前面一个单元，杨秋人一家住后面一个单元，三楼是外人住的，并且告诉我：他们之所以住在那里，是我母亲周令章帮忙找到的。他说那个建筑非常好，即使按照现在的标准看，也是栋好洋房。周令钊是在1947年去了香港一家电影公司做设计，之后经长沙、武汉，去了上海的育才学校，再受徐悲鸿的聘请，去了北平艺专教书。在北京他画了开国大典的天安门毛主席像，参加设计了国徽，设计了团徽和少先队队徽，设计了二、三、四套人民币，设计了1966年前历届的国庆节游行美术设计，设计了国庆十周年邮票，画了大量精彩的插画，是中央美术学院目前还活着的最老的教授，依然每天不断画画。

和王益伦谈好见面时间的一周之后，我把武汉大学写完的毕业论文暂时放下，3月我抽了一个星期的时间，请了假坐火车到广州，住在我们自己家的连新路81号宅子里，那宅子多年来都租给广东省文化局的一个副局长、民主人士苏怡先生夫妇，他的女儿、话剧演员苏力生和跟父亲住。第二天早上去坐公共汽车去遥远的长岗东路的广州美术学院老校区，到的时候已经是中午11:00钟，王益伦立即带我见当时体弱多病的副院长杨秋人，杨院长住在小篮球场边上第一栋，最靠近行政大楼，他是中国现代艺术的重要开创者之一。

杨院长那时身体已经很弱了，在楼下的会客厅见我。杨秋人院长原来是很前卫的艺术家，抗战前在上海参与组织了前卫艺术团体

"决澜社"，新中国成立后几十年的行政工作把他身体熬坏了。他很和蔼，很简洁地跟我说："广州美术学院需要研究型的人才，工艺美术需要发展，才能适应国家经济发展的新形势。"还说我是名牌大学毕业的，来小美院有点委屈我了。我说我愿意做这种研究工作，在这种现在还没有人做研究的领域里探索。他说安排我午后见见高永坚副院长，高老师会给我讲我的工作性质的。

早在 20 世纪 30 年代，杨秋人已经在上海和一批人组成了中国最早的前卫艺术群体"决澜社"，他是和我父亲一样，在 1946 年最早在光孝寺组建广东省立艺专的元老，并且和我家人很熟，我和他的夫人钟雨、女儿杨白子都很熟，因此那次谈话没有任何客套，杨秋人说："国内的设计教育基本都还是图案教育，不符合经济、文化发展的需要，因此我们希望能够把你调入美院，工作就是做这方面的研究，我们是小学校，竞争不过大学，但是只要你有决心，我们会努力争取的。具体的事情你和高永坚副院长联系，他会给你讲清楚的。"说完这番话，他已经很累了，我就和王益伦先生告辞出来。杨秋人院长已经在家里打电话通知了高永坚，约定下午 2:00 在高永坚家里见面。

我见过杨秋人院长之后，在王益伦家吃午饭，等到 2 点，上楼拜访高永坚老师。他们住在广州美院老校区十字路口附近的靠角落的一栋教授楼里，王益伦住一楼，高永坚是二楼。高永坚已经在客厅等我们了。

高永坚是个身材高大、相貌堂堂，宽额、国字脸，稍稍有点秃顶，戴一副框架很宽的玳瑁眼镜，讲话清晰，很有气质的人，当时广州美术学院教授、领导中，少部分是革命干部，穿得很土；还有少数几个名家，当时已经去过香港或外国，作品有市场，就穿得洋气；而真正洋过的新中国成立前过来的老人家则都很谨慎，怕出风头，穿得很不显眼，像关山月、王益伦这批人，都是简单的四个口袋的干部服而已。高永坚比较特别，他穿粗格子的西装，戴顶巴黎帽，虽然都是旧衣物，却好像是量身订制一样合适。他拿个烟斗，和郑可一样，因为多年做陶瓷，手掌粗糙，他很热情地请我坐下，沏茶聊天。

这次见面，高永坚肯定地说了两件要我做的事情：第一，尽快弄清工业设计是什么，包豪斯是怎么回事；第二，通过撰写设计史的方式，首先让我们的老师了解现代设计的发展过程和现状，继而教育学生，尽快开设工业设计专业。在谈话中，他特别说到：包豪斯是现代设计的一个中心，一个起源，他在香港的时候听郑可先生说的，因此我务必要在不长的时间里把这个事情弄清楚，否则美院在设计方面的发展是没有方向的。这等于是给我下达的任务，我当时也很坚定地接受下来了。从现在的角度来想想，高永坚受到郑可设计思想的影响，对于学院的发展有高屋建瓴的远见：先从理论上了解世界设计的情况，再进行学科改造和建设。

那天下午谈了两个多小时，王益伦老师没有说什么，主要是高永坚老师在讲。高永坚老师那天的谈话包括几个很重要的内容：第一，中国设计极为落后，已经不仅仅是包装设计、平面设计落后，产品设计的落后、缺乏创新已经几十年了，到了不得不改的时候；第二，中国当时的美术教育，全是画家当道，不可能发展设计教育；第三，美术界、工艺美术界、史论界有一批极左的力量，纠合在一起，坚决反对设计改革，而这些理论和绘画、雕塑的造型理论融合在一起，堵塞了现代设计在中国发生的可能性；第四，他希望我能够来广州美术学院参加这场"圣战"，打开一条给现代设计发展的血路，最终推动广东的现代设计、广州美院的现代设计教育，形成一股自己的力量；第五，我们没有什么依靠，中央工艺美术学院和无锡轻工业学院有轻工部支持，中央美术学院有文化部支持，我们什么都没有，要靠自己努力；第六，1982年他已经完成了第一批人才的引进，他自己在1977年带的五个研究生这年毕业，全部在美院留校，其中包括应梦燕、梁海娇、张海文、陈钦等人。他在这

248

年一次性从中央工艺美术学院调入五个年轻人：林学明、陈向京、崔华峰、东美红、陈小清；而装潢教研室的尹定邦领导一批年轻老师在海珠广场举办卫生部的包装设计培训班，使用了石汉瑞、靳埭强1978年从香港带过来的三大构成的体系，开始了基础教学的改革探索。如果我来美院，工作就是成立一个工业设计研究室，用尽量短的时间先厘清现代设计发展的历程，撰写出设计史论的书，在理论上做好基础，同时给全系的师生进行现代设计的洗脑。

他的这番话的针对性很强，并且条理清晰，我几乎没有什么疑问。他当时还说，为了配合我的工作，立即成了广州美术学院"工业设计研究室"，他担任挂名主任，任命我担任副主任，办公室就在附中楼的三楼，配我一个能干的助手，是刚刚毕业的装潢专业本科学生阚宇。他告诉我肯定会有人攻击我的，说三道四的话会有的，无需介意，尽快做出成果，扩大影响，就一定能够成功。

那天高老师的话具有很大的蛊惑力，也具有强烈的说服力，我当时就决定放弃去北京外交部、中联部、社会科学院、美国问题研究室这些设想，当晚坐火车回武汉，即动手联系调动广州美院的事了。

在广州美术学院见了高永坚老师第一次之后，我对他的印象非常好，感觉在他领导下真的可以做一番事业，并且这番事业说不定会对中国产品、平面的设计水准有一个重要的促进作用。

其实我第一次见高永坚老师之前，就已经知道他了。我第一次听说不是通过王益伦，而是通过中央工艺美术学院产品设计的元老郑可老先生。早在1978、1979年，我在北京、武汉见到郑可先生（1906—1987年），他就说："广州美术学院有个高永坚，我在香港带过他，这个人得！好嘢！"郑可看人近于苛刻，他说行的人，八九不离十，基本都很准。

郑可是最早到西方学习设计的先辈。虽然中国去西方留学学艺术的学生，半个世纪只有二百多人，但是这些人中肯定会有人知道或者听说过包豪斯的。1920—30年代，中国都有留学生在欧洲学习艺术，那是包豪斯办得轰轰烈烈的时候。我曾经在魏玛包豪斯博物馆、柏林包豪斯档案馆查阅过学校的学生名册，其中没有中国学生的名字，日本学生倒是前后有三位。但是，在法国的艺术学校、比利时的艺术学校、英国的艺术学校查找中国留学生，则有不少，特别在法国的一些私人画室中学习的学生人数最多。这些人中，大概有一半的人后来回国了，包括徐悲鸿、颜文良、林风眠这一批留学欧洲的，也包括高剑父、高奇峰、陈之佛这些留学东洋的，还有李铁夫这些留学美国的，除了陈之佛在日本学习了工艺美术之外，其他的人都是画家，回国之后也集中力量办西式的美术学校，并没有听到他们提及包豪斯，更没有在教学上学习包豪斯的基础课程方法，或者在学院中建造木工、金工工作室的情况。也就是说，根据手头的资料，我们没有办法证明当时有人在国内正式介绍过包豪斯和现代设计的。

就我知道的情况，当年有两个中国青年去过包豪斯，一个是中央工艺美术学院奠基人庞薰琹，另一个就是郑可先生。郑可是广州美术学院当时副院长高永坚的老师，因此高永坚对包豪斯、对现代设计的信仰也很自然。这可以解释为什么我在1982年来广州美术学院工作前，高永坚老师跟我谈话的时候就特别强调我要弄清楚包豪斯的内容和来龙去脉。

郑可先生是广东新会人。1927年去法国留学，直到1934年，他留学巴黎的国立美术学院，也就是以前的"皇家美术学院"，后来他又在巴黎工艺美术学院学习，学习雕塑和工艺美术。回香港后，他又在1936年到法国参加世界博览会的设计。回国后在广东勤勤大学任教。勤勤大学是在1934年开设的，当时的广东省政府为纪念中国国民党元老古应芬，将广东工业专门学校及广州市立师范学校合并为广东省立勤勤大学，广东工业专门学校改为工学院，广州市立师范学校改为师范学院，增设商学院。1937年工学院并入中山大学工学院，1940年师范学院独立为广东省立文理学院，1945年商学院更名为广东省立法商学院。1951年，广东省立文理学院改造为华南师范学院(今华南师范大学)。郑可先生从巴黎第二次回国后，曾经在新加坡和香港办工厂。1951年应廖承志邀请回国，以后主要任教于中央工艺美术学院郑可工作室。

郑可先生个子很高大，他是骨骼架子大，但是非常清瘦，深度近视，脸上、手上的皱纹深得像沟壑一样。他的手很粗糙，整个手掌好像砂纸一样，但是非常有力，抓起东西的时候像把铁钳子。这个人走路很快，做事也很快，讲话从来是直来直去，有什么说什么，想什么说什么，没有韬晦之心，没有计谋。由于"反右"的冲击，他被送去边远的甘肃劳改，好多年了，也没有改变他的性格，反而更加刚强。我们叫他夫人"伯母"，他夫人笑着说，他才是"伯母"呢！在广东话里面，"百无"和"伯母"同音，揶揄他弄到一无所有，他也就是苦笑一下而已。我最近看到梁漱溟一张晚年的照片，那脸上的千沟万壑，就活脱脱是郑可的形象了。

我和郑可先生熟悉，不仅仅是工作关系，还因为家庭是世交。我和郑可先生有两层关系，第一层关系，是他在出国留学前曾经在广东工专读书，我的祖父王仁宇当时在那里教书，并且在抗战后担任了工学院的第一任院长。郑可从辈分上来说，是我祖父的学生，这层关系导致我父亲与郑可先生相熟。我父亲比郑先生小10岁，但很崇拜郑可的设计，对郑可也很尊重。郑可曾经赠送他几件自己设计的工艺品，我父亲一直珍藏，直到"文化大革命"期间丢失；第二层关系是我岳父这边也和郑可先生非常熟，岳父的四哥冯国治，是郑可在广东工专时候的同学，关系非常密切，在香港仍有很长的交往。因为这层原因，我岳父冯国栋也就拿郑可当大哥看，新中国成立后每次到北京一定登门拜访。这两层关系是我能够和郑可先生熟悉的原因，也因了这两层关系，郑可总是叫我"世侄"。加上我自从工作以来，就做现代设计史论的研究，他是中国现代设计的先驱者，自然高兴得很，老小之间，相当投缘。

郑可 1934 年从法国回香港，带了好几套小型机床，在香港就开设了工作室，做首饰、做装饰品、做浮雕、做纪念品、做陶艺，在他那里工作过的青年人不少，受他影响的人就更多了。曾经提过这段影响的人，我知道有两位，一位是画家黄永玉，他在《比我还老的老头》这本书里面有一篇用文言文方式写的纪念郑可的文章，很模糊的提到郑可在香港的工作，但是没有提及自己有没有在郑先生那里工作过，或者受过郑先生多大的影响；另外一位是曾经担任过广州美术学院院长的高永坚先生，他在香港的时候是在郑可先生工作室做过事的。高永坚老师没有对我详细讲过这段经历，但是我陪高永坚先生见郑可的时候，能感受得到他对郑先生毕恭毕敬的态度。

曾在香港理工学院任教设计理论的英国教员马端纳（Matthew Turner，现在在苏格兰的爱丁堡大学当教授），曾送给我一本由他编写、香港市政局出版的 1988 年香港博物馆《香港制造》展览的说明图录，里面刊有郑可先生在香港时为美国客户设计的煮食炉——一套将烘箱、两个电炉头，以及炉台下的锅瓢碗柜的组合工作台的照片，文中提到"已故雕塑家及设计师郑可先生先后在广州、法国里昂工业学院及德国国立建筑学院受训。1930 年代后期返回香港，约于 1950 年成立他的郑可设计室，除作美术工作室外，同时亦供设计各类工业产品之用，附设有制造塑胶及金属产品的设备。此外，郑氏亦在此开办设计课程，讲题包括勒·柯布西耶的设计理论、现代法国设计、包豪斯设计理论及 1937 年世界展览会的美国设计。由于郑氏博学多才兼且精通现代设计，故此后来受到合众五金厂有限公司的垂青，被委任为该厂的执行董事。郑氏于 1950 年间，为该公司创立了设计及机械部，使该厂成为当时附设有美术部的少数公司之一。在郑氏领导下的设计部，成功地设计出一系列新产品，例如台灯、火油炉、烘炉及暖炉等，而各项新产品的设计，都有浓厚的包豪斯风格，以圆柱体、球体及立方体为主。"遗憾的是，该书中其他几位香港设计先行者，如罗冠樵、范甲、张一民等人都有照片，而郑可先生却只有当年的一点作品了。

郑可曾经在和我父母聊天的时候谈到自己在香港的时候影响过的几个学徒，其中有黄永玉、高永坚，高永坚在我面前赞扬过几个人，一次是说"中央美术学院开始的时候有两个神童，一个是黄永玉，另一个就是你舅舅周令钊"，而另一次就是提到高永坚，他说："你好彩（运气好）！有高永坚做你的院长，这个人懂设计，又在香港跟过我，得！"他对高永坚的陶瓷工艺、对高永坚的眼界开阔和设计品位准确有很高的评价，我大约是在 1978 年就听他讲过高永坚。当时黄永玉在画坛已经如日中天，我无需去找了，而高永坚则一直很低调，在广州美院工艺经杨秋人院长提拔做到副院长，美院那批画家、雕塑家很多不买账呢！事后广州美术学院在设计方面的长足进步，方显出郑可对高永坚的评价是准确且有远见的。

第一次在高永坚老师家里说话的时候，他就曾经描述广州美院所处的位置不好，各界都在北京有势力，压得广美没有多少空间，造型基础、创作模式均是中央美术学院制定的苏派体系，工艺美术除了传统手工艺，现代设计完全没有发展的空间，并且全国消息闭塞，需要"杀出一条血路"来。

现代设计在中国的突破点是从三个城市开始的，一个是北京，依靠中央工艺美术学院为主要力量，加上轻工业部下面的全国工业设计协会、包装协会等全国性机构，属于中央的力量；第二是在无锡，因为轻工部直属的无锡轻工业学院有张福昌、吴静芳两位老师回国，加上系主任朱正文大力推动，现代设计的发展也很有势头；第三个点是广州，广州美院条件其实不算好，因为无论中央工艺美院还是无锡轻院都有中央的支持，早早就派人出国，而我们什么都没有，别说去外国，连去香港都困难。

国内资讯缺乏是一个大问题。我曾经在 1980 年代初期，全面查阅过国内出版的所有的有关艺术教育、基础教育、美术史、工艺美术史方面的出版物，"包豪斯"、"工业设计"这个名称竟从来没有出现过。即便留学苏联的人也都不知道，因为苏联不但封锁包豪斯的情况，并且连他们自己在 1920 年代建立的、在现代设计教育改革中具有和包豪斯同样重要地位的学校"佛库特玛斯"也完全屏蔽掉了，苏联连构成主义运动都闭口不提，留学苏联的人自然没有可能了解到战前德国这所规模不大的学校的情况，更加无从知道这个学院对世界设计教育的影响了。

高永坚把我调入广州美术学院的工艺美术系，毕业来广州美术学院不容易，因为当时武汉大学研究院已经有安排工作的计划，千方百计地把档案调到广东省高教局，好像是立刻分配到中山大学，因为当时端木正教授也准备在中大成立美国研究所。通过一番周折，我到农林路高教局跑了不知多少次，广州美术学院人事处的张碧如老师也帮我联系，终于在 1982 年 9 月份拿到通知书，到广州美术学院报到。那个月，高永坚一口气从外校调入了六个毕业生：除我之外，还有中央工业设计学院毕业的林学明、陈向京、崔华峰、东美红和陈小清。高永坚老师自己在"文革"后招收的第一批设计方面的研究生也留校，分别是陈钦、张海文、梁海娇（后来调到师范系）、应梦燕，还有原来留校的几个年轻老师，加上美院装潢专业原来几个老师：尹定邦、刘露薇、刘达銮，整个系当时一共十几个中青年人。高永坚当时是副院长，对设计发展极为支持。当时还是叫做工艺美术系，和国油版雕比较起来，虽然是小系，但是老师们都对改革很热情，包括书记李立基、漆画专家蔡克振、陶瓷专家谭畅、染织专家金景山等，一副要做大事的阵势！为了让我开展工作，还成立了"工业设计研究室"，高永坚挂名做主任，我是副主任，调入阚宇做我的助手。我进入美院之后，立即在工艺美术系大楼隔壁的附中楼三楼挂牌工业设计研究室，简单装修，高永坚老师调拨经费给我装了电话（当时是处级以上才能有电话的），并且提供了一台崭新的东芝复印机。工作一下就开展起来了。

1982 年 10 月，我开始对全国设计改革的情况做了一次调研。当时有几个人已被公派出国学设计，其中有中央工艺美院的柳冠中，在斯图加特设计学院学工业产品设计；无锡轻工业学院的张福昌在筑波大学、吴静芳在千叶大学学习设计，集中于包装方面。广州美术学院暂时无人留学，但是因为地缘关系，已经有香港设计师团体来这里讲过设计。其中比较重要的应该是 1977 年、1978 年的一个比较大的设计师代表团，其中有石汉瑞、靳埭强这些人，他们讲述了现代设计的一些基本的概念，放了幻灯片，并且还带来了几本相关的著作。尹定邦老师、应梦燕老师都很仔细地阅读，并且整理出平面构成、色彩构成、立体构成这样三组基础课的内容来了，在广州美术学院当时承办的卫生部包装设计培训班上试讲，效果很好。

高永坚老师是非常清楚这个情况的，他一方面支持我立即出差去北京、上海查资料，但是同时告诉我：未必找得到有用的资料，我们恐怕还是要把收集资料的眼光集中在香港方面，比较现实。他的这个提议是非常正确的。香港早在 1962 年就有石汉瑞（Henry Steiner）成立了第一家设计事务所，70 年代有靳埭强这一批人形成主流，到我们开始研究的 1980 年代，香港设计师协会已经成立，会员超过四百人，并且有理工学院的太古设计学院为核心的教育体系、大一设计学校、正形设计学校、李惠利职业学校、浸会大学和中文大学都有艺术专业，已经粗具规模，比北方的两所学院去欧洲、日本，香港贵在近和通，何况高永坚先生还有个人和香港的关系。

广州的真正有利条件之一，就是离香港近，我们充分利用这个优势，来补充自己的不足。1983 年，广美设法邀请了香港理工学院（当时还不是大学）设计理论教授马修·透纳（Mathew Turner）来美院讲课，这个人是真正学现代设计史的，对现代设计的发展、对包豪斯非常了解。通过他我们又请了香港理工的设计学院院长、英国皇家工业设计协会负责人之一的迈克·法尔（Michael Farr）来讲课。1984年他们又邀请我去讲课，通过香港设计师协会（那时候的主席是靳埭强先生），我认识了德国文化部机构"哥特学院"的香港负责人斯塔特勒。由德国政府文化部出资，香港哥特学院出面，在广州美术学院举办了"德国设计150年"展，这是第一次系统地展示现代设计，也是包豪斯在国内首次正式亮相。所有展品都是从德国用集装箱运来的，对广州美术学院的师生来说，那是一次巨大的盛会。

高永坚老师是在新中国成立初期被港英当局驱逐出境的，因此他身上有对英国人的很复杂的情绪，我第一次感觉到这种矛盾情绪是1983年迈克·法尔来广州访问的时候。对于香港理工学院的太古设计学院院长来访，高永坚先生很兴奋，因为他知道这种交流会对广州美术学院的设计教学带来全面的推动，但是对于一个身份是英国工业设计协会副主席、拥有英国贵族头衔的人来说，高永坚同时有对英国官方的不快。法尔在广州美术学院的访问是我全程做翻译，基本是顺利的。第三天傍晚，按照原来约好的时间，我陪高永坚老师坐美院的车去解放北路的迎宾馆去见法尔和透纳，高老师上车之后就不太说话，好像有点不高兴，我们到了迎宾馆早了一点，法尔在房间里有点事，没有立即出来见我们，对我来说这是正常的，而高永坚老师的脸色不太好看，我尽量打圆场，后来话说开来就没有什么了。

1980年代初期，从内地去香港比出国还难。1984年，理工学院设计学院院长迈克·法尔代表他们学院正式邀请我去香港理工学院的太古设计学院讲学，同时也邀请了高永坚、尹定邦老师访问，整个行程是我和透纳联系安排的。手续就办了半年，直到秋季才成行。收到通知和通行证之后，我们收拾了一点点衣物，就从广州北站坐车去深圳了。一路上检查通行证，特别在樟木头检查得特别严，到了罗湖，看见深圳的罗湖区已经初显城市的面貌了。通过罗湖口岸过关，我陪高永坚老师过罗湖桥。

那是一段不长的铁桥，却是把香港和内地分开的界桥，走到桥中央的时候，前面有穿短卡机裤的英国军人面对我们，后面是手持AK47冲锋枪的中国军人在目送我们。高永坚站住对我讲道："1950年，英国佬把我押解到这个位置，一个军士长拿出一份英文的文件，宣读：香港英国当局宣布你，高永坚是不受欢迎的人，从此驱逐出境，终身不得入境。"然后叫他走向解放军那边去。讲的时候我看他眼眶有泪水，可能是伤感，更可能是自豪。我没有插嘴，他站在那里看着污浊的深圳河水，半天才回过神来，继续和我一起向香港一边。

在香港理工学院我参观、讲学活动都进行得非常顺利，在香港的住宿是我联系的，因为我们出国的经费有限，我找了一个在深圳进出口贸易公司在香港的公司"深业"集团的朋友帮忙，住在九龙塘深业公司的招待所，都是国内的干部，比较单纯。高永坚作为党、政干部，反复强调我们不得独自外出，但是我也看得出他自己也希望看看阔别了三十年的香港的变化。

我在理工学院讲学，用的语言有时是英语，有时候是广东白话，很受欢迎。高永坚和尹定邦则在学院参观教学和设施，收获也很大，后来几天，我在理工越来越忙，他们两个就到香港看看，之后也就有老朋友请他们了。

香港之行一方面坚定了我们从事设计教育改革的决心，知道自己的差距，更重要的是知道我们现在做的改革是正确的。第二是认识了许多设计界、文化界的人物，那个月香港设计师会在雪厂街国际记者会举办，那一届主席是靳埭强先生，晚上我们去的时候有约400人，都是设计师，一晚上基本认识了香港设计界当年几乎所有的精英，并且和石汉瑞相谈甚欢；我还受外国文化人的社团邀请，出席了一系列文化聚会，认识了德国哥特学院香港的院长斯泰德勒，在那一次商谈把德国组织的一个叫做德国设计150年的巡回展览安排在广州美术学院举办，在浅水湾斯泰德勒家里谈细节的时候，我们以为 1985 年或 1986 年就可以举办，结果真正开幕是在 1989 年了，那时候我已经在美国深造了，展览筹划工作是当时广州美院的尹定邦老师他们安排的。

1982 年我进入广州美术学院做工业设计的研究，一年之后完成了《世界现代工业设计史略》这本书，高永坚看了之后，吩咐油印出版，做到学校老师人手一本，并且要联系讲课，让大家了解什么是现代设计。这步工作进展很快，之后他建议我去全国讲学，促进国内设计界对现代设计的认识。尹定邦老师也非常支持，将我推荐在大连举办的全国包装装潢大会上讲话，那一次登台，是我第一次在设计界大声提出了设计理论必须改革的呼声，设计界积极响应，我的知名度也忽然变成全国性的了。整件工作的幕后指导应该都是高永坚老师。

在高永坚老师的指导下，我在 1982—1986 年通过在全国讲学、在大学里组织培训班、出版自己撰写的设计史、大量发表论文这四个途径来宣传现代设计和包豪斯。我的目的，是希望在国内树立现代设计的基本概念，改善工艺美术教育体制，提倡以发展现代工业产品设计为主旨的现代设计和保持传统为主旨的工艺美术并存的方式，同时开始着手在课程设置上进行改革。依我的体会，高调地宣传包豪斯，在当时是一种具有很高感染性的方式，原因是包豪斯有斐然的成绩，其产生了影响整个国际的设计教育，学生中的名家特别多，并且在建筑上奠定了国际主义风格的基础。在外讲课的时候，以包豪斯为例子讲，听众的反应非常热烈。在 80 年代，学生听到包豪斯的改革，都热血沸腾，现在看看，那时候的做法多少有点泛设计，甚至有些政治宣传的味道，却起到了意想不到的效果。短短四年内，全国主要院校、设计单位基本都受到这股我参与的现代设计宣传活动的影响，为日后中国现代设计高速发展打开了一些传统理念上的缺口。

引入这一思潮后，当时学界反应相当复杂，老师中仍然存在不同意见，支持者主要是学生。郑可知道我做的这个事情，是第一个说"太好了"的老前辈。后来在中央工艺美术学院，很多系都请我讲课，没有限制，可以畅所欲言地讲现代设计、讲包豪斯。常沙娜、张仃、潘昌侯、柳冠中、杨永善、王明旨、陈若菊这些老师都非常支持，但也有些老师表示担心现代设计的发展会给传统工艺带来的负面冲击。从国内现在的情况来看，这个担心并不多余。工业界的反应则是全面支持，我当时给很多行业讲现代设计，比如陶瓷、五金、塑料、建材等。广东企业很实在，知道有发展的理论，肯定是支持的。政界的反应也很积极，只是希望不要扯到意识形态上。1980年代初期，曾有过"反对精神污染"的运动，我在外地讲西方设计，有人写信告密，说我在讲话中反党的这封告密信是从甘肃寄出的，寄到中国美术家协会主席华君武手上，华君武没有说什么，就转到广州美院党委，当时的美院领导、特别是高永坚老师并没有责怪我，他只是找我说说，出外讲话要小心！我并没有因此而招到什么麻烦，这也是高永坚老师对我的保护。这样，前后大概用了六七个月的时间，我把现代设计从1850年到1980年之间发展的历程基本弄清楚了。在系里面讲课，反响很不错，高永坚老师很肯定。尹定邦、刘露薇、李立基、蔡克振这些老师也都非常支持。潘鹤、梁明诚这批雕塑系的老师非常支持，而油画系的杨尧、司徒绵、李正天老师，附中的沈军老师更热情，讲包豪斯在当时好像成了改革派的同义词一样了。

1983年，高永坚找我商量要培养研究生，作为下一个梯队的接班人，但是他是教授，有带研究生的资格，可以招收几个，我刚刚进校，仅仅是讲师，自己不能够独立带研究生。他提出一个做法：即用他的名义、我负责招收和指导。1983年，按照这个指示我们推出了高永坚老师的陶瓷专业招生计划，有几个人报名，其中北京有几个，高永坚老师找我，说我必须亲自去一次北京的中央工艺美术学院，了解这几个本科生的背景和为人。根据他的要求，我当即坐飞机去北京，看了报考研究生的学生背景，其中陶瓷系的童慧明考试结果不错，英语好像也上线，当时考美术学院的学生英语普遍很差，我调看了他的卷子，比较有条理性。之后我和陶瓷系的系主任陈若菊教授（是周令钊先生的夫人，我的舅母）、副主任杨永善老师就是否招童慧明谈了两次，他们有些不同的意见，我立即打电话给高永坚老师，高老师说每个人都有缺点，不要怕，按照他、尹定邦、我的能力，是可以约束这些缺点，发挥长处。电话中我们确定了招收他入学。这是第一个以陶瓷专业招收进来而学习工业设计的硕士研究生，主要是我和高永坚老师指导。童慧明是山东淄博人，做事很认真，对工业设计也有热情，但是对他的工作、为人我们是完全不了解的。

按照这个模式，我们第二年招收六个，因为当时学院还有自己出题的自主权，因此基本都是定向招的，工业设计招收了刘杰、王习之、景观设计蒋汉、插画刘慧汉，好像还有服装的贾芸和准备研究人机工学的冯树，也是我主要负责指导，然后分到具体老师做专业指导。这时候上课的人多了，有时候我领他们去晓港公园，在竹林下讲课，这群同学都很出色。

第三届研究生的时候，高永坚老师已经是正院长了，忙得很，因此带研究生的事情就让我负责，那一届是第一届要考全国研究生标准的英语，好多想考的人都因为英语不过关上不来。那一届招收了四个：吴伟光、全森，还有后来做装置、当代艺术的徐坦等人。那时候我们也和华南理工学院建筑学院交流，每年送两个学生去学建筑学，我则每个星期二去华工给他们建筑学的研究生上世界现代艺术史、设计史，这种交流有好几年时间。

这批研究生现在大部分是广州美术学院教师的中坚力量了，童慧明担任过广州美院工业设计学院的院长，吴伟光担任过美院副院长，这支队伍的形成，和高永坚老师的高瞻远瞩是分不开的。

中国陶瓷最高境界是各朝官窑作品,而登峰造极的是南宋官窑,高永坚老师日理万机,促进设计教学和制度改革,同时也在工艺美术系建立了自己的陶瓷实验室,叫做"晓港窑",各代名瓷都尝试烧造,并且摸索在现代条件下做出古代陶瓷的品位来。高永坚不断尝试,其中对南宋官窑的研究特别突出。

我曾经和高永坚老师谈过南宋官窑考古不确定,他怎么考虑试验的布局,他几次带我去晓港窑的工作室,拿一些他收集的南宋官窑残片给我解释。他说首先有历史记载,明初曹昭的《格古要论》中有官窑瓷器描述:"官窑瓷宋修内司烧者土脉细润,色青带粉红,浓淡不一,有蟹爪纹,紫口铁足。"明人高濂在《遵生安笺》也说明了杭州官窑青瓷的特征是"色取粉青为上,淡白次之,油灰色之下也;纹取冰裂鳝血为上,梅花片墨纹次之,细碎纹之下也。"高永坚在杭州乌龟山郊坛官窑窑址中发现的瓷片与窑具中,摸索官窑器型、釉色特点,器型多见盘、碗、碟等,还有仿古器皿,受北宋徽宗提倡仿古复古的影响。

南宋官窑瓷的釉色主要是粉青色,极浅的蓝绿色,也有以灰色绿色、黄绿色色调为主的。具在质感上追求璞玉的效果。南宋官窑瓷的胎土有黑褐色、灰褐色、灰色及红褐色等,但以黑褐色占大多数,所谓"紫口铁足"是由于黑胎上釉后,口部及凸棱部位釉向下流,因而造成口棱部釉薄,而显现了胎色,这就是"紫口"。至于"铁足"则是指圈足部份的黑铁色了,南宋官窑的釉极厚,故便有"厚釉薄胎"之说。南宋官窑瓷多有纹片,有大小开片,亦称文武片。纹片有疏有密,有深有浅,以冰裂纹等大纹层为主,所谓"冰裂纹"者,如同冰糖、云母一般,层层而下,多角形的开片,显白色的纹路,由于机会不多,较为特殊。釉面出现的纹片原是一种缺陷,它由于制作过程中工艺处理不当,胎釉膨胀系数相差过大,使釉面发生裂纹,但我们的祖先巧妙地利用这种缺陷美,作为装饰瓷釉的特殊手段,使这种釉面纹路通过工艺的调整,控制裂纹的大小和疏密，形成纹片碎路，纵横交错，极不规则又在规则之中。经过人工染色，从而达到所谓"金丝铁线"的艺术效果。南宋官窑瓷的造型、品种很多，以陈设用瓷为主，有文房用具，也有日用器皿及装饰瓷，如尊、壶、琮、炉、瓶、碗、碟、洗，样样都有。器型多仿自周、汉古制，造型严谨肃穆，古风朴朴，又配以"紫口铁足"更显得风韵别致、古色古香。官窑瓷器以小型器为多见，体积不大，它所表现的气度，却仍不可漠视。

高永坚老师只要不在办公室，就在晓港窑里忙，一窑一窑地烧造，不断地调整釉色和温度，最后烧出了极为精美的南宋官窑青金丝纹片瓷、仿官窑灰青釉、月白釉，在装饰手段上他做到了可以乱真的刻、画、浮雕、堆塑与釉色结合的工艺水平，他制作的仿南宋官窑菊瓣碗、贯耳瓶、果盘、葵口碗都是精品中的精品。很多年后，我见到中央工艺美院的杨永善教授，他叹了口气说："国内在南宋官窑烧造的高度上只有高永坚一个人，基本是空前绝后的人了。"

高永坚在制作南宋官窑瓷，他叫做"晓港窑"瓷，1993年访问美国的时候曾经送我两件，一盘一碗，细看，那"金丝铁线"（大纹为"铁线"，显蓝，大纹中套的小纹为"金丝"，大纹小纹合称为"面圾破"，密而不疏，曲而不直）、"紫口铁足"（瓷胎满釉器"紫品"，铁足是胎质本身的无釉颜色）仿若古典原件。现在仿古的铁足是人为施加的一种黑色釉，而高永坚烧造的瓷器铁足是《七修类稿续编》中记载的"其足皆铁色"。高永坚老师送我的两件作品，还在器底签了名，实在珍贵。

晓港窑的最大问题，是高永坚老师当时没有想到接班人的安排，晓港窑有两个师傅，只管烧制技术问题，不做创作，而高永坚老师仅仅是找自己的研究生张海文帮帮忙，他是唯一跟着学了高永坚老师皮毛的人了，高永坚老师突然故世，整个工艺就落在张海文一个人手上，所做的南宋官窑仿制品，和高永坚老师的作品相比，天壤之别。广州美术学院没有任何计划发展、保护高永坚老师的这套探索成功的系统，留下的是全国同行的悲哀与遗憾。

说到高永坚老师，我认为是广州美术学院幸运！建校这么多年来，就在最需要的时候得了一个做设计的院长！全中国的艺术学院，院长永远是画家和雕塑家担任的，就高永坚这一任院长是设计出身的，美院就彻底发生了改变。高永坚老师只做了三年正院长，天翻地覆。

秦淮旧忆

几年前，我在南京参与过一个涉及江宁区规划的项目论证，到南京住了几天。最初几天在江宁，离城区比较远，后来几天住到南京城里面了。晚上和几个朋友走路到夫子庙和秦淮河，那里已经彻底改造成一个旅游区了，建筑一律新建、白墙黛瓦，少了秦淮风月的杂乱无章的柔情，多了几份旅游产业的霸气，并不那么吸引人了。可能有人想，你就是想风月，那是色情场所！现在改造了！事实上，我对秦淮河、对乌衣巷的怀念，恐怕跟这个关系不大，更多是寄寓在文学形式中的一种氛围，一种情绪而已。

那天，我从朦胧月色笼罩着的乌衣巷走出来，走到秦淮河边，看见画舫点点，人声喧哗。我在那里走着，想起两篇看过没有多久的文章，其中一本书，是最近偶然在香港书店中看见有史景迁（Jonathan D. Spence）的晚近之作《*Return to Dragon Mountain: Memories of a Late Ming Man*》，这本书的中译本叫做《前朝梦忆：张岱的浮华与苍凉》（温洽溢译，台北：时报文化出版，2009 年 2 月），中译本是我在 2009 年春季才买到的，但是英文版我早两年看到。书里面的描写，实在给我很多明朝南京的新印象。谈到张岱在秦淮河的温柔中周旋，史景迁在书中说："张岱的居处前有广场，

金陵古事

王爱之 · 2015 · 7 · 2 · LA

入夜月出之后，灯笼也亮起，令他深觉住在此处真'无虚日'，'便寓、便交际、便淫冶。'身处如是繁华世界，实在不值得把花费挂在心上。张岱饱览美景，纵情弦歌，画船往来如织，周折于南京城内，箫鼓之音悠扬远传。露台精雕细琢，若是浴罢则坐在竹帘纱幔之后，身上散发出茉莉的香气，盈溢夏日风中。"

南京夫子庙，对面有条秦淮河，旁边是乌衣巷，历来都是市井百姓吃喝玩乐的地方，古往今来三教九流各色人等都喜欢的地方。张岱《陶庵梦忆》，卷四中有《秦淮河房》一则，绘当时盛况和现在差不多："秦淮河房，便寓、便交际、便淫冶，房值甚贵而寓之者无虚日。画船箫鼓，去去来来，周折其间。河房之外，家有露台，朱栏绮疏，竹帘纱幔。夏月浴罢，露台杂坐，两岸水楼中，茉莉风起动儿女香甚。女客团扇轻纨，缓鬓倾髻，软媚著人。年年端午，京城仕女填溢，竞看灯船。好事者集小篷船百什艇，篷上挂羊角灯如联珠。船首尾相衔，有连至十余艇者。船如烛龙火蜃，屈曲连蜷，蟠委旋折，水火激射。舟中镟钹星铙，谟歌弦管，腾腾如沸。仕女凭栏轰笑，声光凌乱，耳目不能自主。午夜，曲倦灯残，星星自散。钟伯敬有《秦淮河灯船赋》，备极形致。"

这段张岱的文字点画出了秦淮河上的两大景观，一是河边的房，一是河中的船，而这两件东西的美，要在春夏季节的夜生活里才能显露出来。张岱的角度是从房中看船，这是以静观动，虽然过去几百年了，到我在那个寒冷的晚上，去秦淮河、夫子庙一家小小的饭馆喝老鸭汤的时候，看见冬天近乎凝固的水面上划过的画舫的时候，还是可以想象出张岱当时看到的艳丽情景。

不过，秦淮河的热闹，再如何绚丽，也都有层薄薄的金粉褪尽的悲剧色彩，这是南京的感觉：辉煌中的忧伤，大青绿中的寂寞，记得《桃花扇》中唱道："中兴朝市繁华续，遗孽儿孙气焰张，只劝楼台追后主，不愁弓矢下残唐。"往昔的繁华竞逐，又成了悲恨相续，这样唱出了："眼看他起朱楼，眼看他宴宾客，眼看他楼塌了"，起承转合，秦淮河是个见证不用说，还是个变化的主体了。

那天晚上我在夫子庙吃过饭，穿过乌衣巷回去，看见一轮斜月挂在屋檐边的残柳树梢上，同去的中央美术学院张宝玮老师有点感伤地背诵起刘禹锡那首诗来："朱雀桥边野草花，乌衣巷口夕阳斜。旧时王谢堂前燕，飞入寻常百姓家。"乌衣巷的沧桑变化在诗中透露出刘禹锡的淡淡哀愁。在南京的感叹特别多，这个城市曾经辉煌，又曾经沦丧，几起几落，大凡这样的城市，总有一种肃然的悲剧色彩。

突然我想起旧事一件：1923 年 8 月，朱自清与俞平伯同游秦淮河，后以《桨声灯影里的秦淮河》为题各撰文一篇，当然不仅有其亲见实景描写，还有自身由景带出的思想内涵。佩弦见了歌妓，出于传统道德观念而羞之于此，俞平伯激进些，以"爱一切女人"为基调大胆反驳程朱理学，这当然极有意义，但就景物描写的功底来看，朱自清就更胜一筹了。张岱是从河房里面看画舫，因此是以静观动，而朱自清、俞平伯两位则是坐在画舫里，去看河房，是以动观静，这两篇文章我都看过，如果讲景色描述，朱自清细腻，而俞平伯情绪，各有佳妙，但是我总觉得都有些悲伤的色彩在内。

看看朱自清怎么说这次夜游的：

　　淮河里的船，比北京万牲园，颐和园的船好，比西湖的船好，比扬州瘦西湖的船也好。这几处的船不是觉着笨，就是觉着简陋、局促；都不能引起乘客们的情韵，如秦淮河的船一样。秦淮河的船约略可分为两种：一是大船；一是小船，就是所谓"七板子"。大船舱口阔大，可容二三十人。里面陈设着字画和光洁的红木家具，桌上一律嵌着冰凉的大理石面。窗格雕镂颇细，使人起柔腻之感。窗格里映着红色蓝色的玻璃；玻璃上有精致的花纹，也颇悦人目。"七板子"规模虽不及大船，但那淡蓝色的栏干，空敞的舱，也足系人情思。而最出色处却在它的舱前。舱前是甲板上的一部，上面有弧形的顶，两边用疏疏的栏干支着。里面通常放着两张藤的躺椅。躺下，可以谈天，可以望远，可以顾盼两岸的河房。大船上也有这个，便在小船上更觉清隽罢了。舱前的顶下，一律悬着灯彩；灯的多少，明暗，彩苏的精粗，艳晦，是不一的。但好歹总还你一个灯彩。这灯彩实在是最能钩人的东西。夜幕垂垂地下来时，大小船上都点起灯火。从两重玻璃里映出那辐射着的黄黄的散光，反晕出一片朦胧的烟霭；透过这烟霭，在黯黯的水波里，又逗起缕缕的明漪。在这薄霭和微漪里，听着那悠然的间歇的桨声，谁能不被引入他的美梦去呢？只愁梦太多了，这些大小船儿如何载得起呀？我们这时模模糊糊的谈着明末的秦淮河的艳迹，如《桃花扇》及《板桥杂记》里所载的。我们真神往了。我们仿佛亲见那时华灯映水，画舫凌波的光景了。于是我们的船便成了历史的重载了。我们终于恍然秦淮河的船所以雅丽过于他处，而又有奇异的吸引力的，实在是许多历史的影象使然了。

　　秦淮河的水是碧阴阴的；看起来厚而不腻，或者是六朝金粉所凝么？我们初上船的时候，天色还未断黑，那漾漾的柔波是这样的恬静，委婉，使我们一面有水阔天空之想，一面又憧憬着纸醉金迷之境了。等到灯火明时，阴阴的变为沉沉了：黯淡的水光，像梦一般；那偶然闪烁着的光芒，就是梦的眼睛了。我们坐在舱前，因了那隆起的顶棚，仿佛总是昂着首向前走着似的；于是飘飘然如御风而行的我们，看着那些自在的湾泊着的船，船里走马灯般的人物，便像是下界一般，迢迢的远了，又像在雾里看花，尽朦朦胧胧的。这时我们已过了利涉桥，望见东关头了。沿路听见断续的歌声：有从沿河的妓楼飘来的，有从河上船里度来的。我们明知那些歌声，只是些因袭的言词，从生涩的歌喉里机械的发出来的；但它们经了夏夜的微风的吹漾和水波的摇拂，袅娜着到我们耳边的时候，已经不单是她们的歌声，而混着微风和河水的密语了。于是我们不得不被牵惹着，震撼着，相与浮沉于这歌声里了。从东关头转湾，不久就到大中桥。大中桥共有三个桥拱，都很阔大，俨然是三座门儿；使我们觉得我们的船和船里的我们，在桥下过去时，真是太无颜色了。桥砖是深褐色，表明它的历史的长久；但都完好无缺，令人太息于古昔工程的坚美。桥上两旁都是木壁的房子，中间应该有街路？这些房子都破旧了，多年烟熏的迹，遮没了当年的美丽。我想象秦淮河的极盛时，在这样宏阔的桥上，特地盖了房子，必然是髹漆得富富丽丽的；晚间必然是灯火通明的。现在却只剩下一片黑沉沉！但是桥上造着房子，毕竟使我们多少可以想见往日的繁华；这也慰情聊胜无了。过了大中桥，便到了灯月交辉，笙歌彻夜的秦淮河；这才是秦淮河的真面目哩。

……南京的日光，大概没有杭州猛烈；西湖的夏夜老是热蓬蓬的，水像沸着一般，秦淮河的水却尽是这样冷冷地绿着。任你人影的憧憧，歌声的扰扰，总像隔着一层薄薄的绿纱面幂似的；它尽是这样静静的，冷冷的绿着。我们出了大中桥，走不上半里路，船夫便将船划到一旁，停了桨由它宕着。他以为那里正是繁华的极点，再过去就是荒凉了；所以让我们多多赏鉴一会儿。他自己却静静的蹲着。他是看惯这光景的了，大约只是一个无可无不可。这无可无不可，无论是升的沉的，总之，都比我们高了。

那时河里闹热极了；船大半泊着，小半在水上穿梭似的来往。停泊着的都在近市的那一边，我们的船自然也夹在其中。因为这边略略的挤，便觉得那边十分的疏了。在每一只船从那边过去时，我们能画出它的轻轻的影和曲曲的波，在我们的心上；这显着是空，且显着是静了。那时处处都是歌声和凄厉的胡琴声，圆润的喉咙，确乎是很少的。但那生涩的，尖脆的调子能使人有少年的，粗率不拘的感觉，也正可快我们的意。况且多少隔开些儿听着，因为想象与渴慕的做美，总觉更有滋味；而竞发的喧嚣，抑扬的不齐，远近的杂沓，和乐器的嘈嘈切切，合成另一意味的谐音，也使我们无所适从，如随着大风而走。这实在因为我们的心枯涩久了，变为脆弱；故偶然润泽一下，便疯狂似的不能自主。但秦淮河确也腻人。即如船里的人面，无论是和我们一堆儿泊着的，无论是从我们眼前过去的，总是模模糊糊的，甚至渺渺茫茫的；任你张圆了眼睛，揩净了眦垢，也是枉然。这真够人想呢。在我们停泊的地方，灯光原是纷然的；不过这些灯光都是黄而有晕的。黄已经不能明了，再加上了晕，便更不成了。灯愈多，晕就愈甚；在繁星般的黄的交错里，秦淮河仿佛笼上了一团光雾。光芒与雾气腾腾的晕着，什么都只剩了轮廓了；所以人面的详细的曲线，便消失于我们的眼底了。但灯光究竟夺不了那边的月色；灯光是浑的，月色是清的，在浑沌的灯光里，渗入了一派清辉，却真是奇迹！那晚月儿已瘦削了两三分。她晚妆才罢，盈盈的上了柳梢头。天是蓝得可爱，仿佛一汪水似的；月儿便更出落得精神了。……远处——快到天际线了，才有一两片白云，亮得现出异彩，像美丽的贝壳一般。白云下便是黑黑的一带轮廓；是一条随意画的不规则的曲线。这一段光景，和河中的风味大异了。但灯与月竟能并存着，交融着，使月成了缠绵的月，灯射着渺渺的灵辉；这正是天之所以厚秦淮河，也正是天之所以厚我们了。

这是多么富有色彩的一个秦淮之夜啊！俞平伯则更加情绪化了，我们看看他写的这次夜游：

小的灯舫初次在河中荡漾；于我，情景是颇朦胧，滋味是怪羞涩的。我要错认它作七里的山塘；可是，河房里明窗洞启，映着玲珑入画的曲栏干，顿然省得身在何处了。佩弦呢，他已是重来，很应当消释一些迷惘的。但看他太频繁地摇着我的黑纸扇，胖子是这个样怯热的吗？

又早是夕阳西下，河上妆成一抹胭脂的薄媚。是被青溪的姊妹们所薰染的吗？还是匀得她们脸上的残脂呢？寂寂的河水，随双桨打它，终是没言语。密匝匝的绮恨逐老去的年华，已都如蜜饧似的融在流波的心窝里，连呜咽也将嫌它多事，更哪里论到哀嘶。心头，宛转的凄怀；口内，徘徊的低唱；留在夜夜的秦淮河上。

在利涉桥边买了一匣烟，荡过东关头，渐荡出大中桥了。船儿悄悄地穿出连环着的三个壮阔的涵洞，青溪夏夜的韶华已如巨幅的画豁然而抖落。哦！凄厉而繁的弦索，颤岔而涩的歌喉，杂着吓哈的笑语声，劈拍的竹牌响，更能把诸楼船上的华灯彩绘，显出火样的鲜明，火样的温煦了。小船儿载着我们，在大船缝里挤着，挨着，抹着走。它忘了自己也是今宵河上的一星灯火。

既踏进所谓"六朝金粉气"的销金锅，谁不笑笑呢！今天的一晚，且默了滔滔的言说，且舒了恻恻的情怀，暂且学着，姑且学着我们平时认为在醉里梦里的他们的憨痴笑语。看！初上的灯儿们一点点掠剪柔腻的波心，梭织地往来，把河水都皱得微明了。纸薄的心旌，我的，尽无休息地跟着它们飘荡，以至于怦怦而内热。这还好说什么的！如此说，诱惑是诚然有的，且于我已留下不易磨灭的印记。至于对榻的那一位先生，自认曾经一度摆脱了纠缠的他，其辨解又在何处？这实在非我所知。……

漫题那些纷烦的话，船儿已将泊在灯火的丛中去了。对岸有盏跳动的汽油灯，佩弦便硬说它远不如微黄的灯火。我简直没法和他分证那是非。

时有小小的艇子急忙忙打桨，向灯影的密流里横冲直撞。冷静孤独的油灯映见黯淡欠的画船头上，秦淮河姑娘们的靓妆。茉莉的香，白兰花的香，脂粉的香，纱衣裳的香……微波泛滥出甜的暗香，随着她们那些船儿荡，随着我们这船儿荡，随着大大小小一切的船儿荡。有的互相笑语，有的默然不响，有的衬着胡琴亮着嗓子唱。一个，三两个，五六七个，比肩坐在船头的两旁，也无非多添些淡薄的影儿葬在我们的心上——太过火了，不至于罢，早消失在我们的眼皮上。谁都是这样急忙忙的打着桨，谁都是这样向灯影的密流里冲着撞；又何况久沉沦的她们，又何况飘泊惯的我们俩。当时浅浅的醉，今朝空空的惆怅；老实说，咱们萍泛的绮思不过如此而已，至多也不过如此而已。你且别讲，你且别想！这无非是梦中的电光，这无非是无明的幻相，这无非是以零星的火种微炎在大欲的根苗上。扮戏的咱们，散了场一个样，然而，上场锣，下场锣，天天忙，人人忙。看！吓！载送女郎的艇子才过去，货郎担的小船不是又来了？一盏小煤油灯，一舱的什物，他也忙得来像手里的摇铃，这样丁冬而郎当。

杨枝绿影下有条华灯璀璨的彩舫在那边停泊。我们那船不禁也依傍短柳的腰肢，欹侧地歇了。游客们的大船，歌女们的艇子，靠着。唱的拉着嗓子；听的歪着头，斜着眼，有的甚至于跳过她们的船头。如那时有严重些的声音，必然说："这哪里是什么旖旎风光！"咱们真是不知道，只模糊地觉着在秦淮河船上板起方正的脸是怪不好意思的。咱们本是在旅馆里，为什么不早早入睡，掂着牙儿，领略那"卧后清宵细细长"；而偏这样急急忙忙跑到河上来无聊浪荡？

还说那时的话，从杨柳枝的乱鬃里所得的境界，照规矩，外带三分风华的。况且今宵此地，动荡着有灯火的明姿。况且今宵此地，又是圆月欲缺未缺，欲上未上的黄昏时候。叮当的小锣，伊轧的胡琴，沉填的大鼓……弦吹声腾沸遍了三里的秦淮河。喳喳嚷嚷的一片，分不出谁是谁，分不出哪儿是哪儿，只有整个的繁喧来把我们包填。……

　　俞、朱笔下的秦淮河还是难逃"楼塌了"的劫难，1938 年日军占领南京，秦淮不再，新中国成立之后，这里也再没有过起色。直到最近几年，又有了一番"起朱楼"、"宴宾客"的气象。仿古的街市熙熙攘攘，沿岸都是参差的河房。现今想看看河房到底是什么样子，不妨去两处一看。一处是李香君的故居"媚香楼"，这几乎和张岱的描述相当。一处是叫做"秦淮人家"的宾馆，一群刚刚营建好的明清式庭院，房中有窗临河，有的房间的天花做成舱房模样，宿此如卧舟中。大概又是一处便寓、便交际的所在，除了河房，也有夜游的灯船穿梭往来。有些人对秦淮河修复工程十分赞赏，我则觉得是一次性建设起来的，缺乏内容的沉淀，因此有点主题公园的感觉，并不能够和朱自清、俞平伯手下的那个秦淮相比，就更加谈不上张岱的描述了。

　　"楼塌了"一方面是说秦淮风格不再，事实上也包含了一种中国式的唯美观，风格不再，记忆还在，褪色的光彩恐怕比新修河房更加吸引人。不过，这种审美观在现代越来越弱了，新一代人走到这里，也难免以为当年仅仅是比这里更加辉煌而已，且作主题公园看，则再难有人想象那乌衣巷的空荡、秦淮风月退尽时光的婉约之美了。

美院干系

　　住中央美术学院里面，出门就是当时还很狭窄的金鱼胡同，走到王府井，就看见东华门和紫禁城的红墙了。故宫那么那么的近，真是好像梦一样。

　　中央美术学院原先在王府井边上的校尉营，对面是洛克菲勒基金会建造的协和医院，旁边是吃烤鸭的全聚德，特别方便的地方。这个学院原来是叫"国立北平艺术专科学校"，新中国成立后和华北大学三部美术系合并而成。北平艺专前身是"国立北京美术学校"，1918 年由著名教育家蔡元培先生建议成立的，这是中国历史上第一所国立美术教育学府，也是中国现代美术教育的开端。而华北大学美术系的前身是 1938 年创建于延安的"鲁艺"美术系。1950 年 4 月，在北平艺专和华大三部美术系合并的基础上，成立了中央美术学院。毛泽东题写了院名，任命徐悲鸿、江丰当院长和党委书记，后来几任院长有吴作人、古元、靳尚谊，现在的院长是潘公凯。

　　我第一次去中央美术学院的时候，还是个孩子。那时候，大部分老师还住在进了学院右边后面的几排一层楼的宿舍里面，长排宿舍门口装有长长一列水龙头，大家都在那里洗漱、用水，倒不觉得简陋。学院一放暑假，画室全部关门，很安静。

1950 年美院才成立，我去的时候学院还只有三年的历史，是所很新的学校。前一年徐悲鸿因脑溢血刚刚突然去世，但是齐白石还在，住在西城跨车胡同自宅。父亲带我去那里求过画，我本来以为可以看见这个老人的，在我那个年纪，他简直就像是个神话，滴点墨水就能让晶莹剔透的虾子游动起来。结果院子都没有进，只是在门房交了定画的钱。过了几天去取，是一幅画在扇面上的游虾。父亲说齐白石每天早上起来就画一批，挂在院子里晾衣服的绳子上晾干，再取下来略作修饰、签名盖章，要算"批量产品"了。不过他功夫已经到了神品的水准，因此即便是随笔挥洒，也还是精品。记得当时父亲是花了 80 块钱买的那个扇面，那画我很喜欢，因为是自己和父亲一起去买的。1966 年"红卫兵"抄家，伸手就给撕碎了。

据说中央美术学院在日本人占领北京的时候是一所日本学校，因此，这里画室的门基本都是日式，是横拉开的。我去看画室，留意到的确如此，中国人很少有这样设计的。房子矮矮的两层，灰扑扑的，乍一看，毫不起眼，仔细看，也不起眼。门口三棵白皮松，那时还是小小的，我特别喜欢。1995 年去美院讲课的时候，靳尚谊先生告诉我学院要迁到三元桥外望京那边去，我还特地说希望这三棵白皮松也迁过去。2000 年迁校仪式上，靳院长告诉我，白皮松也完好迁去新校区了，听了真是开心。

虽然美院的历史可以从北平艺专算起，我习惯还是认为它是1950 年建立的。北京在解放后，开始建立一系列冠名"中央"的学校，如中央美术学院、中央音乐学院、中央戏剧学院等，有了"中央"级别，其他省市的就是二流的了，浙江美术学院是重要的学院，当时不得不改叫"中央美术学院华东分院"，林风眠先生自行辞职，几年之后改为浙江美术学院，不服气啊！开放改革之后，终于改为"中国美术学院"，把气争回来了。不过把学院叫中央，自那时开始，就基本形成格局，大家心里也是这个感觉：中央的就是强过地方的。其实艺术这东西，相当个人化的，和地缘，和政治，并没有多少必然联系。不一定你叫"中央"它就真成一流了。小时候去中央美院，仅仅是看舅舅和舅妈。后来去得多了，就越来越喜欢美院了。我最终走上艺术和设计理论的道路，其实和中央美院对我的影响是有关系的。中央美院是中国最高艺术学府，有点高不可攀的感觉，我当时绝对没有想到自己后来会和美院有这么多的联系，认识这么多的人，还当了学院的客座教授的。

徐悲鸿当院长，时间很短，好多当时的学生都没有见过他几面，1953 年就去世了，还是壮年，可惜可惜。遗孀廖静文主持了他的纪念馆，原来是在北京站旁边，我去过那里，很幽静，有好多徐先生的遗作展出，后来那里搬迁了；之后美院的主要领导是江丰，他对传统画意见很大，喜欢写实主义。江丰在 1957 年被打成右派，"文化大革命"之后重新出来主持美院工作。他比较支持创作，不少青年画家对他都有很好的印象，像陈丹青、罗中立、张红年、高小华这些人，都得到过他的支持，当然是后话了。

江丰第一次主持美院领导工作的时候，正好是中苏蜜月期，苏联艺术的影响自然大起来了。除了派人出国留学之外，还请苏联专家来中国办了油画训练班，就是中央美术学院的马克西莫夫专家班。这个班的影响可大了，直到现在，还能够感觉到这个学习班对中国艺术的巨大影响。一个班就影响到一个国家的艺术，世界艺术史上也难有其他的例子。

20 世纪 50 年代和 60 年代，我连续几次去北京过暑假，都是在舅舅家里住，由于年纪小，对当时艺术界正在经受的一些冲击并无感觉。第一个大冲击，是苏联展览馆开幕，那是 1956 年。那时在我的眼里，北京的苏联展览馆建筑就好像一个现在孩子眼中的迪士尼乐园一样，那么神奇，漂亮得不可思议。尤其是其中的造型艺术馆，完全把我惊呆了。第一次看到列宾、苏里科夫、列维坦、西施金、涅斯杰罗夫、克拉姆斯科、谢罗夫等苏联艺术家的原作，对一个喜欢艺术的孩子来说，完全是一种震撼。我想对中国当时大部分

中央美术学院

王受之. Wang Shouzhi. 2016.2.8.

的艺术家、美术学院的学生来说，更加如此。对中国艺术界造成重大影响的第二个冲击，就是当时中国派出了第一批美术学生到苏联留学，他们大部分都就读于列宁格勒的列宾美术学院，毕业之后回国担任各个美术院校的主要领导工作。他们在苏联时间不短，回国的时间大约是在1960年代，中苏关系那时候已经破裂了。其中有几位我认识，比如林岗先生，还有邵大箴先生等。第三个直接对中国艺术造成全面影响的大冲击，就是在中央美术学院举办的苏联画家马克西莫夫主持的训练班。

中央美术学院的元老之一钟涵先生是马克西莫夫专家班的学员，他原来是在清华大学读建筑的，后来改到这里学美术。在众多的老一辈画家中，他是少有的能写评论，懂俄文和英文的一位。马克西莫夫在华讲课的时候，正式的翻译是佟景韩先生，而钟涵先生也做过一些。我在他家聊天的时候，他讲过一些当时的情况给我听。

马克西莫夫全名叫康斯坦丁·麦法琪叶维奇·马克西莫夫（1913—1993年）。新中国成立初期，中国奉行的是"一边倒"的政策，即在政治、经济、军事、科技、文化各领域全面与苏联合作，向苏联"老大哥"学习。中央美术学院开办由苏联专家主持教学的油画训练班亦因此应运而生。通过中苏美术界高层领导一个时期内的互访和酝酿，苏联最终在1955年2月指派莫斯科苏里科夫美术学院油画系教授、斯大林文艺奖金获得者马克西莫夫到中央美术学院主持教学，并兼任中央美院顾问。我估计连他自己也没有意识到，他的这几期训练班对于中国油画的影响会这么巨大，并且一直延续到现在，依然是中国美术训练的一个基本套路。

马克西莫夫来中国时不过43岁，瘦瘦的，身材不高，工作非常卖力。虽然他在华的工作重点是油训班，但他同时还兼顾北京东总布胡同的人民美术出版社创作室的业务进修，等于另有一个"校外油训班"。新中国成立初可供油画教学的图片资料比较匮乏，更看不到欧洲油画原作，马克西莫夫就常常通过示范让学员们了解油画的性能和表现技巧，而他娴熟的色彩造型能力经常使挤在周边围观的学员啧啧赞叹。在夏日骄阳下的外景写生中，马克西莫夫光着膀子，手持画笔，挥汗如雨，也让大家印象深刻。许多当事人对于马克西莫夫很会讲课这一点也记忆犹新，画家艾中信说马克西莫夫讲课非常动听，不仅能结合画面问题有的放矢，更能上溯到欧洲美术史上的经典作品和名家流派，这正是当时大多数中国学员所缺乏的。靳尚谊也谈到，正是马克西莫夫使他对"什么是结构以及如何表现结构的问题"有了清楚的认识。马克西莫夫在北京期间经常出席有关教学会议，如全国素描教学座谈会（1955）、全国油画教学会议（1956）等，并作重点发言，直言不讳。他曾说："中国画家在水彩画方面能够出色地处理最复杂的问题，可以仅仅一遍就把天空画好，而不用画第二遍；可是在油画方面却变得很胆怯，非常单调地在画布上涂颜色，作品调子灰暗，颜色很脏。显然，用油画颜色作画的方法还没有掌握"，"还不善于表现阳光"。

马克西莫夫的贡献是肯定的，他在徐悲鸿用毕生努力推进写实主义的基础上，更夯实了写实主义在中国美术教学和创作上几乎无可动摇的地位，这套写实主义的教学和创作方法更通过中央美术学院而推广到全中国的美术教育中去。他制定的教学大纲完全照搬苏联教学的条条框框，以至于课程比例的计算要精确到小数点以后，近乎教条。他的这种近乎强制性的教学方法的确有立竿见影的作用，油训班学员的创作成果表明，新中国成立后培养的第一代油画高级师资已经从技法上改变了从延安带来的"土油画"的面貌。马克西莫夫还算不上苏联的第一流画家，但是他的这个"专家班"，居然全面改变了中国油画发展的方向，当时真是无人料到有这么大的冲击力。

中央美术学院因此可以说是中国美术半个世纪发展的一个触媒，它引发的潮流，它培养出来的学生，影响了整个中国美术的发展，这是正面的作用。负面的影响，就是一家独尊，排斥其他艺术探索，造成绘画的单一面貌，这个问题自然是理论界讨论的事情，我就不多说了。

我资历浅，年纪也小，自然是没有可能结识第一代那些大师的，"文革"刚刚结束不久，我在北京才认识了几个元老，像吴作人先生、古元先生，当时他们都很开心，因为"文革"对整个中国的摧残实在太大，他们当时给我的感觉就是得到真正的解放一样。

1988年，我刚刚从费城到洛杉矶教书的时候，林岗先生和夫人庞涛寓居洛杉矶，他们住在好莱坞附近，我去看他们，请他们去参观美国的美术学院，林先生话少，庞涛非常热情，讲了一些林先生留苏学习的事情给我听，很有价值。庞涛的父亲是中国现代设计教育的奠基人、中央工艺美术学院的奠基人庞熏琴先生，是我很尊敬的一位长者。她的弟弟叫庞均，原来是在北京美术公司当画家，后来去了台湾。2005年我受邀去台湾的辅仁大学讲学，庞均的女儿来见我，受他父亲委托，带了两本他的画册送我，可惜没有机会见见他。

对于留苏这批人的情况，我的了解比较多是从邵大箴先生和郭绍刚先生那里得到的。邵先生是从事美术理论的专家，长期在中央美院担任史论系的主任，著作等身，德高望重，他俄文很好，夫人奚静之是专门研究俄罗斯和苏联美术史的专家，著作《俄罗斯苏联美术史》是唯一的一本中文专著，在台湾的艺术家出版社出版，我前几年去台北的时候，社长何政广先生送我一本，一路看回美国。从邵先生和郭先生那里我了解了不少当时留学的情况。郭绍刚先生退休前在广州美术学院担任院长，我是设计系的副主任，是上下级关系，他的夫人高志是我那个系的系干事，女儿、儿子都是我那个系的学生，交道比较多。他是最后一批从苏联毕业的留学生，从他那里我也了解到一些关于留学的情况。这些自然不是本书的主题，应该另外专门谈的。

1995 年左右，靳尚谊院长带了现在造型学院院长戴士和、筹备设计学院的负责人张宝玮老师到洛杉矶找我，商量成立设计学院的事情。我和他们讨论了三天，带他们参观了我任教的帕萨迪纳的艺术中心设计学院，给他们拟出一个比较完整的设计学院课程设置表。我协助他们建成了设计学院，他们请我去美院讲课，我在美国学院放假的时候便去了北京。靳尚谊院长聘请我当了美院的客座教授，这样得以认识更多的人。那几年我去美院多，美院来访美的人也不少，其中很有几位是我接待的。有一年，美院前副院长候一民先生和周令钊先生因为要为深圳的"锦绣中华"做设计，专程来美国考察，在洛杉矶是我接待的；之后副院长范迪安先生来加利福尼亚大学洛杉矶校区讲学，我也带他到处看看，他是从事理论工作的，和我很谈得来，他现在是中国美术馆的馆长，组织了好多展览；当时的副院长杜健先生也曾经来美国参观，在我家住过，聊得多也成了好朋友。这样，和中央美院的交道就越来越深了。

我那些时候去美院讲课，就住在王府井校尉营（他们有些人习惯叫那里为"帅府园"）中央美院那栋 12 层的留学生楼里面。那是90 年代中期，学院里面已经基本没有教授宿舍，都住外面，不过学院对面不远的煤渣胡同有栋教师的宿舍，好多年轻老师，比如戴士和、华其敏这些老师就住那里。老教授中不少住在协和医院对面的宿舍里，其实条件不是很好，靳尚谊、钟涵这些大师级的人物的家都在那里。我记得有一次在钟涵老师家包饺子、聊天，几位老先生都是步行过来的，他们关系很好，好像朱乃正先生、钱绍武先生都在。

钱先生是位雕塑大师，雕塑做得好，还写得一手好字。依我看，他的书法水平绝对不在雕塑之下。他是很有趣的一位大师，有天我和杜键先生在美院看画室，突然看见有个人从美院南墙翻墙跳进来，杜键先生是副院长，自然大叫："不能翻墙!"结果一看，是钱先生。他连连说："不碍事，不碍事!"一边拍打着身上的灰尘。

这等老顽童，怪不得佳作连连的。

中央美院后来搬迁到酒仙桥的798厂建筑里中转，2000年迁入现在位于望京小区的新校舍。设计这个校舍的时候，负责设计的清华大学建筑研究院院长栗德祥先生也带着参加设计的几个研究生来美国找过我，我陪他们去参观过很前卫的南加州建筑学院。

2000年，原浙江美术学院的院长潘公凯先生调到央美当院长，这是中央美院历史上第一次由一个不是他们体系内的人当院长，自然很新鲜。我继续去讲课，帮忙。张宝玮老师当了设计学院的院长，后来从设计学院又分化出建筑学院来，好长时间建筑学院没有正院长，由吕品晶当副院长，他们想请我回来帮忙，我举棋不定，最终没敢答应。后来是请来了在旧金山的Adobe Photoshop的艺术设计总监王敏当了设计学院院长，设计学院原来的副院长谭平升任美院副院长，学院形成了造型学院、设计学院、建筑学院、人文学院四个院，在首都机场附近还有一个城市学院，在海南还有个海南分院。他们摊子大了，而我也因为工作越来越多，越来越繁杂，因此也就去得少一些了。2008年，教育部批复美院申报，我和建筑学院的张宝玮教授一起要带四个博士生，这样，与央美的关系又接上了。

2014年9月，我到北京参加设计周，同时参加国家博物馆的一系列活动，在那里遇到了靳尚谊先生，相谈甚欢，接着又遇到刚刚接任中央美术学院院长的范迪安，真是感慨良多啊。

中央美术学院应了我的一个信念：如果你喜欢一个地方，总会有机会来的。我第一次去北京就喜欢中央美术学院，后来就发生了这么多事情，认识了这么多人，也成了我和北京密切关系的一个支点和平台了。

　　2015 年 3 月 17 日，是个星期二，我在香港会展中心看巴塞尔艺术大展(Art Basel Hongkong)，这是连续第三年了，收获很大，香港巴塞尔大展一年一次，是整个远东艺术界的大事。有人称这个艺术展是"强势艺展"，因为它是世界上举足轻重的艺术大展之一，全球最主要的艺术画廊、亚洲最重要的画廊都尽纳其中，比如国际最重要的高古轩(Gagosian Gallery)、佩斯(Pace Gallery)，亚洲重量级的汉雅轩均有颇大的场地，展示自己顶级的收藏，台湾诚品画廊今年也有很显著的摊位。这等重要的展览可以看到当今国际、亚洲、中国的艺术走向，艺术界有可能去的人都会涌去的。我是做理论研究的人，如果错过没看，损失绝对大，因此我每年会花起码两天的时间学习，并且希望自己安静地看。

　　巴塞尔艺术展头三天一般是给行内的人看的，主要是画廊负责人、收藏家、博物馆负责人，给他们充足时间选择和洽谈，我前两次也是在这个时段去参观，没有想到艺术圈子不大，那两次基本都处在不断地和熟人打招呼、回答媒体问题中，没有能够静心看作品，因此今年我到星期二再去看，那是给行内人看的最后一天，行家们看完走了，这样看展览，可以细细品味，也可以和画廊的负责人交谈，一天下来，身心安宁，如沐春风，对过去一年的当代艺术发展有一个新的认识和了解，好开心！

说没有碰到熟人也不尽然。香港收藏中国当代艺术重要的画廊汉雅轩是我每年必去的地方，去年汉雅轩在中环新展场开幕，受邀而去，结识了老总张颂仁先生，我喜欢他总是穿一袭布钮素衣，就像个绍兴师爷的打扮，彬彬有礼，目光锐利，思维敏捷，言语温和，一个非常儒雅的人。我去看巴塞尔总会去汉雅轩的，这一次也自然走过去看，这一次汉雅轩展出许多幅重要的水墨作品，其中正面悬挂有一张巨大的刘国松的山水，像是四条屏格局，靛蓝色调，非常震撼。我见张颂仁正在和一个欧洲的客户坐在前面谈这张画，他也看到我，站起来同我打招呼，没有寒暄就直入主题："你怎么看这张画？"我看客户也望着我，就用英语回答说："Most of his paintings are imitating the effect of ink-painting, this one is not."（他绝大部分的画都在模仿某种水墨画的效果，这一张却不然）。张先生好开心地说："这句话说到点子上了。"

张颂仁是中国当代艺术交易的祖师爷人物，我关注他超过三十年了，一直没有找到时间交谈。这次在巴塞尔展就水墨的话题倒是谈得开心。三十多年来，他不知道把多少中国当代艺术家推入国际艺术圈，像王广义、方力均、谷文达、吴山专、叶永清、邱志杰、张晓刚、岳敏君等，如果说张颂仁是中国当代艺术的推手，并不为过。我本来想和他坐下来谈谈前些年威尼斯双年展闹得沸沸扬扬的张颂仁"丢画事件"，可惜他要和客户谈事，只有改日拜访了。

我在美国画廊界和一些负责人谈到汉雅轩的时候，很多人都知道他的英文名字"Johnson Chang"。1992年他和栗宪庭共同策划"后89：中国艺术展"，是1989年的中国当代艺术展后第一次大展，第一次把中国艺术推向国际市场。之后当代艺术在中国波澜壮阔，和他有密切的关系。

告别张颂仁，离开汉雅轩的摊位，我继续看下去，还做了一点

ART BASEL HK

王受之. Wangshouzhi.2016.2.7

2015 年香港巴塞尔艺术展

点笔记，因为有过去几年看完就忘记了的教训，我这次带了个录音笔，有感想先讲在上面，等日后再整理。

巴塞尔艺术大展简称（Art Basel），是现代艺术和当代艺术展览，第一届于1970年夏初在瑞士小城巴塞尔举办，当时是由巴塞尔画廊组织（Basel Gallerists）的三个华商布鲁克纳（Trudi Bruckner）、希尔特（Balz Hilt）、恩斯特·拜耶（Ernst Beyeler）创始的。艺术展开办以后，受到了艺术界的欢迎，因为确实提供了一个艺术品的国际销售的平台，所以，在举办的第三届的1973年，艺术展规模已经相当大了，那一年参加展览的这个单位有281个，观众有三万多人，在那个时候是非常庞大的数字。在此之前，欧洲现当代艺术只有德国的科隆和杜塞多夫有艺术大展，都是政府赞助和策划的，巴塞尔是第一个独立运作的国际艺术大展，很快成为全世界最有影响力的艺术大展。2002年，巴塞尔艺术展在美国迈阿密海滩举办第一次北美巴塞尔展，策划人叫做萨姆尔·凯勒（Samuel Keller）。随着亚洲艺术市场的兴起，巴塞尔开始关注亚洲，决定在香港举办。

第一届香港的巴赛尔艺术展是在2013年，是在五月举办的，那是我第一次在香港看巴塞尔展，印象非常深刻，巴塞尔艺术展的母公司在瑞士，叫做"MCH Swiss Exhibition（Basel）Ltd."，这个公司在2013年收购了原来专门在香港举办艺术展（Art Hong Kong）的公司（Asian Art Fairs Limited）的60%的股份，2014年又收购了余下的40%股份。因此，香港巴塞尔展是瑞士母公司全资操办的。

巴塞尔展是一个国际当代艺术最大的平台，门槛也比较高，因此，画廊、收藏家、艺术家都趋之若鹜，我们根据2014年在巴塞尔本地展来看，就知道规模和影响力之大，有各个国家的300多个画廊参加，参观的专业人士和民众有92000人，主要是画廊负责人、策展人、艺术家、收藏家、博物馆人员、媒体等。在巴塞尔大展，分成八个组成部分，主要是画廊、大展推荐的艺术家（他们叫做insight），之后还有限印张（高仿有限印刷艺术）、论坛等，这个八部分的方式在香港被调整少一点，也就简单多了。具体就是画廊（galleries）、主力推介（insights）、新人新作（discoveries）、与参展艺术家对话（encounters）、电影（film）、期刊杂志部（magazines）。如果把瑞士巴塞尔展、巴塞尔在美国佛罗里达的迈阿密海滩展、巴塞尔香港展加起来，参观人数大约 30 万人，在艺术展来说，这是庞大的数字。

有些朋友会问我为什么这么看重巴塞尔艺术大展，其实道理很简单：这个展览就是艺术市场的主要平台了。早年没有国际艺术市场的平台，18 世纪到 19 世纪主要靠的是巴黎的沙龙，巴黎的沙龙在 1737 年开始举办，就是有组织地销售绘画。因为单一性，巴黎沙龙变成了最重要的艺术市场，艺术家要蹿红、艺术品要热卖，只有在巴黎沙龙，英国人自然不希望买画都得去巴黎，因此，伦敦皇家艺术学院在 1769 年也办了一个类似的沙龙，法国和英国的这两个沙龙垄断了西方艺术市场百年以上，直到 1805 年英国又成立的第二个卖场，由英国学院主办，几个沙龙的销售基本上就决定了西方皇族、贵族的艺术倾向，从某种程度上来说也就决定了西方艺术发展方向，有了沙龙、艺术博览会这样的场地，艺术史论专家才有发言的场所，好些很重要的艺术评论家，比如丹尼斯·狄德罗特（Denis Diderot）、约翰·拉斯金（John Ruskin）都是这样脱颖而出的。巴黎沙龙的主办方是皇家美术学院，因此他们推动的艺术方向就叫做"学院派"（academic art），后来推动印象派的"落选者沙龙"，其实也是画家和画商自己组织的销售展。

现代艺术品的种类比传统的绘画要多得太多了，各种各样的绘画、装置、表演艺术、海报、摄影、还有各种设计、设计的建筑草图，都要求有自己的展览和市场空间，而传统的沙龙早已不能满足了。这个市场需求在战后年底越来越强，因此刺激了另外一种类型的这个艺术市场，就是艺术大展（art fair）。比较早的艺术大展是 1960 年代开始在欧洲举办的，如果我没有记错的话最早的一次是在

1968 年，是德国科隆的艺术展（the Cologne Art Fair），科隆艺术展的组织单位是科隆艺术经纪人协会（the Cologne Art Dealers Association），科隆市政府有关部门支持。这个科隆艺术展刺激了当代艺术市场的销售，并展出的艺术类型也从传统的绘画、雕塑扩展到装置艺术、概念艺术、建筑设计、摄影艺术。不过当年的科隆艺术展租金太贵，小型画廊和无名艺术家根本无法参加，为了弥补这个空白，才产生了欧洲的第二个艺术大展：杜塞多夫艺术展（Dusseldorf），有好几年，欧洲最重要的就是科隆和杜塞多夫展。科隆、杜塞多夫艺术展都在秋季举办，而巴塞尔大展则选择在夏天举办，价格合理，打时间差，很快获得全面成功，一跃成为世界最大的艺术大展，再扩展到美国、香港，目前估计没有哪一个大展在影响力上可以和巴塞尔展相比的。

美国也有大展，最早的是 1976 年在华盛顿由重要的艺术经纪人艾利亚斯·费鲁斯（Elias Felluss）的画廊"费鲁斯画廊"（the Felluss Gallery）策划举办的华盛顿国际艺术节（the Washington International Art Fair），简称"Wash Art"，是美国第一届的艺术大展，在当时这个国际艺术展做得很艰难，是因为那时现代艺术的主要经营权都还是在欧洲的画廊手上，欧洲画廊基本上控制国际艺术市场，美国人改变做法，聘请大批欧洲艺术经纪人来策展，负责运作，美国的艺术大展才慢慢有了活力。

在会场上，我遇到几个年轻的艺术家，问我为什么中国不自己找赞助商和政府联合举办一个超过巴塞尔大展的艺术展，我告诉他们三言两语很难说清楚，因此，我写了这篇文章，希望能够告诉大家一个轮廓吧。

2015 年 3 月 22 日星期日，于香港

逝去的大师

——纪念帕克·贾亚·易卜拉欣

2015 年 5 月初，突然收到消息，说印度尼西亚室内设计家贾亚·易卜拉欣(Pak Jaya Ibrahim, 1948—2015 年)半夜在雅加达家里的楼梯上失足撞到头部，很快身亡，这个消息实在太突然，因为我几天前还在武汉他设计的璞瑜酒店里住，欣赏他的精彩设计，想起曾经住过他设计的巴厘岛酒店、上海的璞丽酒店，个性风格都很突出，我还想有机会认识这个设计师，了解一下他设计的深层思想，没想到他突然发生意外，当时希望是误传。贾亚终年 68 岁，正是年富力强、精力旺盛、才华横溢出大作品的时候，这个损失实在太大了。因为贾亚代表的是一个国际室内设计中极为迫切需要的本土化、民族化和现代化的结合的探索，他是这个运动的领军人物，早逝的损失是巨大的。

现代设计发展到现阶段，同质化的问题越来越严重。从建筑发展的历史来看，国际化带来的一个必然结果就是产品的同质化。所谓的"国际化"，是指世界各国在建筑的功能、构造和形式上具有越来越相似的特点，而不仅仅指风格上趋于相似，这是国际经济发展的必然结果。这与 1960 年代"国际主义风格"的流行不同，五六十年代，国际主义风格仅仅是一种流行风格，主要应用于重点的、大型的商业建筑和公共建筑上，只在少数发达国家，才有可能成为部分私人住宅建筑的形式。而 20 世纪末、21 世纪初期，建筑的现代化、同类型化已经是世界建筑发展的趋向。从洛杉矶到上海，从布宜诺斯艾利斯到柏林，世界各个国家的建筑——无论是商业的、公共的、还是私人住宅的——形式上都有越来越类似的趋势，这就是国际化的特征。这个特征在 21 世纪继续发展，成为国际建筑的主要发展方向。强调地方、民族特色的"地方主义"虽然仍在世界各国有所强调，但是由于地方风格、民族风格往往与现代的功能需求、现代建筑的构造有一定的矛盾，因此，"地方主义"很难得到推广，主流地位的风格依然是类同的、国际性的，这是一个不以人的意志为转移的现状。造成建筑国际化的原因，首先是国际交往增加，对于建筑的需求也越来越接近，比如旅馆的等级划分，商务大楼的基本需求，交通运输设备和建筑物的国际配套需求，住宅的基本条件标准等，都越来越相似，建筑为了满足这种越来越接近的国际需求，也就自然趋同。建筑出现国际化的主要原因，首先是需求趋同造成的，而不是因为风格领导的结果。此外，建筑技术、建筑结构国际标准化和普及化，也是造成建筑、室内设计、景观设计的国际化的另一个主要原因。

而具体到酒店室内设计，同质化的情况也非常严重，国际酒店集团有精准的目标客户，而高端的客户首先希望自己入住的酒店具有标准化的熟悉套路，而同质化的设计也适合成本控制。随着商业客户的不断增加，连锁化的国际酒店就成了主流，设计无需和酒店所在地的人文、历史有任何关系，也无需有特殊的风格特色，即便突出所谓的民族风格，也仅仅是简单地把民族图案作为符号粘贴在建筑室内的表面而已。在酒店业发展极为迅速的国内，这种情况更加突出和严重。在这种风潮中，有一少半人开始探索在标准化基础上的差异化，出现在一些精品酒店的设计中，十多年前我已经在巴厘岛、在泰国的清迈和普吉岛看到一系列这类新探索的酒店，我非

纪念大师贾亚   王受之 Wang Shouzhi. 2016.2.22

常开心，随后开始追踪学习，慢慢知道这是一股新设计的潮流，而贾亚就是这个潮流中的重要领军人物。

本土化、民族化和现代建筑之间的结合探索，在过去的二十多年有了很大的发展。既具有现代建筑的结构、功能，同时在建筑的立面、空间布置、室内设计、装饰细节上采用了某些建筑所在国家、地区的民族、民俗传统的特点，形成具有民族性的现代建筑，这种探索由来已久，到21世纪也依然是一个很引人瞩目的探索和设计方向。有人称之为"地方主义"（"regionalism"），"本土主义"（"localism"），这类建筑、室内设计就是指现代建筑上吸收本地的民族的、民俗的风格，使现代建筑中体现出地方的特定的风格。地方主义不等于地方传统建筑的仿古、复旧，地方主义依然是现代建筑的组成部分，在功能上、构造上都遵循现代的标准和需求，仅仅在形式上部分吸收传统的东西而已。印度尼西亚的贾亚是这个设计运动中先驱。

亚洲地区具有比较悠久的传统和历史，而现代主义建筑基本都是外来的体系，而不是本地产生的。因此，很容易把现代主义建筑视为西方的文化，而传统的建筑是本地的文化，本土的文化。在经济发展迅速的七八十年代，亚洲国家的主要注意力基本在发展西方式的现代建筑，受国际主义风格和西方的后现代主义风格很大影响，也基本很少发展民族的、民俗的、地方性的建筑。具有民族特点的建筑仅仅在某些大型的公共建筑项目上，以体现国家面貌。比如日本东京奥林匹克运动会的两个会场建筑、首尔的金浦国际机场建筑和2010年上海世界博览会的中国国家主题馆等。到1990年代，由于东亚国家都进入到经济发达水平，在建筑上盲目追随西方的情况得到改善，出现了一批建筑师、室内设计师，希望能够通过地方风格、传统风格（不一定是固定的历史风格）、民俗风格来改造西方的现代主义带来的刻板、单一面貌。这样就产生了非常可观的地方主义建筑、室内设计的浪潮。

贾亚设计的酒店我住过几家，比如上海的璞丽酒店，这个酒店在上海静安区核心区，位置在南京西路与延安中路之间，酒店共有26个楼层，包括209间豪华客房及20间顶级套房，客房面积从45平米到130平米。在闹市中间建造一座具有世外桃源感觉的中国式酒店实属不易，而贾亚做得非常精彩。他借由材料和某些家具、灯具、装饰品，巧妙地将中国文化融合其中，新、旧感受强烈，同时呈现出东、西方文化交融的独特风格。璞丽酒店使用了通常被用在建筑外墙的上海灰砖作为内部装修建材之一，地砖是由为北京故宫修复工程提供地面建材的厂家所提供的，非常的传统，当地面、墙面都用这种材质，入住的人的整个感觉会发生很大的转变，很容易脱离标准商业酒店的思路，而进入传统空间。这个酒店系统的室内设计用符号化的中国形式，但是用得极端，比如在每间客房用龙麟纹木雕屏风与铸铜洗脸台，这种方法如果在水平不高的设计师手上，会成为艳俗的内伤，而在贾亚手上则显得很贴切而艺术。细节的讲究，而不仅仅是粗泛的模仿是他成功的重要原因之一，这个酒店我住过之后一直印象深刻，而今年初我在武汉开会，武汉的室内设计师们安排我入住武昌珞瑜路1077号的璞瑜酒店，靠近东湖与光谷核心地段。去之前我不知道这个酒店是贾亚设计的，进门的时候真是有种惊艳的感觉，和上海的璞丽酒店同样具有异曲同工的巧妙。他的作品很容易辨认，酒店宣传说他是"雕琢奢华"，是"将度假胜地的感觉巧妙地融入于当代都会空间中，形成低调奢华和内敛雅致的现代触感，现代风格与复古主义相互融合，丰富的感官体验，让宾客沉浸在个人专属奢华所带来的全新感受中"。我的感觉是他在努力探索一种现代设计中地方化、民族化的新路。

璞丽酒店的室内设计由三家公司联合设计，包括澳洲拉延设计事务所（Layan Design）、印尼的贾亚室内设计事务所（Jaya & Associates）和一家澳大利亚的灯光设计公司。其中室内设计主要是贾亚做的，武汉的璞瑜酒店也是这种合作方式。

贾亚参与设计的另外一个精彩的民族现代化室内设计典范是杭州的"法云安缦"酒店和"富春山居"酒店，所谓"安缦"是来自"Amanpuri"这个泰语词，意指和平之土，第一家开设于泰国普吉岛，后来在不丹、柬埔寨、中国、法国、美国等全球各地开设了 24 个度假村酒店，设计立足点是"低调奢华"，提供优雅环境与优质服务。杭州法云安缦酒店位于西湖西侧的山谷之间。沿路两旁竹林密布、葱茏青翠，经过植物园和西湖内部水路，便来到天竺寺和天竺古村落。法云安缦即坐落于天竺古村另一侧，北高峰之麓，毗邻灵隐寺和永福寺。这里周边是古茶园，据说最早的茶园是始于唐代的，酒店包括周围茶园在内占地面积 14 公顷。杭州法云安缦酒店位于西湖西侧的山谷之间。酒店的室内设计，尽量从江南风格中吸取营养，结合室外的茶园、山林、流水，组成让人颇为惬意的环境。而他设计的北京颐和安缦则完全采用北京皇家园林的风格设计，这个酒店中颐和园东门，由一系列院舍结集而成，包含了一些百年历史的建筑在内。颐和安缦的客舍及套房设计汲取了传统中国皇家建筑特点，吸收了颐和园的庭院风格，气派完全不同。

富春山居在杭州附近的富阳，是一个度假村，在富春江畔，2004 年开业，只有三层楼，客房 70 间套，别墅 17 套，标间面积 36 平米。一派融入富春江的江南民居氛围，却有内在的奢华。我看了他的这几个在中国的酒店，很叹服的一点是：他设计的中国感觉比中国设计师更强烈，又没有简单地粘贴符号的拙劣。

贾亚的设计，从室内设计分类的方式来看，应该属于"发展传统"（reinveting tradition）类型。从字面来看，这类设计师就是重新探索传统形式的建筑和室内。这种方式具有比较明显的运用传统、地方建筑的典型符号来强调民族传统、地方传统和民俗风格。这种手法更讲究符号性和象征性，在结构上则不一定遵循传统的方式。从建筑上看，比较典型的例子有贝聿铭在 2007 年完成的苏州博物馆，泰国布纳格设计事务所 1996 年在缅甸仰光设计的"坎道基皇宫大旅馆"(Kandawgyi Palace Hotel)，印度设计师柯里亚 1986—1992 年在印度斋普尔设计的"斋普尔艺术中心"(Jawahar Kala Kendra, Jaipur)，泰国阿基才夫建筑事务所于 1996 年在马尔代夫共和国设计的"悦榕庄马尔代夫度假旅馆"(Architrave Designand Plan-ning, Banyan Tree Maldives)以及日后一系列悦榕庄酒店的设计，这类设计都比较多的依靠传统、地方建筑形式的特色，而建筑的对象也往往是博物馆、度假旅馆这类比较容易发挥传统、地方特色的建筑。亚洲采用这种方式设计和建造了不少非常有特点的高级酒店，都是在传统民族建筑基础上发展而成的，比如泰国的曼谷半岛酒店(The Peninsula Bangkok)、曼谷四面佛凯悦酒店(Grand Hyatt Erawan Bangkok)、普吉岛悦榕庄(Banyan Tree Phuket)、普吉岛阿曼布里度假村(Amanpuri)、普吉万豪酒店(Jw Marriott Phuket)、华欣奇瓦颂度假村(Chiva-Som Hua-Hin)、清迈四季度假酒店(Four Seasons Resort Chiang Mai)，印度尼西亚的巴厘岛阿曼达丽度假村(Amandari, Bali)、巴厘岛阿曼努沙杜瓦度假村(Amanusa, Bali)、科莫·珊巴酒店(Como Shambhala Estate at Begawan Giri, Bali)、巴厘岛四季酒店(Jimbaran, Four Seasons Resort Bali at Jimbaran Bay, Bali)、巴厘岛四季酒店(Sayan, Four Seasons Resort Bali at Sayan Bali)、巴厘岛丽思卡尔顿度假村及水疗中心(The Ritz-Carlton, Bali Resort & Spa, Bali)、巴厘岛图古饭店(Bali Hotel Tugu)，巴厘岛乌玛乌布酒店(Uma Ubud Hotel, Bali)、巴厘岛雷吉安酒店(Bali The Legian Hotel, Bali)。在这股风气成功的促进下，世界各地出现了很多复兴传统的新设计。

精品酒店(英语称为 Boutique hotel)是 1980 年代在纽约、旧金山、伦敦出现的，当时主要是主题酒店类型，突出文化品位、酒店时尚、精致，但体量都不大，一般在 30~50 个客房之间，且不连锁发展，因而个性风格特别明显，出现之后非常受欢迎，导致大型酒店集团投资修建精品酒店。到 21 世纪以来，高级的连锁经营的精品酒店成为酒店设计的一个很重要的方向，比较出名的这里精品酒店集团有如 W 酒店（W Hotels），是斯塔伍德酒店集团（Starwood Hotels & Resorts Worldwide）投资建造的精品酒店，这个品牌之下类型多变，纽约联盟广场的 W 酒店（the W Union Square NY），马尔代夫的 W 度假精品酒店（the W 'boutique resorts' in the Maldives），有一些是有顶级时尚产品集团投资的精品酒店，就是真正精品了，比如布加利集团（the Bulgari collection）旗下的精品酒店、金普顿酒店和餐馆（Kimpton Hotels）、SLS 酒店（SLS hotels）、伊博克酒店（Epoque Hotels）、汤普逊酒店（Thompson Hotels）、茹德伟酒店（Joie De Vie hotels）、基廷酒店（the Keating hotels）、O 酒店（O hotels）、悦榕庄酒店（Banyan Tree hotels）都属于这个连锁高级酒店系列。在设计上，突出个性，每一个酒店都具有不同特点，并且非常注意酒店所在地点的传统建筑、文化特点、历史事件的突显。在印尼的巴厘岛、泰国的普吉岛，在中国的好多城市和风景区，都相继出现这类国际水准的精品酒店，是建筑设计上特别值得注意的一个发展方向。

贾亚的设计在这个浪潮中是非常显著和杰出的。前面提到的酒店富春山居、璞瑜、璞丽，北京和杭州的"安缦"酒店都是这些精品酒店中非常精彩的作品。他非常喜欢采用自然材料，重视质材的原生态特点，砖石木竹都在他手上被运用得淋漓尽致，在他所设计的酒店中见不到在国内滥用的大理石，也没有炫丽的色彩和材质。设计讲究平衡对称的手法，更注重对意境的追求：富春江的感觉、颐和园的感觉总是穿透性地呈现，弥漫在整个文文雅雅的室内空间中。他设计的酒店属于精品酒店一类，适宜房间数量较少、人群较少的注重高品质感酒店，强调气氛的浓郁和融合感。

1948 年贾亚·易卜拉欣生于长于印度尼西亚，母亲是爪哇公主，父亲是公务员，也是外交官，从小在印度尼西亚爪哇岛中南部城市日惹特区长大，家境富裕，周游列国，在外祖母的影响下熟悉印尼、特别是爪哇的文化。他喜欢爪哇民族音乐，从小喜欢阅读，从历史与故事中吸收文化。他认为音乐能唤醒心底最纯洁的设计灵感，到英国后，他又喜欢巴赫的作品，感觉和印尼民族音乐有想通之处。

他很早就到英国留学、生活、工作，长达二十多年，大学学习室内设计，毕业之后在阿努斯卡·汉姆帕尔设计事务所（Anouska Hempel）做了10年的室内设计。他在1993年返回印尼。贾亚既有印尼的文化背景，又有英国教育背景，使他努力将东方与西方元素融合起来，而长期从事室内设计，又练就了他一手非常娴熟的操作技法。

据说他最早动心做东西融合设计的是1995年为母亲特别设计了一个新家（叫做 Cipicong）开始的。他当时说这个设计"不为某个朝代或风格而设计，而为找出美丽和宁静"。设计出来之后，他的妈妈特别开心，从而激发了他设计这类具有本土感觉、舒适而温馨的室内的想法，从而开始了精品酒店设计。设计中要融入本土感、民族感，就需要设计者对民族、本土文化、历史有充分了解，因而他十分投入地学习历史与文化，融入设计之中，这一点从他的各种设计上体现得很充分。

贾亚·易卜拉欣和约翰·桑德斯（John Saunders）合作开办了贾亚设计事务所，提供建筑设计、室内装修和相关产品的设计服务。这个公司比较重要的项目有巴厘的雷吉安酒店（The Legian）、雅加达的阿曼吉沃酒店（Amanjiwo）和达玛旺沙酒店（Dharmawangsa）。这种复兴传统的设计风格立即引起国际设计界的重视，《建筑文摘》（《Architectural Digest》，美国最重要的室内设计刊物）月刊2002年1月评出的"设计百强"就有他，从此贾亚进入世界一流的室内设计师行列。

贾亚的早逝留下巨大的遗憾，我曾经和一些室内设计师谈到他的作品，设计师一般都比较挑剔，什么作品往往能够从中找出瑕疵来，我们说贾亚属于极少数中的一个接近完美的设计师，他的作品几乎难以找出不满意的地方。这样说可能有人会认为言过其实，但是如果你去看看他国内的那些作品，可能会有同感呢！

2015 年 6 月 15 日　星期一

关于设计、城市等十二问

一、 **现在都市的人想追求一种慢生活，请您从城市的角度谈谈这个话题。**

答："慢生活"不是嘴巴里讲的那么容易，因为我们说的慢生活不是农耕时代的生活方式，而是信息化时代的生活方式，这是一种在经历过经济高度发展期之后成熟的当代人的生活心态，现在我们还生活在工业化高速发展的后期，很难奢谈"慢生活"。早年我在美国工作，大家都讲究汽车，到现在则开始发现周边最精英的一小批人开始追求自行车代步的生活方式，选择通过网络上班，而不是坐班的工作方式。对于工业化时代人来说，这是很难以想象的。我在美国洛杉矶艺术中心设计学院教书时候的一些同事，到学院上课的时候骑着精巧、设计很"酷"的自行车来上班，穿着自行车赛车服装和头盔，背一个背囊，到了学校之后去洗浴室洗漱、整理好后，再换上上班的衣装进入课堂讲课，下班之后又换上自行车服骑车回去。学校在一个山顶上，一路骑车上来可真不容易，但是看见他们年复一年的坚持，知道是他们的生活态度。这就是一种慢生活的节奏。我们学院理论系有一个很好的文学教授叫做菲利普·丹尼斯，坚持骑车上班已经有十多年了，生活过得很健康、很优雅，周末看他也是和家人去野营，所有我们认为现代人追逐的时尚生活习惯，似乎和他没有什么关系，他是我非常羡慕的对象。我是一介俗人，工作繁忙，也不太会休息，因此虽然我在美国工作生活二十多年，却远远没有达到丹尼斯这种"慢生活"的水平，始终还是属于开车一族。这样一种方式是社会逐步发展产生的品质，我们绝大多数人离这个品质还很远很远。

大家说中国曾经有过很多自行车，如果能够保持当时依靠自行车为主要交通工具的状态，中国就不会走弯路了。因此，也有人怀疑是不是我们在发展上走错了路，盲目地走了美国汽车文化的错路？其实从中国人口膨胀、城市膨胀的背景来看，我们今日的交通状况几乎是难以避免的。几十年把 GDP 放在首位，肯定造成城市向外延伸、人口爆炸的结果，现在的城市尺度这么巨大，自行车是解决不了交通问题的。原来的城市尺度很小，人口也很少，就拿老广州来说，东西南北方方正正，西到现在中山二路的西门口，北到现在越秀公园南门的观音山，东到现在黄花岗对面的东校场，南到珠江边海珠桥。以前的广州就这么大，它的尺度是骑单车非常方便的，市内所有地方骑车是百分之百可到达的。小时候我家住在市中心的连新路，后面就是花塔，我看着父亲骑单车从家里去光孝寺的广东省立艺术专科学校（解放后叫做华南文艺学院，也就是现在广州美术学院和武汉音乐学院的前身）上班，看见他慢条斯理地吃了早餐、喝了咖啡，才骑着三枪牌自行车沿着连新路的林荫道缓缓而去，一点都不匆忙，也从来没有交通阻塞之说，生活非常舒服。这种骑车上下班的感觉给我深刻的印象，但是要知道前提是城市不大，居民不多，这是现在没有办法做到的，现在让你骑个单车从广州市中心去大学城上班，可以想象距离和结果吗？根本是不可能的。这其实就是城市交通和城市尺度是紧密关联的。

城市扩大了必须建立一个相适应的交通工具。古老的北京、上海、广州和其他中等城市，早些年自行车是最方便的交通工具，后来以公共汽车为主，自行车为辅，现在城市无限扩张，无限发展，一发不可收，全国城市无节制地膨胀。到目前为止，广州这个城市已经大到没有办法了，东边一直延续至增城，南边穿越整个番禺直到南沙，朝西至达南海的边缘，北面朝花都(原来的花县)方向滚动，无边无际，这样的一个现实情况下，谈自行车上的慢生活，仅仅是一个奢侈说法而已。公共汽车都无法解决问题，交通堵塞、公共汽车根本跑不动，城市太大，比如说你要从广州北面的花都坐公交车去到广州市中心，一个小时也到不了，在这么大的城市中，有这么高的人口密度，估计只有地铁配合公共汽车才能够解决问题，而因为多年来我们毫无节制地发展小汽车，因此，路面基本被小汽车堵塞了，而地下铁密度不足，两个班次之间的间隔太长，每列车的车厢太少，也未能从根本上解决问题。公共交通是一个系统工程，不是单独发展一样可以解决的。有人说：我们可以效仿欧美的一些国家做法，我们决定要模仿任何一个国家、城市都是很困难的，因为我们过去三十年内，在城市的发展方向上太草率匆忙，没有好好地考虑、策划就马上建设，我们等不及，因此，不断地形成了很多结构性的问题。为此，我们要为我们以前这种短视的城市发展找到一些挽救的方法，绝对困难，可以说我们现在还想不出什么更好的解决办法来，只有在目前条件下进行一步一步地修改。

有人提出说：我们多开通地铁来帮助中国的城市交通。当然，地铁是可以缓解我们城市交通的压力的，但是它不能解决所有的问题，地铁不可能覆盖所有的城市区域，必须和其他的交通手段，包括步行、自行车、公共汽车、铁路连为一体才能够真正解决问题。城市发展速度太快，人口增长太快，我们修建地铁的速度远远赶不上，另外一个存在的困难是我们的地铁管理有很多不合理的地方，如地铁两个班次之间时间的密度管理，地铁出口网络的组织等，这一点在香港就做得很好，港岛线高峰时平均二分钟就开行一趟车，并且12节长车厢，输送数量和速度都很快，另外，日本的东京也是一个地铁管理很完善的城市，地铁、铁路、高铁完全连成一体，节奏非常合理，我们可以借鉴学习，并真正地从我们城市的根本情况出发，慢慢妥善地往前发展，良性发展，才能真正改变我们城市的交通状况，也唯有这样的交通体系，才能够为"慢生活"奠定基础。

"慢生活"包括的内容很多，我在这里没有时间细细讨论，仅仅用公共交通问题做例子。

二、 之前细读过您写的《白夜北欧》，我很喜欢北欧的设计，在这里我想请您谈谈，您个人对北欧设计的一些理解和认识。 北欧的设计或景观设计的灵魂是什么？ 西欧的设计和它又有什么样的区别？

答：严格来讲，北欧并没有一个独特的景观设计流派。北欧是斯堪的纳维亚（Scandinavia）国家，分为芬兰（Finland）、瑞典（Sweden）、挪威（Norway）、丹麦（Denmark）和冰岛（Iceland）五国。其中的冰岛因为地理位置太偏僻，人口太稀少，气温又太冷，所以我们一般就讲北欧是四个国家。也有人认为芬兰也不能归属于北欧，因为它的语言体系完全区别于其他几国，甚至欧洲所有的国家。但不管怎么说，他们的设计是属于同一个体系，就是我们说的"北欧体系"。

那为什么我说北欧的景观设计没有一个明显的流派呢？这有一个很重要前提我要讲，就是北欧特别冷，一年中有四个月要在北欧的南部度过才行，因为这四个月中，它的北部每天都是黑夜。有一年我去斯德哥尔摩出差对这一点深有体会。早上我睡到九点钟起来，打开窗户看外面还是黑夜，继续睡到十一点爬起来，一看太阳才刚刚出来了，做事做到下午两点钟，太阳开始落下去了，紧接着路灯马上开启，那个感觉让人害怕。所以在这样的一个维度，它的景观不可能做得太细致。

王爱之. 2016.1.9

北欧人一个最根本的东西就是崇尚自然，他们在德国人认为未来就是机器的时候，仍然认为未来是自然的。北欧的景观设计派讲究有很大的空地、空间，重视草地和树林，目的是在阳光充沛的时候，全城的人可以睡在草地上和树林间。北欧在城市中心区的景观设计有一部分受到中欧或者西欧的设计风格影响，但是又在中欧和西欧细节设计的精致程度上做了有度减法，重视绿意和空间。北欧的这种注重自然形态、有机形态和自然材料的这种对大自然的认知，体现在园林上面来就是它最大的特点，即"自然景观"。

你提的这个问题很大，我只能在这里简单地说一说，希望对你有点用。

三、 现在中国有很多人想出国留学或者定居，但也有一部分留学国外的人才开始回流，选择在中国工作或者生活，我觉得这说明了中国魅力在提升，或者是说它会上升到中国文化和归属感的一个层面上。 那么，回到设计上来，我们是否可以引导或增强这种归属感呢？

答：市场是一个载体，任何一个经济高速发展的地方会吸引大量的设计人才，这是肯定的。现在中国市场越来越大，这为国外人才的回流提供了最基本的条件。

我们国内设计教育这些年发展得也很快，但是设计教育还是良莠不齐，尤其是 2005 年教育产业化井喷后，我国大学本科设有艺术与设计专业的大学迅速增加，包括农学院、地质学院等都开设了艺术和设计专业。鉴于中国设计教育的这样一个基本情况来看，设计师选择出国学习是比较有优势的，因为外国设计教育的体系完整，并且外国有很多经验是我们可以学的。但是在外国，它的设计市场饱和了，所以设计师完成学业之后面临着"一职难求"的困境。就拿美国的汽车设计专业来说，在那里你就可以学到世界上最好的课程，但是美国汽车公司基本上都不需要雇佣新人了。有这样一个

数据：在全球做汽车设计的总人数是 700 人，平均年龄是 40 岁，离退休起码还有 20 年，这也说明了职位需求机会的渺茫。

另外，我再说一点关于美国城市发展所提供的景观设计方面的供职情况。在外国，一些最好的景观设计师都没有什么大项目，我有一个朋友设计了索尼电影公司(洛杉矶)里面的中央庭院，这对我们来说是一个很小的项目了，但是对他来说就恰恰相反，因为在美国这样的市场情况下，这是一个大项目了，他一辈子或许就只有这样的一个大项目机会，其他的都是私人花园。所以说，在外国学习，在中国工作和锻炼，这是很好的一种配合，加上中国市场的进一步成熟，会给选择回流的设计师提供大量的实践机会。

还有值得说的一点是：现在中国要把这些设计师从国外吸引来不难，因为我们的机会很多，但是要把这些设计师留下，变成我们国家的创意产业的一个组成部分，这就有点困难了，因为这关系到设计师生活的稳定性。在国外的生活状态比较稳定，除非发生很大的经济波动，如 2008 年的经济危机，他们的生活水平是可以预见的，但是在中国这一点相对不稳定。只有波动趋于平缓的时候，更多的人才会愿意长久地工作和生活，这会是我们未来的一个期望，还有待于我们长期努力。

四、 设计师的这个行业能不能一直干下去？ 设计或者景观设计之路接下来应该往哪一方面走？

答：设计这个行业肯定是有得做的，特别是与我们生活发生直接关系的建筑设计、景观设计、室内设计等有很多实践机会，但是，也有些设计方向可能会逐渐萧条，比方说广告设计。

广告设计原来是很好的一个行业，但到现在已经开始没落下去了。广州发展的最早最好的是广告设计和室内设计。我 1985 年在广州美院担任当系主任时，广州美院就培养出了很多广告业的佼佼者，如韩子定、余希洋、刘山等，韩子定三人在未毕业时就成立了

兵之. Wangshouzhi. 2016.2.7

海边漫步

白马广告媒体有限公司，这是中国最大的广告公司之一。现在来看看，还有多少院校有设广告专业？另外我一直觉得广告设计师应该是从学广告学和学设计的人里面产生的，但在中国，现在广告设计专业都放在传媒学院，而不在美术学院和设计学院，对广告设计把握也变得空、大、俗。广告行业就这样由于它不正规的发展，就这样经历过过度膨胀后消退下去了，室内设计业同样面临这个情况。

景观设计在这所有的行业里面，我觉得还是比较理性的一个专业，因为景观设计有一个承载体，它呈现出来的往往是有一定的规模的，在未来，我觉得它还是有很大的发展空间，特别是大家对环境的重视越来越高，环境保留的绿地越来越多，景观设计也越来越重要。

现阶段，也有一些设计由于技术发展会遭到一定的淘汰，比方说动画设计，它经历了一个迅速增长的过程，现在开始分化，朝很多方向发展，于是很多学动画专业的人可能会面临未来的一个转型。像产品设计，由于3D打印机技术的发展，3D扫描技术的发展，慢慢地变成一种生产力的发展。现在的工业产品设计和以前的模式就已经有很大的变化了，而像建筑设计这些受参数化影响的行业，发展和变化幅度算是比较平稳的，但是在不断发展。总的来说，我觉得设计一定是有前途的，我期待更多好的设计出现。

五、 您如何看待小孩教育问题？

答：我不算是一个成功的爸爸，但在小孩的教育上，我觉得很重要的一点是：言传身教。这也就是说当家长的要为自己的小孩做出一个典范，而不是教他学什么。于我个人而言，我的仪表就受我妈妈的影响很大。小时候我家是世家，我的祖父王仁宇经历过辛亥革命后，参加了孙中山的同盟会，是最早在日本学机械工程，担任过原广州兵工厂的第一任厂长，后任广东工业专科学校(1946年成立，现在的华南工学院)第一任校长。我的父亲是学音乐的，是中南音乐学院的教授；母亲也出身大家族。在这样的家庭背景里，家

Wang, Shouzhi. 2016.2.8. 初一. LA

里的家规很严，衣食住行礼仪都很严格，比如：衣服干净整洁、走路不许驼背、吃饭不能出声等；喝汤时汤勺若碰到牙齿，母亲教育说这是"奇耻大辱"。我当时不觉得这些方方面面的要求有多么重要，现在才知道这些言传身教的餐桌礼仪让我受用一生。这些家庭教育的影响是刻骨铭心的，等我成长后它们会变成我自己骨子里的东西。父母是孩子的楷模，我又影响了我的儿子。总的来说，做父母的不要以成绩作为判断孩子的标准，这是错误的，孩子读书多少、学习是否优秀是他个人的天分，而家长的潜移默化地做一个社会人的影响，这才父母作为教育人的核心。

六、 王老师，你去过非常多的地方，包括国内的和国外的，那么你最喜欢哪一个地方？ 为什么？

答：谈及的这种喜欢，我大约有好几个阶段。我比你们年纪大很多，我生活在国家很贫困的时期。文化大革命结束的那一年，中国人均收入的水平在全球排到了100多位，全球就200多个国家，当时我们的生活很贫困，没有什么奢侈品可言，所以很向往电视里面的花花世界。1984年，我去香港理工大学讲学，先进的、发达的、繁华的香港一下把我迷住了，那时候我没有在香港住，香港住房比较小、拥挤这些局促的一面我都没有看到和体会到，当时我对香港的印象就是新世界。我到现在仍喜欢香港，因为我是广州人，在语言上面我在香港可以找到自己的归依，并且这里饮食习惯、文化特质和我喜欢老广州的记忆很像。我很喜欢老广州，但是现在广州没有"广州"的感觉了。大约两年前，我去十三行那边走了走，尽管那些老巷子还有童年时的感觉，但是听到的多是东北话的腔调，里面住的基本上没什么广州人了，说广州话他们也听不懂……我突然觉得，我喜欢的广州大概只会是在我的记忆里了。但是，现在到香港去，那个"广州"还活色生香地在，这也是我喜欢香港的一个缘由。

王受之 wangshouzhi·2016.2.8

80 年代，我到了美国后，我也面临过美国两个不同的特点，一个是大都会的美国，就是纽约。我刚刚去的头两年在费城近郊工作，当时的费城很破烂，但是开车去纽约很方便，初去时很快就迷恋上了纽约，因为在纽约可以参观到世界上最好的博物馆，在大都会歌剧院里能听到高水平的歌剧等。当时我比较过纽约和香港，在文化上我喜欢纽约，但从居住上来说，香港对我更加适合。后来到了洛杉矶，头两年我很不喜欢这个完全靠车辆行走的城市，城市尺度太大，没有公交车。有人称：洛杉矶人不是人，是半人半轮的怪物。后来我慢慢地习惯了，这个习惯的过程很奢侈，就是整个洛杉矶停车不要钱，任何时间段都不缺停车位，这是中国无法想象的。很多类似于这样的事情被习惯后，人也就被它们宠坏了，所以我觉得洛杉矶是我最喜爱的城市。

　　后来我到欧洲，当时我们学校在瑞士的洛桑有一个分校，教员每隔一个学期要去洛桑上一个学期的课，所以我经常去瑞士，每次尝试走不同的路线去欧洲。我一到瑞士，我觉得喜欢。瑞士没有大的城市，最大的城市就五十万人，你想这样的城市是多么可爱！再后来，也就是 2005 年、2006 年，我为了书稿，去过法国南部的一些城市，如格拉斯、尼斯、坎城等，那时候突然很想放弃美国的工作，凭借自己一种理想主义的冲动去欧洲住。

　　但是每一个阶段我的想法会不同，我现在在慢慢地步入晚年，人要退休了，要考虑晚年生活了，我现在想找一个我不开车能度余生的地方。打个比方：在洛杉矶这个大尺度的城市，如果晚上我心脏病发作了，我自己开车去不了，我非死在家里不可。我现在身上总带着阿司匹林，因为有一个说法是：吃两颗阿司匹林心肌梗塞百分之七十可救……其实我有一种担心，美国这样一个车轮上的国家，你要抢救自己是非常困难的。我后来慢慢地觉得我还是愿意住在小一点的城市，方便一点的，或者是人口稠密一点的城市，所以，如果选择理想的生活城市，我想住在俄勒冈州的波特兰，它是世界上最好的一个城市，22万人的一个城市，所有的公共交通免费，大家不用私家车。第二个是香港，香港是我心里的很喜欢的城市。香港太方便了，它被英国治理了那么久，在文化上有很多英国的传统，语言又是我最初使用的语言，这些都是我很喜欢并适应的。

人老了，你要考虑自己的生存。当然啦，洛杉矶我现在还是很喜欢，因为我现在还能开车，但是我估计再过一二十年，我开不了车，洛杉矶我就没办法居住了。你不能指望孩子可以帮助你，我的父辈终老时我们这些子女是待在身边，那是我们那一代，而我们的下一代就不怎么会这样了，比方说：父母到了老人院，你还整天陪着他，我估计这是不可能的了。这不是你们的错，因为社会风气变了。这么说来，我得想想自己的未来了。

七、 您的生活阅历是比较丰富的，那么在您在行走世界各地的过程中，有没有哪件事情是您特别感动的，或者是难以抉择的？

答：感动的事情有大事情，也有小事情，小事情的感动可能是你在最困难的事情，有些不知名的人帮了你。记得我有一次开车去美国的康涅狄格州，路途上我经过西点军校的管辖区，下起倾盆大雨，我的车子后面的消音器断掉了，以至于不能继续上路，我就把车停在路边，心想："完蛋了。"后来，来了一辆军车，车上跳下来八个人，他们都是西点军校的学员，穿着灰颜色的呢子军服，问我："Man，anything help？"雨水打在他们的衣服上，他们大约用了5秒钟的时间，立即决定把我的车拖去了八里之外的西点军校的修车厂，他们的衣服都湿透了，等着修车厂的人把我的车修好，然后问我是否有足够的修理费，我回答说："有。"他们朝我敬了一个礼，说了一句"Goodbye！"就走掉了。

还有一次在洛杉矶，冬天下过雪，圣诞节我带着我的父亲去山上，结果中途因为车况不太好，因为我给旁边的车让行，结果在下坡时没能及时刹车，发生了翻车事故，幸好父亲无碍。在短短的时间后，突然出现很多上山的车辆和徒步的游客来帮我把父亲拉出来，他们自发地脱下自己身上的衣服把我的父亲包住，并把我的父亲送到附近的小镇休息，同时帮忙叫来了救援车。整个处理过程大约就是十五分钟，我很感动有那么多陌生人能在你需要他们的时候伸出援助之手。

所以感动你的不是你功成名就时你身边的赞美声，而是你在面对危难时有人完全无私地对你付出的温暖和援助之手。我讲的这些恐怕不是全部，我经历过很多类似事情，这只是举了其中的两个例子，我也很希望大家能保持助人之心。

八、 王老师，你觉得什么样的男人值得托付终身？

答：首先我想说他不是我这一类的男人，我这一类的男人有一个最大的问题就是把工作看得太重，基本上我这一辈子生活占很少一部分。我成长的那个年代可能是养成我现在性格和观念的最大原因，我差不多三十岁才结婚，文化革命在我结婚后一年就结束了，我马上考大学，去读研究生，然后在大学当老师，一直以来就处于一个人奋斗的情况，所以我一辈子都是把工作看得很重。很多人认为我这样的人是非常理想的，其实我这样的人是不理想的。

我觉得一个好的男人，应该有几个方面。一个是：他应该是有爱心的，并且这个"爱"是持之以恒的爱，不是见异思迁的爱，这种男人很少很少，所以在这里我要对现场的你们，特别是女性的朋友说：你选择的男人，他必须要有一种爱，而这种爱是真正对你的爱。因为这种爱在他的荷尔蒙分泌很多的时候表现得很真切，当他荷尔蒙减少的时候它就减退了，而真正的爱是全心全意地爱。这很不容易，所以我总是觉得婚姻不能太草率。第二个是：这个男人得有一个责任心。责任心是太重要了，我当然不算是一个很好的男人，但是我对家人、对朋友的责任心是百分百的，包括对我的事业，我都给予百分之百的责任。第三个是这个人最好是有能力的。

一个人光有责任心而没有能力，那责任心又有什么用？

上面说到的三个是客观条件，这些条件下还有最基本的一点是：这个人是你觉得很喜欢的。这一点非常重要，如果你和这个人待在一起，你特别不喜欢这个人，虽然他具备了前三个条件，但是你讨厌这个人，或者他的一些行为让你特别讨厌，那你们的关系就会有些艰难了。所以等你把爱心、责任、能力和喜欢这四个条件都考虑成熟了，那么你会找到你认为合适的男人的。

九、 互联网思维是现在当下的一个热门，中国政府也提出了在互联网下的一个新经济发展模式，那么作为设计公司，设计创新和设计服务在互联网下会有哪些可能的作为？

答：互联网的发展对我们未来生活的影响不可限量，八九十年代的时候，哪里能想象出它的影响来得这么大、这么快。那时候我在美国，看新闻资讯得知：总统克林顿和副总统戈尔提出政策说，希望在他们任内的最后一年，美国中学都通互联网。才过去多少年，现在何止是中学？互联网已经渗透到了我们生活的方方面面。当然我们国家的互联网和外国的互联网不太畅顺，有很多网站我们上不去。互联网的发展肯定是未来不可否定的一个趋势，整体来说，互联网的发展越来越密集，越来越快速。对于设计行业来说，互联网对其产生的影响是很大的。

第一：在互联网的影响下，资讯越来越发达，冲击了设计参考资源的独占性。原来我们去外国考察，拍了资料给客户看，资料得来不易很珍贵，客户看到后很满意，这样设计方可以很快拿到项目。现在网络资源共享，设计方就没有这种资源占有优势一说了。那么，现在对设计公司来说，就需要深刻地思考这个问题了：我怎么能够在设计上面给客户说明我们具有的优势，而不仅仅靠资源？

第二点：价格逐步透明，网络很容易查到设计收费标准和参考标本。这之间激烈的竞争对于设计公司造成一个很大的影响，就是小型的设计事务所生存空间越来越窄，小型公司的被中型公司的吞并，中型公司的被大型公司的吞并，这就出现了事务所的兼并现象，并且形成兼并潮。这个是一个不可逆转的，除了平面设计公司，几个人还可以做做，景观设计、室内设计，特别是建筑设计恐怕是不可避免的发展，就是越来越多的优秀人才集中在比较少的大型公司里面做，还有一些比较有名望的设计师他们能保持独立的设计工作室，这是互联网时代的一个结果。

当然互联网还有其他的很多东西，但是这两方面，资讯发达、企业的兼并和重组是互联网时代带给我们最大的冲击。

十、 我想问一下您平时会去逛商场吗？ 在广州这边有哪些商场是你比较喜欢逛的？ 同时就单个设计作品来说，谈谈您对美国或国外的一些购物中心的看法以及与中国购物中心的区别。

答：你的问题主要是关于 Shopping Mall。我在国内不怎么逛商场，因为我不太买东西。我对物质的欲望仅仅在于书，我买的书特别多，而对衣服这一类的需求比较简单。我所有的衣服就几样，浅蓝色(或者带条纹)的衬衫、黑西装、黑裤子、皮鞋，我身上的东西没有几件是超过 1500 块钱的，最贵的是我的这块精工手表，用了十五年了。我发展出对品牌和物质很有兴趣的年代是年轻的时候，但那个时候我没有能力去购买。到美国后的前十年，我也处于一种拼搏状态，后来我慢慢地收入变得很好了，我已经过了对物质有强烈欲望的年纪了，你知道人的物质欲望会逐年减退。但是，出于商业的考虑来说，我也会逛逛，就是看看他们的设计等。为什么我在广州不太逛呢？就是广州这些最好的购物中心和香港的很像，而它的价格要比香港贵三分之一。我是一个美国人，又长期在香港生活，我要逛同样的店，我干嘛不在香港逛，而特意去广州这边逛呢？

购物中心这个形式是在美国产生的，之后世界上最大的购物中

于爱云 2016.2.22 WangShouzhi

心建在了加拿大。加拿大的卡尔加里有全球最大的购物中心，它出现的道理很简单，就是因为卡尔加里这个城市靠近北极圈，冬天冷，全是雪，他们所有的城市功能都放在购物中心里面去了，电影院、游乐场、人造海滩，甚至连动物园都在里面，这就是把整个城市的生活、活动都设计在里面了。

这种巨型的 Shopping Mall 对中国的刺激最大。中国做了很多 Shopping Mall，但是中国的 Shopping Mall 走的是美国式的道路，都在学美国。相对于这些来说，欧洲的 Mall 很多是那种小型的了，上面是有天顶的玻璃瓦顶，像巴黎的那种有百多年历史的那种小型的 Mall，很可爱，一条街，两边有店。最迷人的是米兰的那个埃马努埃莱二世拱廊（Galleria Vittorio Emanuele Ⅱ），在米兰大教堂旁边，半玻璃顶，一条新古典风格的街道，半公开型的。这在美国不行，美国全部包进去，所有的活动在里面。

购物中心最大的困惑我觉得是：里面的商店全部是连锁，一旦连锁，你逛一个和逛一百个是一个意思，我觉得现代商业的兴趣欲望开始下降，就是连锁（Chains）太多。购物中心让我们感觉最大的恐惧就是人类的商业消费行为被同质化，这也是我们觉得最没有办法解决的。因为它的场租贵，只有连锁的大店才能进驻，有风格的小店进不去，因此购物中心的发展最后是让城市多元化的零售业被消灭。换句话说，我觉得购物中心对城市的同质化起到了一个推波助澜的作用。

十一、 我们在做设计工作的时候会在一定程度上受到市场的束缚，那我们该如何在这种限制中找到一个平衡呢？

答：这里我们说到的设计是商业活动，也就是我们一直在关系着的"甲方的要求"。在这个活动过程中，我们必须让我们个人的东西要和甲方的要求要吻合，因为我们是为甲方服务的。我们有很多人用艺术家一样的眼光去考虑商业设计的立场，并归结说甲方没品位。这个话不能这么说，因为甲方面对的客户有这样的需求，所以才有甲方对乙方这样的设计要求。我在几个比较大的房地产做过顾问工作，往往也会碰到这样的情况，如针对某个项目起名字时，我说不能叫凡尔赛宫、凯撒宫这样的名字，并给出其他概念性的案名，甲方也同意我的说法，但是到最后，甲方回馈说：我们做了市场调查，还是凡尔赛宫或凯撒宫这些案名最受老百姓欢迎，所以最后还是叫了"凡尔赛宫"或"凯撒宫"，项目落成后，这个楼盘卖得很好。这也说明了一点：我们做设计的不是用我们自己的审美立场去把客户屏蔽于局外，而是去了解客户的要求，在我们力所能及的范围里面把客户的要求做得更好一点。

我们现在做英式、法式、意大利式或做西班牙式的风格，其实这些风格在中国就不合理性。中国为什么要做西班牙风格呢？中国不是西班牙，气候就不一样。比方说在北京做一个西班牙式的别墅，你在别墅的阳台上看什么呢？在西班牙，西班牙人打开阳台看到的是地中海，在北京我想只能看到沙尘暴了，也就是说在北京做这样的一个阳台的实用性不强，但是它还得有，这是一种情调。所以，在这种情况下，我们能做的事情是不是就是帮甲方把西班牙的样式做得更加正宗一点、更像一点、更合理一点呢？这就是我们的一种选择。

我觉得设计师在一种没有达到个人可以超越甲方的情况下，应该是要学会在商业上的协调，也就是为甲方提供更好的服务，把一个我们认为比较艳俗的商业的风格做得好一点、精致一点，这恐怕正是我们这一代设计师要学会做的一个事情，也是一个挑战。

十二、 山水园林集团的董事长孙虎先生问： 您就写了《纵情现代》、《执意纯粹》和《骨子里的中国情结》，我想王老师应该有很浓厚的中国情结在的。 近一段时间来，中式风格在中国的市场上开始有所回归，但我觉得它普遍的还是趋向于表象化，相对来说应该称之为"中式装饰主义"，就是用符号和手法来表象地打造这样一种风格，大家也称它为"新中式"。我们集团曾经在"力讯的时光里"这个项目沟通的时候，和老师您一起提出了"现代体、传统心"、无装饰主义这样一种从精神内涵上来研究"新中式"风格的概念。前一段时间我们也提出了"新山水"思想，那么我想问王老师：在现在这个社会发展的阶段，"中国景观"这个元素会有怎样的一个发展空间？

答：这个问题很大，我就简单的来答几点，希望对这个问题感兴趣的人有所帮助。所谓"中式"，就是把中国的一些元素放在概念表达里面去，它最早是在住宅建筑里面提出来的。我做的第一个"新中式"项目是万科的一个项目，我为它起了"第五园"这个名字，当时没有"新中式"，那时候行业内都做"欧陆风格"，就是新古典主义的混杂风格。

当年万科买了两块地，第一块地就是"万科城"，这块地的对面是华为的公司，公司白领很多，这块地的条件很好，开始时就可以计划到它落成后的放盘对象。因此，我没有特别要求将它做成什么风格，最后是定了西班牙式，我们叫它做"地中海风格"，这就是万科城。第二块地在梅林关外，也就是这里说的"第五园"。这块地是要穿过一个城中村，那年去的时候是十二月份，阳光很好，走进去有些丘陵，有竹子和榕树，地面也已经平整了，感觉是很中国的味道。我们可以想象一下：你从一个纷乱的城中村突然走进这样一个竹林翠绿、榕树繁茂的空间会所是怎么样一种感觉呢？那种感觉是非常美妙的，因此，我心里就想把这种中国的感觉做出来。当时我在中国没有看到其他人做"中式"，我就将我想的概念说给同去看地的公司高层听：房地产的容积率有限制，我们这块地不是做别墅，只有联排和高层公寓，那我们可以做得特别的地方就是在入口、会所和附属建筑上做出"中式"的概念来。我想起来了"岭南四园"，问他们敢不敢做"第五园"？同去的人立即就开展了后面的工作，很快进行了"第五园"的注册。

当时万科条件非常好。因为房地产开发公司下面很少有建筑设计公司，一般都是房地产公司找了一个建筑规划事务所，但是万科旗下有一个深圳设计公司叫"万创"，是一个很好的团队。所以这边拿概念出来，万创的设计团队先做一次设计方案，之后再把方案给其他事务所设计。和万创开项目会议，我就提出联排的一个选择。联排在英国叫"Row House"，美国叫"Town House"。英国的联排结构没有限制，以至于英国有些有 50 间。美国的联排结构最长是 12 间，也就是一个街区。这样我的意见是建议万科不要将它做成一联排，而是做成围合式的，这也是"中国院子"的这个概念在里面的生长，因此，他们就按照这个做了四户一院、六户一院的稿子给我看，我觉得很好。这个概念很成功，我们也发现买第五园第一期的人大多数是以朋友合群来买的，这也契合了一个院子的理念。这些院落之间有一些窄巷子，万科推出了一个文案：给微风一条通道，给阳光一把梳子。白墙、灰瓦、院落、植被，以及徽派建筑的一些动机，院落落成后非常好看。这就是第五园的第一期，也可以说是国内比较早的新中式。

另外，还有一点就是万科在楼盘推广上打了一场漂亮仗。他们找我写了一本书，也就是《骨子里的中国情结》，写中国居住的概念。万科在这本书加急印刷出来后，选择了在深圳的文博会做推介，万科把文博会 B 馆的入口全包下来了，做了一面喷印的青砖墙，同时发布信息说最先前来的五百人免费获得由王石和我签名的《骨子里的中国情结》，推出效果达到了公司预期的效果，等到楼盘正式开盘的时候，楼盘一下就卖光了，不久后我在书店里看到我的这本书也变成了畅销书。这样"新中式"说法就不胫而走，变得热起来了。

"新中式"实际上对我来说，是中国发展的一个阶段性，作为中国人来说，我们最终还是会喜欢中国的东西。在传统住宅上，第一，围合式的住宅功能给人以内向性的感觉；第二，它有中国人特别喜欢的邻里关系；而现代建筑是没有这些的，现代建筑受到土地的限制，只能朝上发展。这样说来，现代高层建筑不适合运用太多的中式结构，比如木结构的飞檐、瓦顶、白墙等。那么如果一个社区如果要做新中式，那么我们只可能在联排建筑的附属建筑或者独栋别墅上放一些中式的元素，或者是会所这一类公共建筑，以及园林景观上做中式的概念。在园林景观做中式有一个最大的困难就是：中国的造园的核心词是一个线性规划，就是中国老话里说的"曲径通幽，步随景移"。中国的这种造园手法做大型的公共社区比较困难，我们只能取它当中的一个小概念，比方说水榭设计里接入一个有点中式风格的小桥，或者是有一些亭台楼阁，大部分的还是走西方几何、对称的造园风格。

中式有两个做法，一个是中式复古，就是完全复旧的形式，另外一种就是拿中国的精神和现代元素结合。如贝聿铭设计的北京香山饭店和苏州博物馆。当然现在有些人在这方面做其他的探索，比如说王澍对青砖等回收材料的现代运用，是这些探索建筑是不是可以变成商业建筑并量产化呢？我觉得还有待于时间的检验。

"新中式"是一个阶段性的发展，它不可能成为中国未来住宅发展的一个方式，现代主义仍然会是中国人品位的主流，"新中式"可以在现代主义风格中作为点缀或者是亮点，进行协调和融合。这就是我对它的一个简单的解读。